비극의 탄생

비극의 탄생

Die Geburt der Tragödie

프리드리히 니체 김남우 옮김

DIE GEBURT DER TRAGÖDIE
by FRIEDRICH NIETZSCHE (1872 / 1874^2 / 1886^3)

그림 3(p.37), 5(p.61), 9(p.170) © Marie-Lan Nguyen/Wikimedia Commons

그림 1. 『비극의 탄생』 초판본(1872)

그림 2. 프리드리히 니체 초상(1882)

차례

도판

일러두기

1. 국립국어연구원 표준국어대사전의 표기를 따르지 않은 경우가 있다. 예를 들어 〈디오니소스〉를 〈디오뉘소스〉로 적었다.

2. 본문 제1장부터 제25장까지 각 문단에 문단 번호를 붙였다.

3. 초기 희랍 문헌들이 대개 단편으로 전해지며, 단편을 인용할 때 단편 번호와 편집자 이름을 단편에 부기하는 것이 관례다. 단편 번호는 편집자마다 다르다. 예를 들어 〈DK〉는 Diels & Kranz의 약자로 소크라테스 이전 철학자들의 단편집을 가리키며, 〈정암〉은 정암학당에서 번역한 단편집을 가리킨다.

4. 참고 문헌은 책 말미에 정리하였다. 서양 고전들은 대개 천병희와 강대진의 번역을, 플라톤은 대개 정암학당의 번역을 따랐다. 고싱가(www.gosinga.net)의 니체 번역을 참고하였다. 번역 출처를 밝히지 않은 인용문은 모두 옮긴이(김남우)의 번역이다.

5. 본문 및 주석에서 인용 출처가 된 책과 작품 대부분은 겹낫표(「」)로, 몇몇 시 작품과 음악은 홑낫표(「」)로 묶었다.

6. 독일어 원문에 저자가 따옴표로 혹은 넓은 간격 쓰기로 강조한 것을 번역에서는 〈 〉로 혹은 굵은 글씨체로 표시하였다.

비극의 탄생[1]

1   1872년 초판본의 제목은 〈음악 정신으로부터 비극의 탄생〉이었다. 「자기비판을 시도함」은 1886년에 추가되었으며, 이때 초판본에 실렸던 「리하르트 바그너에게 헌정한 서문」은 삭제되었고, 책 제목도 〈비극의 탄생 혹은 희랍 문명과 염세주의〉로 변경되었다.

자기비판을 시도함

1

문제 많은 이 책은 아주 중요하고 매력적이며 아주 사적인 물음에서 출발한다. 1870~1871년 보불 전쟁이 한창이던 시기에, 그런 시절에도 **불구하고** 이 책이 쓰였다는 사실이 이를 증명한다. 뵈르트[1] 전투의 포성이 유럽을 휩쓸고 지나갔지만 사색가이자 묻기를 즐기는 이 책의 저자는 알프스의 모퉁이에서[2] 생각에 빠져 질문을 즐기며, 매우 근심하면서 동시에 전혀 근심치 않으며 **희랍 인민**에 대한 자신의 생각을 적어 내려갔다. 이것은 장차 이렇게 서문(내지 후기)을

1 알자스 지방에 속하는 소도시로 1870년 8월 6일 프랑스군과 독일군의 전투가 있었다. 프랑스와 독일의 전쟁은 1870년 7월 15일에 프랑스 의회가 결의한 프랑스의 선전 포고가 7월 19일 공식적으로 독일에 전달됨으로써 시작되었다. 이하 모든 주는 옮긴이의 주임.

2 니체는 루체른에 사는 바그너Richard Wagner를 방문하고 1870년 7월 30일 루체른을 떠났다. 이후 스위스 중부의 마데라너탈에 머물며 『비극의 탄생』의 초기 저작인 『디오뉘소스적 세계관』의 원고를 작성한다 (Schmidt).

덧붙이게 될 경이롭고도 어려운 책의 핵심이 되었다. 몇 주후 저자는 메스³의 성벽 아래 있게 되었다. 그때에도 여전히 소위 희랍적 〈명랑성〉과 희랍적 예술에 붙여 놓았던 물음표를 떼어 내지 못하고 있었다.⁴ 마침내 베르사유에서 평화 협상이 맺어지던 몹시도 긴박했던 달⁵에 저자도 자신과의 평화 협상을 맺었으며 전장에서 얻은 병이 서서히 치유되어 갈 즈음, 드디어 『**음악** 정신으로부터 비극의 탄생』을 탈고했다. 음악으로부터?⁶ 음악과 비극? 희랍인과 비극 음악? 희랍인과 염세주의적 예술?⁷ 이제까지의 인류 가운데 가장 유복하고 가장 아름답고 가장 큰 부러움의 대상이고 삶을 향해 우리를 가장 크게 유혹하는 희랍 인민이 비극을 **필요로 했다니?** 더 나아가, 예술을 필요로 했다니? 희랍 예술을?

3　모젤 강의 메스는 알자스로렌 지역의 주요 도시다. 니체는 바젤 교육청의 허가를 받아 의무병으로 종군했으며 1870년 8월 13일~22일까지 에를랑겐에서 간단한 교육을 받고 1870년 9월 2일 메스 지역에 투입되었다. 환자 후송 업무를 맡던 중 본인이 이질과 디프테리아에 걸린다. 1870년 10월까지도 그의 병은 완치되지 않았다. 그는 1870년에서 1871년으로 넘어가는 겨울 학기에 스위스 바젤에서 다시 강의를 맡는다(Schmidt).

4　〈명랑성〉은 요한 빙켈만Johann Joachim Winckelmann 이래로 중세의 진지함에 대립시켜 희랍을 이해하는 중요 개념이다(Schmidt).

5　나폴레옹 3세가 이끄는 프랑스군은 1870년 9월 1일 스당에서 비스마르크의 독일군에게 무조건 항복했고, 9월 4일 프랑스의 강화 제의에도 불구하고 독일군은 파리로 진군하여 마침내 1871년 1월 28일 파리를 함락한다. 1871년 2월 21일부터 베르사유에서 평화 협상이 시작되어 2월 26일 가조약을 맺었으며 3월 10일 최종적으로 프랑크푸르트에서 협정문에 조인했다. 이로써 알자스로렌은 독일에 할양되었다(Schmidt).

6　니체는 비극의 연원을 비극 합창대에서 찾으려고 했으며 비극 합창대를 〈음악〉과 동일시하고 있다(Schmidt). 본문 제7장 이하를 참고하라.

7　〈염세주의적 예술〉이란 다름 아닌 〈희랍 비극〉을 가리킨다(Schmidt).

왜?……

인생을 건 나의 커다란 물음표가 어디에 찍혀 있었는지 여러분은 알게 되었다. 도대체 염세주의는 **필연적으로**, 인도인들에게서 그랬던 것처럼 그리고 우리 〈근대인〉과 유럽인들에게서도 그럴 것이리라 싶은 것처럼, 그렇게 다만 몰락과 타락과 실패와 피로와 병약의 표시일 수밖에 없단 말인가? **강자**의 염세주의란 존재하지 않는가? 삶의 유복함과 넘치는 건강과 가득한 **충만**에서 비롯되는, 역경과 공포와 추악과 고통 등 삶 문제에의 지적 추구란 존재하지 않는가? 충만 그 자체 때문에 겪는 고통이란 없는가? 제 힘을 겨루어 볼 요량으로 제대로 된 맞수를 찾아나선 영웅처럼, 날카로운 시선으로 무언가 두려운 것을 **요구하는** 도전적 용맹이란 없는가?[8] 이로써 〈두려움〉이 무언지 배우길 원하는 용맹은 어떤가? 도대체 가장 훌륭하고 가장 강력하고 가장 용맹한 시절을 살았던 희랍 인민에게 **비극적** 신화는 무엇을 의미했던가? 디오뉘소스적인 것이라는 섬뜩한 현상은 무엇을 의미했던가? 이로부터 태동한 비극은 과연 무엇을 의미했던가? 그리고 비극을 도태시킨 소크라테스적 도덕,[9] 이론

---

8   바그너의 「지크프리트Siegfried」에서 영웅 지크프리트는 두려움을 알지 못했으며 이를 배우고자 한다. 그림 형제의 동화집 가운데 「무서움을 배우려고 길을 떠난 젊은이 이야기」를 보라(『그림 형제 옛이야기 모음집 I』이은자 옮김, 부북스, 2012).
9   『비극의 탄생』에서 니체는 소크라테스를 이론적 인간의 전형이라고 보았다. 소크라테스는 삶을 앎 내지 학문과 결부시키려 하며, 그로부터 시작되는 〈논리주의〉 내지 과학주의는 삶을 부정하고 파괴한다고 보았다. 니체에 따르면 에우리피데스는 소크라테스의 과학주의를 비극에 도

적 인간의 문답술, 그 자족과 명랑성은 무엇인가? 소크라테
스주의야말로 몰락과 피로와 병약과 파멸의 증표가 아니겠
는가? 그렇다면 후기 희랍 문명이 보여 준 〈희랍적 명랑성〉
은 다만 황혼이 아니겠는가? 염세주의를 **거부한** 에피쿠로
스적 의지는 다만 병자의 조심성이 아니겠는가? 그리고 학
문, 우리가 말하는 학문, 삶의 징후로서 학문 전체는 무엇을
의미하는가? 무엇을 위해 **또 어디에서** 학문이 시작되었는
가? 학문[10]이라 함은 어쩌면 단지 염세주의에 대한 공포와
도피가 아니겠는가? **진리**에 대항한 일종의 섬세한 방어 수
단이 아니겠는가? 도덕적으로 말하자면 일종의 비겁과 기
만이며, 심하게 말하자면 일종의 교활함이 아니겠는가? 소
크라테스여, 소크라테스여, 혹 이것이 **당신의** 비밀인가? 비
밀로 가득한 위장술의 대가여, 혹 이것이 당신의 위장술인

입하여 비극의 예술적, 음악적 요소를 몰아냈고 마침내 비극을 파괴했다
(Schmidt). 빌라모비츠Ulrich von Wilamowitz-Möllendorff는 1872년
에 기고한 『비극의 탄생』에 대한 서평에서 다음과 같이 니체의 책을 요약하
고 있다. 〈관조적 태도로 나는 아폴론적인 것과 디오뉘소스적인 것이라는
영원한 진리가 도대체 무엇인지를 찬찬히 뜯어보았으면 한다. 우선 두 예
술 신들은 니체가 발견한 〈희랍 예술의 대립〉을 표현한단다. 두 예술 본능
들(아폴론과 디오뉘소스는 각각 꿈과 도취에 상응한다)은 처음에는 대립
하며, 더욱 강한 것을 만들어 내도록 상대방을 자극하며, 마침내 희랍적 의
지가 꽃필 적에 하나로 합쳐져 비극을 낳았단다. 그러다가 사악한 에우리
피데스가, 사악한 소크라테스의 사주를 받아 비극을 파멸시켰단다. 디오
뉘소스는 비교(秘敎)의 신비스러운 격랑 속으로 피신하였는데, 니체 선생
이 희랍적인 것을 포착한 독특하고 전혀 새로운 식견을 찾아낼 때까지는 줄
곧 그러했단다〉(Karlfried Gründer, *Der Streit um Nietzsches Geburt der
Tragödie*, Hildesheim, 1969, 33면 이하).
  10 원문 〈*Wissenschaft*〉를 〈학문〉 혹은 〈과학〉으로 번역하였다.

가?[11] ――

2

당시 내가 알게 된 것은 두렵고도 무서운 문제, 황소는 아니로되 아무튼 뿔이 달린 문제,[12] 여하튼 **새로운** 문제였다. 요즘이라면 아마도 학문, 최근 들어 문제 많고 의문투성이로 여겨지게 된 **학문에 관한 문제**라고 말했을 것이다.[13] 그리하여 어린 청년이 감당하기에 너무나도 벅찬 과제로부터 젊음의 무모와 치기를 한껏 쏟아부은 책, 전혀 **불가능한** 책이 생겨났다. 이 책은 섣부르고 미숙한 체험, 남들에게 전달할 수 없는 전적으로 개인적인 체험에 기초하며 **예술**이라는 토대 위에 세워졌다. 학문에 관한 물음을 학문의 토대 위에

11   플라톤Platon, 『국가』(천병희 옮김, 숲, 2013) 337a에서 트라쉬마코스는 소크라테스에게 불평하며 다음과 같이 말한다. 〈맙소사! 소크라테스 선생이 또 무식한 체 시치미를 떼시는군. 내 그럴 줄 알았소. 그래서 내 잠시 전에 여기 이분들에게 예언했소. 누가 무슨 질문을 하면 그대는 대답은 하지 않고 대답을 회피하기 위해 무식한 척 무슨 짓이든 할 것이라고 말이오.〉 희랍어 〈εἰρωνεία〉는 흔히 〈역설〉이라고 번역하지만 원래 뜻은 〈알면서도 모르는 척하기〉다.

12   〈뿔이 달린 문제〉란 논리적 딜레마를 의미한다.

13   괴테Johann Wolfgang von Goethe, 『파우스트*Faust*』(이인웅 옮김, 문학동네, 2009) 1, 354행 이하는 이미 〈학문의 문제성〉을 다루고 있다. 〈아아! 나는 이제 철학도, 법학도, 의학도, 유감스럽게도 신학까지도, 온갖 노력을 기울여 속속들이 연구하였도다. 그러나 지금 여기 서 있는 난 가련한 바보에 지나지 않으며 옛날보다 더 나아진 것 하나도 없도다! 석사님, 박사님이란 소리를 들으며, 벌써 십여 년이란 세월 동안 위로 아래로, 이리저리로 내 학생들의 코를 잡아끌고 다녔을 뿐 ― 우리는 아무것도 알 수 없다는 것만 알게 되었구나!〉 이하 〈노학자나 다룰 법한 문제〉라는 구절에서 니체는 괴테의 〈파우스트 박사〉를 염두에 두고 있다.

서 밝힐 수는 없으니 말이다. 어쩌면 이 책은 분석적이고 회고적인 능력을 함께 갖추고 있는 예술가(이런 종류의 예술가는 예외적이라 할 수 있는데 우리는 이런 예술가를 찾아내야 하지만 전혀 찾으려 하지 않는다)를 위한 것으로 심리학적으로 새로운 내용과 예술가의 비밀로 가득 차 있으며, 배경에는 예술가 형이상학[14]을 담고 있는, 무모와 우수가 가득한 청년작으로 권위와 존경의 대상 앞에서 고개를 숙여야 할 듯 보이는 곳에서조차 여전히 스스로 대견한 듯 자세하며, 모든 나쁜 의미의 첫 작품으로서 노학자나 다룰 법한 문제를 논하면서 젊은이의 과오를 범하고 있으니, 한마디로 〈지나치게 장황하고〉 〈질풍노도〉와[15] 같다. 다른 한편 이 책이 거둔 성공을 보건대 (특히 이 책이 대화자로 상정하고 있는 위대한 예술가 리하르트 바그너에게) 이 책은 **입증된** 책이다.[16] 무슨 말이냐면, 〈시대의 가장 훌륭한 사람들〉을 만족시킨 책이라는 것이다.[17] 이것들을 고려할 때 이 책에 대하

14 바그너에게 바치는 서문에서 니체는 예술을 〈인생의 본격 형이상학적 활동〉이라고 말하고 있으며, 그 밖에 본문에서는 〈미학 형이상학〉(본문 제5장) 혹은 〈형이상학적 위안〉(본문 제7장 이하 여러 번 사용된다) 등의 개념을 언급하고 있다.

15 『파우스트』 1, 501행 이하 정령의 대사. 〈생명의 흐름에서, 행위의 폭풍 속에서, 위로 아래로 물결치며, 이리저리로 분주히 활동하노라! 탄생과 무덤, 영원한 바다, 교차되는 직조(織造), 타오르는 생명, 이렇게 나는 소란한 시간의 베틀에 앉아서 신성(神性)이 깃든 생생한 옷을 짜노라.〉

16 1872년 1월 초에 바그너와 그의 부인은 『비극의 탄생』 원고에 크게 감동을 받아 〈생전 이렇게 아름다운 책은 읽어 보지 못했다〉라는 극찬의 편지를 니체에게 보냈으며 이 책의 출판을 독려했다(Schmidt).

17 실러Johann Christoph Friedrich von Schiller의 『발렌슈타인

여 약간의 관용과 묵인이 필요할지도 모른다. 그럼에도 불구하고 솔직히 말하자면 지금 나에게 이 책은 달갑지 않으며, 16년이나 지난 지금 나에게 이 책은 낯설 뿐이다. 하지만 늙어 수백 배나 무뎌졌으되 열정은 결코 잃지 않은 눈에, 처음으로 이 책에서 과감하게 시도했던 지난날의 과제는 지금도 낯설지 않다. **예술가의 관점에서 학문을 바라보기, 예술을 삶의 관점에서 바라보기…….**

3

되풀이하거니와 오늘 내가 보기에 이 책은 불가능한 책이다. 이 책은 형편없고 답답하고 황당하고 비유가 난무하여 뒤엉켜 있고 감상적이고, 때로 유약하다 싶을 정도로 달콤하며 완급이 고르지 못하고 논리적 명료성에의 의지가 결여되어 있고 확신에 빠져 증명을 건너뛰고 심지어 증명이란 것의 **적절성**에조차 회의적이다. 이 책은 비교(秘敎)에 들어선 입교자들을 위한 책이고, 특별한 예술적 영감에 의해 처음부터 연결된 사람들을 위한 〈음악〉이고, 예술 안에서의 혈연을 과시하는 오만하고 자아도취적인 책으로, 그렇다고 〈일반 민중〉을 도외시하지는 않는, 다만 스스로 〈교양인〉이라 자처하는 저속한 무리[18]를 기피하는 책이다. 이 책은 결

Wallenstein』(안인희 옮김, 청하, 1986) 서언. 〈가장 고귀한, 최고의 사람들의 감정 속에 살아 있는 기념비를 세워야 한다 ──그리하여 그(배우)는 자기 명성의 영원성을 선취(先取)하는 것이니, 자기 시대의 가장 훌륭한 사람들에게 충분히 행했던 자는 모든 시대를 통하여 살아 있는 것이기 때문이다.〉
18   저속한 무리*profanum vulgus*. 호라티우스Quintus Horatius

과가 증명했고 증명하는바, 분명 함께 열광할 사람들을 찾아 그들을 새로운 골목을 통해 무도장으로 유혹하는 법을 잘 알고 있었다.[19] 아무튼 이 책에서 — 달갑지 않지만 한편 어떻겠나 싶은 마음에서 시인하는바 — **낯선** 목소리가, 아직 〈알려지지 않은 신〉의 사도[20]가, 한때 교수 모자 아래, 독일인의 진중하고 말수 적은 모습 아래, 바그너주의자의 본데없는 못된 버릇 아래 자신을 감추었던 자가 말하고 있었다. 아무튼 이 책에는 이름조차 알 수 없는 낯선 욕구를 가진 정신이, 디오뉘소스란 이름이 의문표처럼 따라붙은 문제와 체험과 비밀로 가득 찬 마음이 담겨 있었다. 아무튼 이 책에는 — 께름칙하게 여기며 이렇게 사람들은 말했다 — 무언가 신비적이고 흡사 마이나데스적 영혼이 끙끙대며 말할 것인지 숨길 것인지 여태도 결정하지 못한 채 마치 외국

Flaccus 『서정시』 3, 1, 1행에서 따온 것이다. 〈나는 저속한 무리를 혐오하며 그래서 멀리하노니.〉

19   디오뉘소스 축제의 광란을 암시하고 있다. 실레노스와 사튀로스, 마이나데스 등 디오뉘소스를 추종하는 무리들이 외치며 춤추고 노래한다. 『박코스의 여신도들』(천병희 옮김, 숲, 2009) 152행 이하. 〈출발하라, 박코스의 여신도들이여, 출발하라 박코스의 여신도들이여, 황금을 흘려보내는 트몰로스 산의 자랑거리여, 우렁찬 팀파니 소리에 맞춰 디오뉘소스를 찬미하라. 환호하는 신을 환호하며 찬양하라. 프뤼기아의 외침 소리와 고함 소리로, 달콤한 피리가 신성한 가락을 신성하게 울리며 배회하는 여인들을 산으로 산으로 인도할 때.〉

20   「사도행전」 17장 22절 이하. 〈아테네 시민 여러분, 내가 보기에 여러분은 여러 모로 강한 신앙심을 가지고 계십니다. 내가 아테네 시를 돌아다니며 여러분이 예배하는 곳을 살펴보았더니 《알지 못하는 신에게》라고 새겨진 제단까지 있었습니다. 여러분이 미처 알지 못한 채 예배해 온 그분을 이제 여러분에게 알려 드리겠습니다.〉

어로 시부렁거리듯 제멋대로 말을 떠듬거리고 있었다. 이 〈새로운 영혼〉은 **노래를** 했어야 했다 — 말할 것이 아니라. 얼마나 통탄할 일인가! 나는 당시 내가 말해야 했던 것을 감히 시인으로서 노래해야[21] 했었는데. 아마도 그리할 수도 있었을 텐데. 아니면 적어도 고전 문헌학자로서라도 말했어야 했는데 — 오늘도 여전히 이 분야는 고전 문헌학자가 찾아 발굴하고 탐사해야 할 것으로 고스란히 남아 있다. 무엇보다 문제는 그 문제가 고스란히 그대로 남아 있다는 **점이**다. 〈무엇이 디오뉘소스적인가?〉라는 질문에 답하지 못하는 한, 우리는 여전히 희랍 인민을 속속들이 이해할 수 없다는 문제가 말이다…….

4

그렇다면 무엇이 디오뉘소스적인가? — 이 책에는 답이 담겨 있다 — 〈목도한〉 자, 입교 의식을 치르고 디오뉘소스를 모시게 된 사도가 이 책에서 말하고 있다. 희랍 인민에게서 비극의 기원을 묻는 이 질문, 복잡하고 심리적인 이 질문에 대해 지금이라면 아마 좀 더 주의 깊게 아껴 말했을 것이다. 근본적인 문제는 고통에 대한 희랍인의 태도, 그들 감수성의 수준이다. 감수성의 인과는 늘 동일한 방향으로 작동할 뿐인가? 혹 역으로 작동하지는 않는가? 다시 말해 결

---

21   원문은 〈*sagen*(말하다)〉이지만 라티움어 〈*dicere*〉가 〈말하다〉와 〈노래하다〉의 뜻을 동시에 갖고 있는 점을 참조하여 문맥에 따라 〈노래하다〉로 번역하였다.

핍, 결여, 우울, 고통이 증가함에 따라 **아름다움을 향한 욕구, 축제와 쾌락과 새로운 숭배 의식[22]**을 향한 욕구가 점점 더 강렬해지는 방향으로 작동할 때 — 이는 페리클레스(혹은 투퀴디데스)가 추도 연설[23]에서 보여 주었다 — 이와 역으로 작동하는 욕구는 어디에서 유래하는가? 기실 시간상으로 보다 이른 시기에 등장한바, **추함에 대한 욕구**는, 염세주의에 대한, 비극적 신화에 대한, 삶의 밑절미에 자리 잡은 공포, 악행, 신비, 파괴, 저주 등의 영상에 대한 옛 희랍 인민[24]의 선하고 엄격한 의지는 어디에서 생겨난 것인가? 비극은 도대체 어디에서 생겨난 것인가? **기쁨**, 정력, 넘치는 건

---

22   펠로폰네소스 전쟁 동안(B.C. 431~B.C. 404)에 아테네에 많은 이방의 종교들이 수입되었다. 이들이 모시는 신으로는 프뤼기아에서 유래하는 대모신 퀴벨레, 아시아에서 유래하는 죽음과 부활의 신 아티스와 아도니스, 트라키아에서 유래하는 도취와 환희의 신 사바지오스 등이 있었다. 플라톤은 『법률』 909b 이하에서 이에 관해 언급하고 있다.

23   펠로폰네소스 전쟁 초기인 기원전 431/430년 겨울 페리클레스 Perikles는 첫 번째 전투에서 전사한 시민들을 매장하며 관례에 따라 시민들을 대표하여 전몰 용사를 기리는 장례식 연설을 행했으며 투퀴디데스 Thucydides는 이를 『펠로폰네소스 전쟁사』 제2권 35~46장에 기록했다. 이미 잘 알려져 있는바 투퀴디데스가 다른 연설들, 특히 페리클레스의 연설을 실제 그대로 옮겨 놓았는지는 의문이며 니체 또한 이를 의식하고 있다. 〈아름다움을 향한 [……] 숭배 의식을 향한 욕구〉라고 니체가 해석했을 법한 자리는 다음과 같다(Schmidt). 『펠로폰네소스 전쟁사』(천병희 옮김, 숲, 2011) 제2권 40장. 〈말하자면 우리는 고상한 것을 사랑하면서도 비용을 많이 들이지 않으며, 지혜를 사랑하면서도 문약하지 않습니다.〉

24   니체의 논의를 따르자면 몰락의 시대를 살았던 페리클레스와 그의 동시대인들은 몰락과 쇠퇴의 반대급부로 아름다움을 추구했으며 〈그 이전 희랍 인민〉은 번영의 시대를 살면서 〈추함〉과 〈염세주의〉 등을 추구했던 것이다(Schmidt).

강, 넘실거리는 충만함으로부터 생겨난 것은 아닐까? 또한 생리학적으로 볼 때, 비극과 동시에 희극을 탄생시킨 저 광기, 디오뉘소스적 광기는 어떤 의미를 갖는가?[25] 이런 광기를, 모르긴 몰라도, 기필코 변종과 몰락과 노회한 문명의 증후라고 여길 수는 없지 않은가? 정신과 의사에게 묻노니, 도대체 **건강**에서 비롯된 신경증이란 것은 없을까? 젊은 민족, 젊음이 넘치는 민족에게 나타나는 신경증은? 사튀로스를 신과 염소의 합체로 여긴 것은 무엇을 의미하는가? 어떤 체험에, 어떤 본능에 부름받아 희랍인은 사튀로스에서 디오뉘소스의 열광자이자 원초적 인간을 찾았던 것일까? 또한 비극 합창대의 근원에 관하여 말하자면, 희랍의 육체가 만개하고 희랍의 영혼이 생동하는 활기를 얻은 때에 광란이라는 풍토병이 유행한 것은 아닌가? 공동체 전체, 제전에 참여한 군중 전체로 번져 나가는 환영과 황홀이? 어떤가? 이제 막 젊음이 풍성하게 넘치게 된 때에 희랍 인민이 비극에의 의지를 가진 염세주의자였다면? 이 광기가 희랍을 위한, 플라톤의 말을 빌리자면, **가장 큰 축복을 가져온 것이라면?**[26] 또한

25   니체는 〈디오뉘소스적 광기〉로부터 비극은 물론 희극까지도 유래했다고 주장한다(Schmidt). 아리스토텔레스Aristoteles『시학』(천병희 옮김, 문예출판사, 2002) 1449a 이하에서 이렇게 말하고 있다. 〈아무튼 비극은 처음에 즉흥적인 것으로부터 발생했다. 희극도 마찬가지였다. 비극은 디튀람보스의 선창자(先唱者)로부터 유래했고 희극은 아직도 많은 도시에 관습으로 남아 있는 남근찬가(男根讚歌)의 선창자로부터 유래했다.〉 아리스토텔레스가 언급한 두 가지 전통은 모두 디오뉘소스 숭배와 연관되어 있다.
26   플라톤, 『파이드로스Phaidros』(조대호 옮김, 문예출판사, 2008) 244a. 〈하지만 광기, 즉 신의 선물로 제공되는 광기 덕분에 우리에겐 좋은

반대로 희랍 인민이 해체와 약화의 시절에는 더욱더 낙관적, 더욱더 피상적, 더욱더 배우연하며, 또한 논리와 세계의 논리화에 더욱더 욕심을 부리며, 그리하여 더욱더 〈명랑〉하고, 더욱더 〈학문적〉이 되었다면? 민주주의적 취향의 모든 〈근대적 이념〉과 편견에도 불구하고 말하자면 **낙관주의**의 승리, **합리성**의 우세, 실천적 및 이론적 **공리주의**, 이와 동시대를 구가하던 민주주의를 포함하여 이 모두는 쇠약의 증세이며, 다가오는 고령의 증후이며, 생리적 피로의 병증이 아니겠는가? 정녕 **아니겠는가**? 그럼 염세주의는? **고통받는 자**였기에 에피쿠로스는 낙관주의자가 되지 않았겠는가? 이 책에 담긴 한 보따리 어려운 질문들을 보시라. 우리는 여기에 가장 어려운 문제를 하나 덧붙이고자 한다. **삶**의 시점(視點)[27]에서 볼 때 도덕은 무엇을 의미하는가?……

5

리하르트 바그너에게 헌정한 서문에서 나는 일찍이 예술은 — 도덕은 말고 — 본격 **형이상학적** 인간 활동이라 했다. 세계의 현존재는 다만 미학적 현상으로만 **정당화되었다**는 도발적 문장이 본문에 여러 번 등장한다. 실제로 책 전체는 모든 사건 배후에 놓인 오직 하나의 예술적 실체를, 그

것들 가운데 가장 큰 것들이 생겨난다네.〉
  27 원문 〈*Optik*〉은 사전적 의미로 〈광학(光學)〉이다. 이는 희랍어 〈ὤψ〉에서 유래한 말로 희랍어 〈θεωρία〉와 상통한다. 후자는 〈이론〉, 〈관점〉, 〈견해〉를 나타내는 단어로 니체는 어원적 의미에서 〈*Optik*〉을 쓰고 있다.

렇게 부르길 원한다면 오직 하나의 〈신(神)〉을, 전혀 위험할
것 없고 도덕적인 것도 아닌 예술가-신만을 알고 있을 뿐이
다. 그 신으로 말하자면 세울 때나 부술 때나, 선한 일에서
나 악한 일에서나 동일한 쾌락과 영광을 추구하려는 신이
며, 세계 창조를 통해, 풍요와 **과잉**에서 비롯한 **고통**으로부
터, 제 안에 소용돌이치는 모순에 기인한 **고통**으로부터 자
신을 구원하는 신이다. 세계는 순간순간 신의 자기 구원이
실현된 상태이며, 오로지 환영 속에서만 자신을 구원하는
신의, 가장 고통받는, 가장 모순적인, 가장 대립적인 신의 영
원히 변화하고 지속적으로 새로워지는 **환영**이다.[28] 이런 예
술가 형이상학을 다만 자의적이며, 한가하며, 허무맹랑하다
부른다면 어쩔 수 없지만, 그럼에도 중요한 것은, 삶을 도덕
적으로 해석하고 삶에 도덕적 의미를 부여하던 일에 대항하
여 언젠가는 모든 위험을 무릅쓰고 싸우게 될 정신이 예술
가 형이상학을 통해 벌써 드러났다는 것이다. 이 책에는 아
마도 최초로 〈선악의 피안〉에 놓인 염세주의가 고지되었으
며, 이 책에는 쇼펜하우어가 지칠 줄 모르고 성난 저주와 벼
락으로 앞서 공격했던 〈정신의 착란〉이[29] — 감히 도덕을
현상계에 위치시켜(관념론적 전문 용어로서의) 〈현상〉으로

28 헤르만 프랭켈Hermann Fränkel, 『초기 희랍의 문학과 철학』(김남
우·홍사현 옮김, 아카넷, 2011) 제2권 제7장 「헤라클레이토스」를 보라.
29 쇼펜하우어Arthur Schopenhauer, 『부록과 증보Parerga und
Paralipomena』 제2권 제5장. 〈세계가 단순히 물리적 의미를 가질 뿐 어떤
도덕적 의미도 갖지 않는다는 저러한 생각은 치유할 수 없는 오류인바 커다
란 정신의 착란에 기인한다.〉

뿐만 아니라 가상, 망상, 오류, 해석, 조작, 창작 등의 의미에서 〈기만〉으로 격하하는 철학이 고지되었다. 이러한 반(反)도덕적 경향이 얼마나 뿌리 깊은 것인가는 아마도, 기독교와 관련하여 조심스러우면서도 적대적인 침묵을 유지하며 이 책 전체를 통해 기독교를 인류가 이제까지 귀 기울였던 도덕적 역설 가운데 가장 타락한 형태로 다루고 있음을 통해 매우 잘 알 수 있을 것이다. 진실로 이 책에서 가르친 순수 미학적 세계 해석과 세계 증명에 대한 가장 큰 적은 기독교적 교설인바, 기독교는 **다만** 도덕적이며 도덕적이고자 하며, 자신의 절대적 척도에 따라, 예를 들어 신의 진실성에 따라 **모든** 예술을 **거짓의** 왕국으로 추방한즉, 이를 부정하고 저주하며 단죄하고 있다. 예술 적대적이라 할 이런 유의 사고방식과 평가 방식의 배후에서 — 그것이 나름대로 진지한 것인 한 — 나는 **삶에 적대적인 태도**, 삶에 대한 원한과 복수심으로 가득 찬 혐오를 감지했다. 이는 삶을 결국 가상, 창작, 착각, 시점(視點), 관점과 오류의 필연성을 통해 보았기 때문이리라. 기독교는 애초부터 본질적으로 철저히 삶에 대한 삶의 혐오와 염증인바, 그것은 지금과는 다른 삶 혹 지금보다 나은 삶에 대한 믿음 속에 감추어지고 숨겨지고 치장되었을 뿐이다. 세계에 대한 증오, 격정에 대한 저주, 아름다움과 감각적인 것에 대한 두려움, 차안을 보다 잘 비난하기 위해 고안된 피안, 근본적으로 보자면 허무, 종말, 안식, 〈안식일 중의 안식일〉을 향한 욕구 — 이 모든 것은 내 보기에 도덕적 가치**만**을 인정하려는 기독교의 절대적 의지, 다시 말해 〈몰락에의 의지〉라고 할 온갖 형식들 가운데 가장 위험하고 가장 섬뜩한 형식과 닮았으며, 적어도 삶에 깃든 중병, 피로, 낙담, 고갈, 쇠진의 징표와 흡사하다. 삶은 근본적으로 비도덕적이기 때문에 도덕(특히 기독교적, 즉 절대적 도덕) 앞에서 삶은 늘 불가피하게 부당한 대우를 받을 수**밖에 없었으며**, 삶은 경멸과 계속되는 부정의 무게에 눌려 마침내 욕구할 가치가 없는 것으로, 그 자체로 가치 없는 것으로 여겨질 수**밖에 없었다**. 도덕은 어떤가? 도덕은 시종일관 〈삶을 부정하는 의지〉, 파괴의 은밀한 본능, 몰락과 축소와 비방의 원리가 아닐까? 따라서 위험 중의 위험이 아닌가? 그리하여 도덕에 **맞서** 당시 나의 본능은, 삶을 변호하려는 나의 본능은 이 문제 많은 책을 들고 일어서, 삶에 대한 전혀 다른 반대 이론과 반대 평가를 내린바, 그것은 순수 예술적인 것이었으며 **반(反)기독교적인** 것이었다. 그것을 어떻게 이름 붙일 것인가? 고전 문헌학자, 언어 연구자로서 나는 그것에 얼마간 자유롭게 — 누가 도대체 반기독교도[30]의 올바른 이름을 알겠는가? — 희랍 신의 이름으로 세례를 주었다. 나는 그것을 **디오뉘소스적인 것**이라고 불렀다.

6

내가 이 책에서부터 감히 다루려 했던 과제는 무엇이었던

---

30 〈반기독교도*Antichrist*〉는 흔히 〈그리스도의 적〉으로 번역된다. 「요한의 첫째 편지」 2장 18절. 〈어린 자녀들이여, 마지막 때가 왔습니다. 여러분은 그리스도의 적이 오리라는 말을 들어 왔는데 벌써 그리스도의 적들이 많이 나타났습니다. 그러니 마지막 때가 왔다는 것이 분명합니다.〉

가를 사람들은 알게 되었다……. 이제 와서 심히 유감스러운 것은 당시 나에게는 아직 용기(혹은 무모함?)가 부족하여, 독창적 견해와 시도를 나의 **독창적 언어**로 담아내지 못했다는 점이며 — 고생해 가며 쇼펜하우어와 칸트적 표현 방식을 가지고, 칸트와 쇼펜하우어의 사상과 취향에 근본적으로 대립되는 독창적이며 새로운 가치를 표현하려 애썼다는 점이다. 쇼펜하우어는 비극을 어떻게 생각했던가?『의지와 표상으로서의 세계』제2권 495면에서 그는 이렇게 말하고 있다.[31] 〈모든 비극적인 것을 숭고한 것에 이르게 만든 힘은, 세계와 인생은 참된 만족을 줄 수 없으니 우리가 매달릴 **만한 것이 못 된다**는 인식의 출현이다. 이런 인식에는 비극의 정신이 담겨 있으며 비극의 정신은 **체념**으로 이어진다.〉 하지만 디오뉘소스가 나에게 들려준 말은 이와 얼마나 다르던가! 당시 나는 저 철저한 체념과 얼마나 멀리 떨어져 있었던가! 그러나 심히 유감스럽게 생각하는바, 쇼펜하우어의 언어로 디오뉘소스적 사상을 망쳐 어둡게 했다는 점보다 훨씬 더 끔찍한 것이 있다. 즉, 당시 나에게 드러난 위대한 **희랍적 문제**를 매우 근대적인 소산과 뒤섞어 **망쳐 놓았다**는 것이다. 바랄 것이 아무것도 없는 곳, 모든 것이 몰락을 향하고 있는 곳에 희망을 걸었다는 것이다. 최근 독일 음악에 근거하여 〈독일적 본질〉이 마치 이제 막 자기를 발견하고 다

---

31 이하 니체가 적시한 쇼펜하우어의 책과 면수는 1859년 라이프치히에서 출판된 판본이다(Schmidt).

시 찾은 양, 나는 낭설을 펴기 시작했다는 것이다.[32] 더군다나 얼마 전까지만 해도 유럽 지배의 의지를, 유럽 견인의 힘을 갖고 있던 독일 정신이 마침내 최종적으로 그 자리에서 **떨려 나와** 제국 건설의 허울 좋은 미명[33] 아래 통속화되고, 민주주의로 변모되고, 〈근대적 이념〉[34]에로 몰락하는 바로 그 순간에 나는 낭설을 펴기 시작했다는 것이다. 사실 요사이 나는 독일 정신에 관해서, 또한 모든 예술 양식 가운데 가장 비(非)희랍적이라 할 최신 독일 음악, 철저히 낭만주의적인[35] **요즘 독일 음악**에 관해서 절망적이고도 단호한 판단을 내려 보았다. 그랬더니 요즘 독일 음악은 최악의 신경 쇠약 유발자였으며, 음주를 좋아하고 몽롱함을 미덕으로 삼는 어떤 민족에게는 두 배로 위험한바, 취하게 하는 동시에 **무디게 하는** 마취제의 이중 성격을 가지고 있었다. 가장 현재적인 것에 너무 성급하게 희망을 걸고 섣부르게 잘못 적용

---

32 뒤에 이어지는 헌정 서문에서 보듯 니체는 한때 바그너의 음악을 독일 정신의 부활로 여겼다. 하지만 『바그너의 경우』, 『니체 대 바그너』 등의 저술에서 이런 생각을 철회하고 〈병적인 음악〉이라는 혹독한 비판을 가한다(Schmidt).

33 보불 전쟁이 끝나기 직전인 1871년 1월 18일 프로이센의 빌헬름 1세는 〈독일 제국〉을 선포하고 스스로 황제가 된다.

34 19세기 중반부터 〈근대 국가〉를 어떻게 수립해야 할 것인가를 놓고 니체 이전에 수많은 지적 논쟁이 있었으며 우선적 대안으로 떠오른 것은 〈민주주의〉였다. 니체는 『차라투스트라는 이렇게 말했다』 등에서 확인할 수 있듯이 〈민주주의〉에 대하여 편견을 가지고 있었다(Schmidt).

35 니체는 프랑스 낭만주의 혹은 19세기 데카당스 운동을 염두에 두고 있다. 여기서 〈음주〉와 〈마취〉과 〈몽롱함〉과 〈신경 쇠약〉의 낭만주의적 조류와 바그너의 음악이 밀접하게 연관되어 있다고 니체는 보았다(Schmidt).

함으로써 당시 나의 첫 작품을 망치게 되었지만, 그래도 여전히 내가 제기한 커다란 디오뉘소스적 의문표는 그대로 남아 있으며, 음악에 관해서도 역시 그러하다. 독일 음악과 달리 낭만주의적 기원을 갖지 않는 음악, **디오뉘소스적** 기원을 갖는 음악은 어떤 음악인가?……

7

그러나 여보게, **당신의** 책이 낭만주의가 아니면 세상에 무엇이 낭만주의란 말인가? 도대체 당신의 예술가 형이상학 이상으로 〈현재〉, 〈현실〉, 〈근대적 이념들〉에 대한 증오를 드러내는 것이 있는가? 당신의 예술가 형이상학은 〈현재〉보다는 오히려 무(無)를, 오히려 악(惡)을 더욱 믿지 않는가? 모든 〈현재〉적인 것에 대한 광분으로 가득한 결의가, 실천적 허무주의에서 그다지 멀지 않은 의지가, 〈**너희들이** 옳다면, **너희들의** 진리가 옳다면 차라리 아무런 진리도 없는 게 낫다〉고 외치는 모습으로 분노와 파괴의 통주저음(通奏底音)이 당신의 대위법적 성부 기법과 귀 현혹술 아래 으르렁거리고 있지 않는가? 여보게 당신 염세주의자여, 예술 숭배자여, 귀를 열어 당신 책의 한 대목을 들어 보시게! 말주변 좋은 용 정복자 대목, 젊은이의 귀와 심장에는 쥐 잡는 사내의 피리 소리만큼 유혹적으로 들렸을 수도 있을 대목을 말이외다. 그것은 1850년의 염세주의 가면을 쓴, 1830년의 진정 낭만주의적 고백이 아닌가? 고백에 이어 이미 낭만주의적 종곡(終曲)이라 할 좌절, 몰락, 옛 신앙과 옛 신으로의 회귀와 추락 등이 울려 퍼지고 있지 않은가?…… 어떤가? 당신의 염세주의적 책은 그 자체로 반(反)희랍주의며 낭만주의가 아닌가? 취하게 하는 동시에 무디게 하는 마취제이며, 한 편의 음악, 그것도 한 편의 **독일** 음악이 아닌가? 들어 보시게![36]

이런 흔들리지 않는 시선을 가지고 섬뜩한 괴물을 향해 영웅적으로 나아갈 젊은 세대를 생각한다면, 용을 물리칠 젊은 세대의 당당한 걸음을 생각한다면, 충실하고 완벽하게 〈결단의 삶을 살기 위해〉 낙관주의가 설파한 모든 나약한 가르침에는 등을 돌리는 무모해 보이는 당당함을 생각한다면 비극적 문명의 비극적 인간이 앞으로 닥쳐올 심각하고 끔찍한 일에 스스로를 준비하기 위해 새로운 예술을, **형이상학적 위안의 예술**을, 다시 말해 비극을 자신의 헬레나로 욕구하며 파우스트처럼 이렇게 외치는 것은 **당연하지 않겠는가?**

그러니 나도 그리움에 가득 찬 힘으로,
오직 하나인 그 여인의 모습을 살려 낼 수는 없겠소?

〈**당연하지 않겠는가?**〉…… 아니외다. 세 번 거듭 말하거니와 아니외다! 너희들 젊은 낭만주의자여, 꼭 그렇게 해야만 하는 것은 **아니외다.** 그러한 **결말**에 도달하는 것, **너희**

---

36 이하 인용문은 『비극의 탄생』 제18장 말미에서 그대로 인용한 것이다.

들이 그렇게 생을 마감하는 것, 다시 말해 쓰여 있는 것처럼 〈위안을 얻고〉, 엄정과 공포에 대한 자기 훈련에도 불구하고 〈형이상학적 위안을 얻고〉, 요컨대 낭만주의자들처럼 **기독교적으로 생을 마감하는 것은**…… 아니외다. 너희들은 우선 **차안(此岸)의** 위로인 예술을 배워야 한다. 젊은 친구들이여, 너희들이 철저히 염세주의자로 남아 있길 원한다면 우선 **웃음을** 배워야 한다. 웃음을 배움으로써 너희들은 언젠가 드디어 모든 형이상학적 위안에 저주를 퍼붓게 될 것이다 ─ 먼저 형이상학에. 또는 **차라투스트라라고** 불리는 디오뉘소스적 거인의 언어로 말하거니와,

  나의 형제들이여, 가슴을 펼쳐라! 활짝, 더 활짝! 그리고 다리도 잊지 마라! 너희들, 훌륭한 무용수들이여, 다리를 들어 올려라! 그리고 그보다 더 좋은 것은, 너희들이 물구나무를 서는 것이다.

  웃는 자의 왕관, 장미로 엮은 화관. 나는 스스로 왕관을 내 머리에 얹었다. 나는 스스로 나의 웃음에 신성을 부여했다. 나는 이렇게 할 수 있을 만큼 강한 자를 달리 찾을 수 없었기에.

  무용수 차라투스트라, 차라투스트라는 날갯짓하는 가벼운 자, 모든 새들에게 신호하며 도약의 준비를 마친 자, 유복하게 마음이 경쾌한 자.

  예언자 차라투스트라, 차라투스트라는 진정 웃는 자, 전혀 성급하지 않은 자, 무조건적이지 않은 자, 도약과 탈선을

좋아하는 자. 나는 스스로 왕관을 내 머리에 얹었다.

　웃는 자의 왕관, 장미로 엮은 화관, 나의 형제들이여, 너희
에게 이 왕관을 던진다. 웃음을 나는 신성하다 말했다. 너희,
보다 높은 인간들이여, 나로써 웃음을 **배우라**!

『차라투스트라는 이렇게 말했다』 제4부 87쪽.[37]

37　제4부 「보다 높은 인간에 대하여」.

리하르트 바그너에게 헌정한 서문

이 책에 통합된 사상이 독특한 성격의 우리 미학적 대중에게 불러일으킬지 모르는 모든 가능한 걱정과 소란과 오해를 떨쳐 버리기 위해, 그리고 아름답고 감격적인 시간의 화석처럼 매 쪽마다 흔적을 남긴 추억의 즐거움[1]으로 이 책의 서문을 쓰기 위해 나는, 친애하는 친구여, 당신이 이 책을 받아 보게 될 순간을 떠올려 봅니다.[2] 아마도 겨울, 눈 내리는 저녁, 산책을 마치고 당신은 결박에서 풀린 프로메테우스[3]가 그려진 표지를 들여다볼 것이고, 나의 이름을 읽을 것이고, 곧 무엇이 쓰여 있든 간에 이 책의 저자는 진지하고 절실한 것을 말하고 있다고 생각하게 될 것이고, 이 책의 저자는

1　니체는 1869년 5월 17일 이후 여러 차례 바그너를 방문했다.
2　1872년 1월 2일 니체는 『비극의 탄생』을 바그너에게 보낸다.
3　표지에 프로메테우스Prometheus를 넣은 것은 바그너에 대한 존경의 표시다. 좌파 헤겔주의자와 무정부주의적 사회주의에 영향을 받은 바그너는 프로메테우스를 비극의 심오한 뜻을 상징하는 인물로 보았다(Schmidt).

마치 곁에 있는 것처럼 당신과 교류하며 얻은 생각을, 오로지 이 교류에서 비롯된 것만을 적어 놓았다고 생각하게 될 것입니다. 당신이 베토벤에 관한 탁월한 기념 논문집[4]을 발표하던 같은 순간에 나는 이제 막 시작된 전쟁의 공포와 흥분 속에서 이런 생각에 몰두했음을 당신은 알게 될 것입니다. 하지만 여기 엮은 책에서 가령 애국적 격앙과 미학적 탐닉의 대립을, 용맹스러운 심각함과 장난스러운 명랑함의 대립을 생각하는 사람들이 있다면 그것은 잘못입니다. 만약 그들이 실제로 이 책을 읽는다면 우리가 얼마나 진지한 독일적 문제를 다루고 있는지를 확인하게 될 것인바, 우리는 독일적 희망의 한가운데 전회와 전환이 되리라는 생각으로 그 문제를 제기했던 것입니다.[5] 그러나 그들이 예술을 〈삶의 엄중함〉에 곁들인 즐거운 오락이나 혹은 없어도 좋을 방울 소리로밖에 여기지 않는다면, 아마도 그들은 미학적 문제를 그렇게 진지하게 다루는 우리가 마뜩하지 않을 것입니다. 그들은 〈삶의 엄중함〉과 이렇게 마주함이 무언지 전혀 모를 테니 말입니다. 진지하기만 한 그들은 알게 되리라! 내가 예술을 지상 과제로, 예술을 인생의 본격 형이상학적 활동으로 여긴다는 것을.[6] 이 길에서 앞서 간 나의 숭고한 선배 투

---

4 1870년 베토벤 탄생 1백 주년을 맞아 편찬한 논문집 『베토벤 *Beethoven*』을 말한다.

5 1876년 8월 13일 바그너의 「니벨룽겐의 반지」가 바이로이트 극장에서 초연된다. 이때부터 바이로이트 음악 축제가 시작된바, 그때까지 아직 니체는 이러한 음악 축제가 독일 문화의 커다란 전환점이 될 것이라고 믿었다(Schmidt).

6 이 부분에서 빌라모비츠의 비판을 들어 보자. 〈이렇게 순진하게 자

사이자 이 자리를 통해 이 책을 헌정하고자 하는 사내를 본
받아.

1871년 말, **바젤**

신의 거짓말을 처음부터 고백해도 좋을까? 리하르트 바그너가 여타 예술
에 대한 음악의 예외적 지위 — 쇼펜하우어로부터 찾아낸 것 — 에 영원한
진리라는 확인 도장을 찍어 주자, 그는 동일한 생각을 고대의 희랍 비극에
적용했음이 틀림없다. 그의 이런 태도는 학문 연구의 길과 어긋나고 있다.
[……] 독단의 길을 니체 선생도 벗어나지 못했다. 그는 역사적 비판적 방
법론을 피하며, 그와 견해를 달리하는 모든 미학 의견을 비난하는 데서 출
발한다. [……] 사람 뼈 가운데 가장 강하다는 두개골에도 쉽게 찾아든다는
아테Ate 여신, 모두를 패망에 이르게 하는 여신이 그를 또한 방문한 것이
다.〉(*Der Streit um Nietzsches Geburt der Tragödie*, 31면 이하)

그림 3. 벨베데레 아폴론

제1장

01   생산이 지속적으로 투쟁하고 주기적으로 화해하는 남녀 양성에 달린 것처럼,[1] 예술 발전이 **아폴론적인 것**과 **디오뉘소스적인 것** 양자에 달렸다는 사실을 우리가 논리적으로 입증할 뿐만 아니라, 더 나아가 이 사실이 직관적으로 분명하다고 사람들을 확신시킬 수 있다면 이는 미학[2]에 이바지하는 커다란 공헌이 될 것이다. 나는 아폴론적과 디오뉘소스적이라는 명칭을 희랍 인민으로부터 빌려 왔다.[3] 희랍 인

1 파르메니데스, DK28A54(=58정암)을 보라.

2 ⟨미학⟩이라는 용어를 현대적 의미로 처음 사용한 사람은 바움가르텐Alexander Gottlieb Baumgarten이다. 1750년 출판된 바움가르텐의 『미학Aesthetica』를 필두로 칸트Immanuel Kant의 『판단력 비판』, 실러의 저작들, 헤겔Georg Wilhelm Friedrich Hegel의 『미학』까지 니체 이전에 미학은 이미 활발히 논의되고 있었다(Schmidt).

3 『델포이 신전의 엡실론에 관하여』에서 플루타르코스Plutarchos는 아폴론과 디오뉘소스가 서로 긴밀히 연결되어 있음을 보여 주고 있다. 델포이 신전에서는 여름 동안에는 아폴론을 모시지만, 겨울 동안에는 디오뉘소스를 모셨다고 한다. 따라서 여름에는 아폴론 찬가인 파이안을 노래했고, 겨울에는 디오뉘소스 찬가인 디튀람보스를 노래했다. 389c 이하. ⟨그들

민은 그들이 가진 예술적 직관의 심오함을 개념적으로 설명하지 않았지만 혜안을 가진 자라면 희랍 인민이 남긴 신화 세계의 투명하고 또렷한 형상들 가운데 이를 분명히 꿰뚫어 볼 수 있을 것이다. 희랍의 두 예술신 아폴론과 디오뉘소스와 연관하여 우리가 깨달은 것은, 희랍 세계에서는 발생의 연원은 물론 그 목적을 달리하는 아폴론적 조형 예술과 디오뉘소스적 비조형적 음악 예술 양자가 서로 극렬히 대립했다는 점이다. 두 예술적 경향은 매우 상이하여 서로 맞서 치열하게 투쟁하며 상대방에게 계속해서 좀 더 강력한 무기를 만들어 내도록 자극하면서 끝임없이 서로 대립하여, 마침내 둘 다 〈예술〉이라 불린다는 점 말고는 공통점을 찾을 수 없을 정도로 대립하게 되었다. 하지만 두 예술적 본능이 서로 짝을 짓게 되었으니, 희랍 인민의 〈의지〉가 이루어 낸 가히 형이상학적 기적이랄까, 그것들은 서로 결합하여 아티카 비극이라는 디오뉘소스적이면서 동시에 아폴론적인 예술 작품을 생산했다.

은 저 신께 디튀람보스를 불렀는바, 이 찬가에는 격정이 가득하며, 탈선과 이탈로 이어지는 변화가 충만했다. 아이스퀼로스에 따르면, 고함을 지르고 술을 마시며 디튀람보스를 디오뉘소스를 위해 부르는 것이 합당하다. 한편 다른 신께는 파이안을 불렀는바, 이 찬가는 질서 정연하고 절제된 노래다. 저 신은 영원히 늙지 않는 청년이며, 다른 신은 회화에서나 조각물에서 많은 형상으로 다양한 모습으로 그려진다. 그들은 일반적으로 한쪽에는 일관성과 질서와 순수한 진지함을 부여했으며, 다른 쪽에는 장난과 오만과 열정과 광기가 뒤섞인 일탈을 부여했는바 디오뉘소스를 고함지르는, 여자를 미치게 만드는, 광기 어린 찬송으로 넘쳐흐르는 신이라고 불렀다. 이로써 틀리지 않게 각각의 고유한 것을 포착했다.〉

02 두 예술적 본능을 보다 자세히 설명하기 위해 나는 우선 예술 세계를 꿈의 세계와 도취의 세계로 분리했다. **꿈**과 **도취**라는 생리학적 현상들은 아폴론적 본능과 디오뉘소스적 본능의 대립에 상응하는 대립을 보여 준다는 점에 나는 주목했다. 루크레티우스가 생각한 것처럼, 신들의 아름다운 형상이 인간의 영혼 앞에 처음 등장한 것은 꿈에서였다.[4] 위대한 조형 예술가는 초인적 존재의 황홀한 육체를 꿈에서 처음 보았다.[5] 만약 희랍의 시인에게 창작의 비결을 물었다면[6] 그도 마찬가지로 꿈을 들먹이며 한스 작스가 「노래하는 장인들」에서 말해 준 다음과 같은 가르침을 우리에게 주었을지도 모른다.

---

4 루크레티우스Titus Lucretius Carus, 『사물의 본성에 관하여』(강대진 옮김, 아카넷, 2012) 제5권 1161~1174행. 〈왜냐하면 사실 벌써 예전에 필멸의 세대들은 신들의 뛰어난 용모를 깨어서도 정신으로 보곤 했으며, 자는 중에는 더더욱, 놀랍도록 큰 몸을 보았기 때문이다. 그리하여 이들에게 감각을 부여하게 되었다. 그들이 사지를 움직이고, 찬란한 외모와 넘치는 힘에 걸맞게 권위 있는 목소릴 발산하는 것으로 보인다는 이유로.〉

5 에페소스 출신의 화가 파라시오스Parrhasios(B.C. 440~B.C. 390)는 꿈속에서 헤라클레스의 모습을 보고 그대로 그렸다고 한다. 격언시 한 편이 이와 관련하여 전한다. 『희랍 격언시선집Anthologia Graeca』(II, 60. 〈그는 밤마다 종종 파라시오스의 꿈속에 나타나던 모습 그대로, 그는 보기에 그러합니다.〉 그가 당대의 또 다른 화가 제욱시스Zeuxis와 경쟁자로 벌인 일화들은 오늘날까지도 유명하다.

6 2세기의 파우사니아스Pausanias는 그의 책 『희랍 유람Periegesis Hellados』 1, 21, 2에서 이렇게 적었다. 〈아이스퀼로스가 말하는바 그는 어릴 적 들판에서 까마귀를 쫓고 있다가 잠이 들었는데, 디오뉘소스가 그에게 나타나 비극을 쓰라고 명했다. 날이 밝자 그는 이에 복종하여 가벼운 마음으로 이를 시도했다.〉

친구여, 시인의 일은

자신의 꿈을 밝혀 이해하는 것.

인간이 진실로 바라 마지않는 것,

그것은 꿈으로 드러나며

시인의 기술과 솜씨는 다만

진실을 보여 주는 꿈의 해석일세.[7]

03   꿈이라는 아름다운 가상은 — 꿈을 꾼다는 의미에서 인
간은 모두 온전한 예술가다 — 모든 조형 예술의 전제 조건
이며 앞으로 우리가 보게 되겠지만 문학의 중요한 절반이
다. 꿈의 세계에서 우리는 형상을 직접적으로 이해하며 온
갖 형상들이 우리에게 말을 건네는 것을 즐긴다. 거기에는
있으나 마나 한 것이나 불필요한 것은 없다. 꿈을 아주 생
생하게 체험하는 순간에도 물론 이것이 **가상**이지 하는 어렴
풋한 느낌을 우리는 갖는다. 적어도 나의 경험은 그러하며,
그것도 매우 빈번하게 그러한바, 이것이 짜장 정상임을 밝
혀 줄 시인들의 증언과 진술 몇 가지를 여기서 언급해야 할
지도 모르겠다. 철학적 인간은 심지어 우리가 지금 살아가
고 있는 현실도 제2의 전혀 다른 현실을 은폐하고 있으며,
그래서 지금의 현실은 허상이 아닐까 의심한다. 쇼펜하우어

---

7   인용문은 바그너의 오페라 「뉘른베르크의 노래하는 장인들」 제3막
에 등장하는 구두장이 한스 작스라는 인물이 부르는 노래 가사다. 뉘른베
르크의 구두장이 한스 작스Hans Sachs(1494~1576)는 다른 한편 시인으
로서 종교 개혁과 루터를 지지하는 「비템베르크의 나이팅게일」로 이름을
알렸다.

는 인간계, 더 나아가 만물이 허깨비나 꿈이 아닐까 하는 의혹을 누군가가 갖는다면 그 사람은 철학할 능력을 타고난 사람이라고 하지 않던가! 예술적으로 고양된 철학자가 삶이라는 현실을 바라보는 시각으로 인간은 꿈이라는 현실을 바라본다. 예술적으로 고양된 인간은 이 현실을 물끄러미 하나도 놓치지 않고 바라본다. 왜냐하면 거기에 나타난 영상들을 가지고 삶을 해명하고, 거기에 드러난 예지를 가지고 삶을 연습하기 때문이다. 선명하게 모든 것을 드러내는 꿈을 통해 예술적으로 고양된 인간이 경험한 모든 것들이 편하고 즐거운 영상들만으로 이루어진 것은 아니다. 심각하고 어둡고 슬프고 참담한 것이, 갑작스러운 혼란이, 우연의 장난이, 초조한 기대들이, 간단히 말해, 인생이 겪는 『신곡』이 「지옥」 편도 빠뜨리지 않고 예술적으로 고양된 인간을 스쳐 지나간다. 그것이 다만 마치 그림자극처럼 지나가는 것은 아니다. 왜냐하면 예술적으로 고양된 인간 본인이 여기에 등장하는 장면마다 참여하고 체험하기 때문이다. 그렇다고 또한 가상이라는 허망한 느낌이 전혀 없는 것도 아니다. 아마도 나와 마찬가지로 어떤 사람은 끔찍하고 경악할 만한 꿈속의 사건에 처하여 용기를 내어 〈이것은 꿈이야! 나는 이 꿈을 계속 꾸겠어!〉라고 외치는 데 성공한 적이 있었음을 기억할 것이다. 한편, 사흘 밤이고 나흘 밤이고 연거푸 같은 꿈을 꿈꿀 수 있는 사람들도 있었다고 전한다. 이런 사실들을 미루어 보건대 우리네 모두의 보편적 심연, 우리네 내면세계는 꿈을 체험하면서 오묘한 쾌락과 필연적 희열을 느낀다는 것이 분명하다.

04   꿈이라는 필연적 희열을 희랍 인민도 그들의 아폴론으로 표현했다. 아폴론은 모든 조형 능력들의 신[8]이며 예언의 신[9]이다. 어원상 〈빛나는 자〉[10]인 태양의 신 아폴론은 내면적 몽상 세계의 아름다운 가상까지도 다스린다. 보다 높은 차원의 진리, 부서진 채로 드러나는 일상 현실과는 상반되는 몽상 세계의 완전무결함, 잠과 꿈을 통해 치유하고 구원하는 자연에 대한 심오한 이해 등은 예언하는 능력, 삶을 살아갈 만하고 살아갈 수 있는 것으로 만드는 예술 일반과 더불어 모두 아폴론을 상징하는 유사물이다. 한편 아폴론의 형상에 섬세한 윤곽이 빠질 수는 없는 법이다. 꿈의 형상은 이 섬세한 선을 넘어서는 안 되는바 병적 증세로 발전할 수도, 최

    8   아폴론과 조형 예술과의 연관성은 고대 세계에서 찾아볼 수 없다(Schmidt). 굳이 조형 예술과의 연관성을 찾는다면 희랍의 청년상*Kouros*이다. 희랍 땅에서는 상고기(기원전 8세기)를 전후하여 벌거벗은 청년상이 만들어진바, 발굴 초기에는 이를 아폴론과 연관시켰다. 아폴론은 사내아이가 어엿한 성인으로 인정받으며 정식으로 공동체 구성원이 되는 연령을 상징하는 신이기 때문이다.
    9   아이스퀼로스Aischylos, 『자비로운 여신들』 615행 이하에서 아폴론은 자신을 소개하며 이렇게 말한다. 〈나는 예언자인 만큼 거짓말을 하지 않소. 나는 예언자의 왕좌 위에서 남자에 관해서도 여자에 관해서도 도시에 관해서도, 올륌포스 신들의 아버지이신 제우스께서 명령하시지 않을 것을 말한 적은 한 번도 없었소이다.〉
    10   적어도 19세기 어원 분석에 따르면(Schmidt) 『일리아스*Ilias*』 제1권 43행 등에 등장하는 아폴론의 장식적 별칭은 〈포이보스*Phoibos*〉이며 이 말은 〈빛나는〉이라는 뜻으로 해석된다. 아폴론이 태양의 신과 동일시된다는 점도 이와 관련이 있다. 하지만 오늘날 〈포이보스〉의 어원과 그 의미는 매우 불분명하다(W. Burkert, *RM*, 1975).

악의 경우 투박한 현실의 가상이 우리를 속일 수도 있기 때문이다. 조형 예술의 신이 보여 주는 절제된 윤곽선,[11] 거친 움직임의 생략, 지혜로운 고요를 보라! 아폴론의 눈은 어원에 걸맞게 〈태양과 흡사〉[12]함이 분명하다. 분노한 눈, 불쾌한 시선으로 그가 바라볼 때조차 아름다운 가상의 거룩함이 아폴론의 조상 위에 어린다. 그리하여 마야의 너울[13]에 갇힌 인간에 관하여 쇼펜하우어가 언급한 것, 바로 그것이 아폴론에 관하여서도 정확히는 아니지만 들어맞는다. 〈포효하는 바다, 사방에서 산더미 같은 파도가 끊임없이 솟아오르고 곤두박질치며 부서지는 바다에서 뱃사람이 나룻배, 허술한 조각배에 몸을 의지한 채 앉아 있다. 이와 같이 인간

11   니체는 빙켈만이 희랍 예술의 근원에 관하여 만족할 만큼 그 본질을 드러내지 못했다고 생각했음에도 〈윤곽선〉이라는 개념은 빙켈만을 따르고 있다(Schmidt). J. Winckelmann, *Gedanken über die Nachahmung der griechischen Werke in der Malerei und Bildhauerkunst* (Dresden und Leipzig, 1756) 16면 이하. 〈가장 숭고한 윤곽선은 가장 아름다운 자연의 모든 부분들과, 희랍사람들의 조형물에 표현된 이상적인 아름다움의 모든 부분들을 통일하거나 규정한다. 혹은 오히려 윤곽선은 양자의 최고 개념이다. [……] 자연의 충일을 자연의 과잉과 구분하는 선은 매우 섬세하다. 최근의 위대한 작가들조차 늘 손에 잡히지 않는 이런 경계선을 두 방향으로 너무 많이 벗어나 버렸다. 빈약한 윤곽선을 피하고자 했던 자들은 부어오른 과잉을 범했으며, 과잉을 피하려던 자들은 말라비틀어진 빈약함에 빠져 버렸다.〉

12   플로티노스Plotinos, 『엔네아데스*Enneades*』 I, 6 이하. 〈눈이 태양의 형상을 닮지 않았다면 눈은 태양을 결코 볼 수 없었을지도 모르는 것처럼, 영혼은 아름답지 못하면 아름다움을 결코 인식할 수 없다.〉

13   〈마야*Māyā*〉는 가상, 환상, 거짓, 기만, 환영을 나타내는 용어로 쇼펜하우어가 자신의 책에서 다루고 있다. 쇼펜하우어에서 〈개별화의 원리〉를 가리킨다. 『의지와 표상으로서의 세계』 제4권 63장 582면. 〈이는 개별화의 원리에 사로잡혀 마야의 너울에 의해 속고 있는 것이다.〉

은 외로이 개별화의 원리에 몸을 기대고 의지한 채, 고통으로 가득한 세계에 고요히 앉아 있다〉(『의지와 표상으로서의 세계』 제1권 416면).[14] 그래, 아폴론도 그렇다고 말할 수 있지 않을까? 개별화의 원리에 기대어 추호의 흔들림 없이 고요히 앉아 아폴론은 확고부동함과 고요함을 가장 숭고하게 표현한다고 말할 수 있다. 그리고 아폴론은 개별화의 원리를 가장 탁월하게 보여 준 신상이라고, 그의 몸짓과 시선은 우리에게 〈가상〉의 쾌락과 지혜와 함께 아름다움도 속삭인다고 우리는 말할 수 있겠다.

05   인용한 책에서 쇼펜하우어는 인간을 사로잡는 커다란 공포를 묘사한다.[15] 충족 이유율을 깨뜨리는 예외를 충족 이

14   시모니데스Simonides는 페르세우스와 그의 어머니 다나에가 나무 상자에 담겨 거친 바다를 떠돌아다니는 장면을 노래한다(『초기 희랍 문학과 철학』 II, 588면 이하). 〈아들아, 이 얼마나 큰 시련인가? 너는 잠잔다. 젖먹이와 같이 너는 즐거움이 없는 상자에, 청동 못으로 닫아 놓은 어둠 속에서 잠들어 있었다. ─ 검푸른 어둠 속에서. 너의 짙은 머리카락 위로 소금 물결이 파도치며 쏟아질 때도 너는 두려워하지 않으며, 너의 고운 얼굴을 자줏빛의 담요에 밝게 누이고 너는 폭풍 소리에도 울지 않는다. 만약 무언가 두려워할 무엇이 네게 무서움을 줄 때, 너는 여린 귀로 나의 말을 듣는다. 나는 말하노니, 잘 자라, 내 아기, 파도도 잠들어라, 나의 시련도 그만 잠들어라. 아버지 제우스여, 당신이 보낸 운명의 전환이 있으라. 나의 소원이 지나치고 잘못되었다면 이를 용서해 주시길.〉

15   『의지와 표상으로서의 세계』 제4권 63장 582면 이하. 〈근거율이 여러 형태들 가운데 예외를 겪는 것 같음으로써, 어떤 우연한 사건으로 인해, 개별화의 원리에서 갈피를 못 잡게 될 때 사람들은 느닷없이 전율에 사로잡힌다. 예를 들어 원인도 없이 어떤 결과가 벌어졌다고 생각되거나, 또는 죽은 사람이 다시 살아났다고 생각되거나, 또는 그 밖에 어떤 과거의 일이나 미래의 일이 현재에 나타나고, 멀리 있는 것이 가까이서 나타난다고 생각되는 경우 전율을 느끼게 된다.〉

유율의 여러 형태들 가운데 어느 하나에서든 경험한다 싶을 때,[16] 인간은 갑작스러운 혼란 가운데 현상계를 인식하는 형식을 놓치고 이내 공포에 사로잡힌다는 것이다. 만약 이런 공포에 기쁨에 넘치는 희열을 덧붙인다면 어떨까? 개별성의 원리가 깨질 때 인간은 내면 깊은 곳, 본성으로부터 용솟음치는 희열을 맛본다고 말하면 어떨까? 환희가 공포와 하나로 합쳐진 융합에서 우리는 **디오뉘소스적 본질**을 엿보게 된다. 이를 **도취**라는 비유적 표현을 통해 다음과 같이 설명할 수 있다. 태고의 인간들이나 민족들이 모두 신으로 여겨 찬미하여 노래하던 술기운 때문인지, 아니면 주변 자연 만물을 온통 즐거움에 흥분시키며 다가오는 엄청난 봄기운 때문인지 아무튼 인간은 디오뉘소스적 격정에, 조금씩 고조되다가 마침내 개별적 내가 나를 망각하는 몰아의 도취에 눈을 뜬다.[17] 중세 독일에서 디오뉘소스적 힘은 점점 더 커지는 군중으로 하여금 이리저리 옮겨 다니면서 춤추고 노래하게 만들었다. 성 요하네스 축제와 성 비투스 축제[18] 때가 되면, 우리

---

16   쇼펜하우어는 충족 이유율*Satz vom Grunde*을 네 가지 형태로 구분한바, 생성의 충족 이유율, 존재의 충족 이유율, 인식의 충족 이유율, 행위의 충족 이유율 등이 그것이다(『철학사전』, 중원문화, 2009).

17   서정시의 창시자 아르킬로코스Archilochos는 파로스 섬에서 태어난 이오니아 사람이거나 이오니아계의 혼혈이다. 그의 부친은 트라키아인 여자 노예에게서 사생아로 그를 얻었다. 그는 전사로서 그리고 용병으로서 모험이 가득 찬 삶을 보냈다. 그는 대략 기원전 680년에서 기원전 640년까지 살았다. 아르킬로코스의 단편(120West) 〈나는 포도주로 마음에 번개 맞아 왕 디오뉘소스의 아름다운 노래 디튀람보스를 이끌 줄 안다.〉 아르킬로코스에 대한 문학에 대해서는 『초기 희랍의 문학과 철학』 제1권 241면 이하를 보라.

가 분명히 알고 있는바, 사람들은 마치 희랍 인민이 박코스 축제 때 그랬던 것처럼,[19] 아니 그보다 이전의 소아시아에서처럼, 또는 바빌론에서 열렸던 광란의 사카이아 축제에서처럼 떼를 지어 돌아다니며 춤을 추었다. 경험이 부족하거나 감각이 무딘 자들은 이런 현상을 마치 〈집단 병증〉[20]인 양 조롱하며, 자신들은 그런 병증에 시달리지 않는다고 안도한다. 저들은 짐짓 유감을 표하며 집단 병증을 피해 멀리 달아난다.[21] 하지만 가련한 저들은 전혀 짐작도 못 하리라. 열광

18   성 비투스는 시킬리아 태생으로 303년 순교했다. 6월 15일이 성 비투스 축제일이며, 이 축제일을 맞아 중세 말 독일 지역에서는 본문에서 언급한 종류의 축제를 벌였다고 한다. 니체는 J. F. K. Hecker, *Die Tanzwuth — Eine Volkskrankheit im Mittelalter*(Berlin, 1832)를 참조했다(Schmidt).

19   소포클레스Sophocles, 『안티고네*Antigone*』(천병희 옮김, 숲, 2008) 1146행 이하. 〈그대 불을 숨 쉬는 별들의 합창 가무단의 지휘자시여, 밤의 환호성의 주인이시여, 제우스의 친아드님이시여, 나타나소서, 오오! 왕이시여, 복을 가져다주는 이악코스 앞에서 밤새도록 미친 듯 춤추는, 그대의 시녀들인 튀이아이들을 이끄시고!〉. 에우리피데스 『박코스의 여신도들』 135행 이하. 〈들판에는 젖이 흐르고 포도주가 흐르고 벌들의 넥타르가 흐른다네. 박코스 신은 지팡이에서 쉬리아산(産) 향연(香煙)처럼 송진 불이 활활 타오르게 하신다네. 뛰고 춤추고 환호성을 지르도록 떠돌아다니는 자들을 고무하시며 숱이 많은 머리털을 하늘을 향하여 휘날리시며 그 고함소리 사이에서도 그분의 목소리는 우렁차도다.〉

20   〈집단 병증〉이라는 단어는 앞서 언급한 헤커Hecker 책의 부제목이다.

21   기원전 186년 로마 원로원은 박코스 축제를 원칙적으로 이탈리아 전체에서 금지하고 이를 동판(銅版)에 새겨 공고하였다. 리비우스, 『로마사』39.13.8 이하. 〈캄파니아 여자 파쿨라 안니아가 사제를 맡았을 때, 그녀는 신의 뜻이라며 모든 것을 바꾸어 버렸는데, 최초로 남자의 입교를 허락하였는바, 그녀의 아들 미니우스와 헤레니우스 케리니우스가 바로 그들이다. 그녀는 주간 희생제를 야간 희생제로, 매년 3일을 매달 5일로 변경하였다. 이때 이래로 남녀 혼성으로 희생 제의가 행해졌고, 여성과 남성의 뒤섞

하는 디오뉘소스의 사제들이 타오르는 생명력으로 저들 옆을 지날 때에, 저들이 자랑하는 그 잘난 〈건강〉이 얼마나 창백하고 유령 같은지 말이다.

06 디오뉘소스적 도취가 휩쓰는 가운데 인간과 인간 사이의 연대(連帶)가 다시 한 번 확고해진다. 이것만이 아니다. 정복되고 소외되었던 적대적인 자연이 이제 잃어버렸던 그녀의 아들, 인간과 다시금 화해의 축제를 벌인다. 대지는 기꺼이 재주를 한껏 뽐내고, 바위산과 사막에 살던 야수들은 살갑게 다가선다. 디오뉘소스는 화관을 쓰고 꽃이 지천으로 덮인 마차에 오른다. 표범과 호랑이가 멍에 아래 마차를 끈다. 베토벤이 지은 「환희의 송가」를 한 폭 그림으로 바꾸어 보라! 수백만 인민이 놀라 땅바닥에 몸을 조아릴 때도 결코 상상력을 늦추지 말라! 그리하면 당신은 디오뉘소스적인 것에 좀 더 가까이 접근할 수 있을 것이다. 보라! 노예가 자유민이 된다.[22] 보라! 인간들 사이에 결핍과 자의(恣意) 또는 〈방자한 유행〉[23]을 확립한 완고하고 모진 구속이 산산이 깨

임과 야간의 어둠이 방종을 허락하자, 온갖 악행이, 온갖 비행이 저질러졌다. 여성들끼리의 음란 행위보다 남성들끼리의 음란 행위가 더욱 만연했다. 만약 누군가 이런 비행을 거부하고 악행에 염증을 느낄 경우, 이 자는 희생물로 바쳐졌다. 《무슨 짓이든 일체 불경으로 간주하지 않는 것, 이것이 이들에게는 최고의 종교적 경지였다.》〉

22 로마의 사투르누스 축제에서는 주인과 노예의 구별이 한시적으로 철폐되었다.

23 실러가 짓고 베토벤이 곡을 붙인 「환희의 송가」에서 인용한 것이다. 〈당신의 마술이 다시 이어 붙이니, 오늘의 유행이 엄격히 구분했던 것들을.〉 실러의 〈엄격히〉라는 노랫말을 베토벤은 처음에는 그대로 사용하다가 나중에 〈방자히〉라고 고쳤다고 바그너는 전하고 있다(『베토벤』). 하지만

진다. 보라! 세계 화합의 복음이 울려 퍼지는 가운데 인간은 모두 자신이 이웃과 어울려 서로 화합하고 화해하고 융화되었다고 느낀다. 혼연일체의 하나가 되었다고 느낀다. 마치 마야의 너울이 찢겨 누더기가 되어 신비로운 혼연일체의 하나[24] 앞에 너덜거리는 듯하다. 이제 인간은 보다 고양된 공동체의 일원이 되어 노래하고 춤춘다. 말하기와 걷기를 잊고 춤추며 창공으로 도약하려 한다. 그의 몸짓은 신들린 듯하다. 짐승은 인간 언어를 말하고 대지는 젖과 꿀을 내주고, 인간에게는 초자연적인 것이 어린다.[25] 인간은 스스로를 신

오늘날 〈방자히〉라고 고쳐진 노랫말은 베토벤의 의도가 아니라 단순히 필사자(독일 마인츠의 Schott판본)의 실수인 것으로 밝혀졌다.

24 〈혼연일체의 하나〉는 개별자들이 그 개별성을 규정하는 모든 것들을 다 벗어 버리고 더 이상 구별되지 않는 근원적인 무엇이 된 상태, 혹은 반대로 개별자가 개별성을 얻기 이전의 상태를 가리킨다. 개별성의 소멸은 아낙시만드로스Anaximandros의 무규정자apeiron를 연상시킨다. 「아낙시만드로스 단편 B1」(정암학당, 2005). 〈그것(근원)은 물도 아니고, 원소라고 불리는 것들 중에서 다른 어떤 것도 아니며 (물이나 원소들과는) 다른 무한정한 어떤 본연의 것tis physis apeiros이다. 그것에서 모든 하늘ouranoi과 그것(하늘)들 속의 세계들kosmoi이 생겨난다. 그리고 그것들로부터 있는 것들의 생성이 있게 되고, (다시) 이것들에로 (있는 것들의) 소멸도 필연chreon에 따라 있게 된다. 왜냐하면 그것들은 (자신들의) 불의adikia에 대한 벌dike과 배상tisis을 시간의 질서taxis에 따라 서로에게 지불하기 때문이다.〉 아낙시만드로스의 단편 마지막의 〈서로에게〉는 딜스Diels의 1903년 편집본에 추가된 것으로, 니체가 1873년 『희랍 비극 시대의 철학』이란 논문을 완성할 때는 〈서로에게〉가 빠진 편집본을 참고했던 것으로 보인다. 〈서로에게〉가 삽입됨으로써 아낙시만드로스가 존재 자체를 범죄로 보는 해석은 힘을 잃었다.

25 이상 언급된 디오뉘소스의 기적과 관련하여 에우리피데스 『박코스의 여신도들』 695행 이하. 〈그들은 먼저 머리털을 어깨 위로 풀어 내리고 나서, 옷고름을 풀어 놓았던 새끼 사슴 가죽을 고쳐 맸는데, 그들이 그 얼룩덜

이라 여기며, 제 꿈속에 거닐던 신들처럼 그렇게 황홀하고 아름답게 거닌다. 이제 인간은 더 이상 예술가가 아니라, 다름 아닌 예술 작품이 되었다. 혼연일체의 하나가 희열의 절정에 이르는 순간, 자연의 예술적 힘이 도취의 전율과 함께 발휘된다. 이 순간, 귀한 찰흙이 빚어지고 소중한 대리석이 다듬어져 인간이 된다.[26] 디오뉘소스적 세계 예술가의 끌질이 가해진다. 엘레우시스의 찬가가 울려 퍼진다.[27] 〈수백만 인민들이여, 너희들은 몸을 낮추었느냐? 세계여, 너는 창조자를 예감하느냐?〉[28]

룩한 가죽에 허리띠로 맨 뱀들은 그들의 볼을 핥고 있었습니다. 그들 가운데 갓난아이를 집에 두고 와서 젖이 불은 젊은 어머니들은 산양이나 사나운 늑대 새끼들을 품에 안고 젖을 먹이고 있었습니다. 그리고 그들은 담쟁이덩굴과 참나무 가지와 꽃이 많은 메꽃 잎의 화관을 썼습니다. 그리고 한 여인이 튀르소스를 들고 바위를 치자 시원한 샘물이 바위에서 솟아올랐습니다. 다른 여인들이 지팡이를 땅에 꽂자, 신이 그녀에게 포도주의 샘을 올려 보내 주셨습니다. 흰 우유가 마시고 싶은 여인들은 손톱으로 땅을 파기만 해도 우유가 솟구쳐 올랐습니다. 담쟁이덩굴을 감은 튀르소스들로부터는 달콤한 꿀이 줄줄 흘러내렸습니다.〉

26 제9장 제3절을 보라.

27 아테네 사람들은 해마다 엘레우시스로 축제의 행진을 개최했으며 이때 데메테르 여신과 디오뉘소스를 모셨다고 한다. 『안티고네』 1115행 이하. 〈많은 이름을 가지신 분이시여, 카드모스의 따님의 영광이자, 크게 천둥을 치시는 제우스의 자식이시여, 이름난 이탈리아를 지켜 주시고 모든 손님을 반겨 주는, 데메테르의 들판을, 엘레우시스만을 다스리시는 분이시여! 오오 박코스시여, 이스메노스의 흐르는 물가, 사나운 용의 이빨들이 뿌려진 곳, 박코스 신도들의 어머니 도시인 테바이에 거주하시는 분이시여!〉

28 「환희의 송가」 33~34행.

그림 4. 목신과 아프로디테

제2장

01   우리는 아폴론적인 것과 디오뉘소스적인 것을 서로 대립
하는 예술적 힘이라 생각한다. 그런데 예술적 힘은 **예술가
인간이 이를 표현하기 이전에** 자연에 의해 표출되며 그럼
으로써 예술적 본능은 우선적이고 직접적으로 충족된다. 하
나는 꿈속에 나타나는 영상을 통해 충족되는바 영상은 완
벽 자체이며 개인의 지적 수준이나 예술적 교육 정도와 전
혀 무관하다. 다른 하나는 현실 세계에서 체험하는 황홀한
도취를 통해서 충족되는바 개인을 또한 고려하지 않으며 개
별자를 파괴하고 혼연일체의 신비적 체험을 통해 개별자를
다시 구원하고자 한다. 자연이 이렇게 직접적으로 예술을
구현한다고 할 때 예술가는 다만 〈모방자〉인바 그는 아폴
론적 혹은 꿈의 예술가이거나 아니면 디오뉘소스적 혹은 도
취의 예술가, 아니면 끝으로, 예를 들어 희랍 비극에서 볼 수
있는 것처럼 꿈과 도취의 예술가다. 우리는 꿈과 도취의 예
술가가 열광하며 몰려다니는 합창대와 떨어져 홀로 디오뉘

소스적 도취와 신비적 자기 망각에 빠져 세계의 가장 내밀한 근원과 하나 된 상태에 있으며 이런 자신의 상태를 아폴론적 꿈에 힘입어 **꿈이라는 비유적 영상**을 통해 표현하고 있다고 생각해야 한다.

02 이렇게 몇 가지를 예비적으로 언급하며 논점을 또렷이 세웠으므로 이제 **희랍 인민에게** 가까이 다가가 묻는다. **자연의 예술적 본능들**은 희랍 인민에게 어느 단계와 수준까지 전개되어 있었던가? 이 물음에 답함으로써 우리는 희랍 예술가와 그의 원형들과의 관계를, 혹은 아리스토텔레스의 표현에 따라[1] 〈자연의 모방〉[2]을 좀 더 깊이 이해하고 평가할 수 있을 것이다. 희랍 인민의 모든 꿈 문학과 무수한 꿈 일화들[3]에도 불구하고 희랍 인민의 **꿈**에 관해 추측뿐이지만 상당한 확신을 갖고 말하거니와, 믿을 수 없을 만큼 정확하고 확고한 조형 능력과 밝고 솔직한 색채 욕망을 가졌던 희랍 인민은 — 이 점에서 우리 모두 자신의 미욱함을 부끄

1 아리스토텔레스, 『시학』 1447a1. 〈서사시와 비극, 희랍과 디튀람보스, 그리고 대부분의 피리 취주와 키타라 탄주는 전체적으로 볼 때 모두 모방의 양식이다.〉

2 제22장에도 〈자연의 모방〉을 언급하며 비극시인의 작품은 결코 자연의 모방이 아니라고 말하는데 이때 〈자연〉은 자연적 대상물이 아니라 근원적 예술적 의지라는 의미에서의 자연을 가리킨다(Schmidt).

3 대표적인 꿈 문학으로 2세기 중반의 아르테미도로스Artemidoros가 저술한 『꿈의 해석Oneirokritikon』이 있다. 이 책은 전 5권으로 구성되어 있으며 해몽에 관련된 여러 사항들을 상세히 논하고 있다. 아리스토텔레스의 『자연학 소고Parva naturalia』라는 논문집에는 「꿈에 관하여」와 「꿈에 나타나는 예언에 관하여」 등의 논문이 실려 있다. 그 밖에 헤로도토스Herodotos의 『역사』에도 꿈과 관련된 수많은 일화가 담겨 있다.

러워할 일이다 — 선과 윤곽의, 색채와 배열의 논리적 연관
을, 그들 최고의 부조를 닮은 연속 장면들을 꿈에서도 보았
으리라 전제하지 않을 수 없다. 그 완전무결함에 비추어 이
런 비유가 가능하다면, 꿈꾸는 희랍 인민들을 복수(複數)의
호메로스라 부르고 호메로스를 꿈꾸는 희랍 인민이라 부를
수 있을 것인바, 꿈을 꾼다는 이유로 근대인들을 감히 셰익
스피어에 견주는 것보다는 훨씬 더 진정한 의미에서 그러하
다.

03   반면 **디오뉘소스적 희랍 인민**과 디오뉘소스적 이방인을
가르는 큰 차이가 있음은 오로지 추측만으로 말하는 것이
아니다. 우리는 로마에서 바빌론에 이르는 고대 세계의 곳
곳에 — 지금은 일단 최근의 것들은 접어 두자 — 디오뉘소
스 제례들이 여럿 존재했음을 입증할 수 있다. 이 제례들의
모양새와 희랍 디오뉘소스 축제의 모양새를 비교해 보면,
그 차이는 마치 염소에서 이름과 속성을 빌린 수염 기른 사
튀로스와 디오뉘소스 장본인을 나란히 세워 놓은 것만큼이
나 크다. 이들 제례들에서는 대개 폭발적인 성적 방종이 중
심을 이루며, 이때 성적 방종이 해일처럼 밀려들어 가족 제
도와 그 소중한 규칙들을 휩쓸어 간다. 이때 자연계에 존재
하는 가장 사나운 야수들이 거리를 활보하며, 욕정과 잔혹
을 불러일으키도록 조제된 〈마녀의 미약〉에 취한 듯 보이는
행위를 서슴지 않았다.[4] 이런 제례가 육로와 바닷길을 통해

─────

4   앞서 인용한 『박코스의 여신도들』에서도 확인되는바 에우리피데스
는 희랍의 박코스 축제 또한 아시아적인 요소를 갖고 있다고 믿었다. 분명

희랍에 알려졌을 때, 희랍 인민은 상당 기간 겉보기에는 이런 제전이 내뿜는 열기와 광기로부터 안전한 듯, 희랍 땅에서 긍지에 넘쳐 당당하게 버티고 선 아폴론의 형상이 그들을 보호하는 듯 보였다.[5] 디오뉘소스적 힘은 아폴론이 이제껏 메두사의 머리[6]를 들어 대항해 본 어떤 적보다 끔찍하고 소름 끼치는 것이었다. 저항하는 근엄한 아폴론을 영원으로

한 것은 광란과 방종의 요소를 희랍 디오뉘소스 축제도 빼놓지 않았다는 점이다(Schmidt).

5 디오뉘소스가 트라키아로부터 희랍에 전파되었다는 생각은, 니체를 지지했던 에르빈 로데Erwin Rohde의 권위를 빌려 분명한 역사적 사실로 믿어져 왔지만 최근에 밝혀진 고고학적 증거에 따르면 기원전 15세기부터 디오뉘소스에 대한 제사가 있었으며 디오뉘소스라는 이름 자체가 미노아-뮈케네 문명과 연관되어 있음이 분명하다. 하지만 아테네에서 디오뉘소스 축제가 시작된 것은 기원전 6세기경이며, 디오뉘소스에 대한 표상이 완성된 것은 기원전 5세기 『박코스의 여신도들』(기원전 400년경 초연)에서다(W. Burkert, *Greek Religion*, 1991, 162면 이하).

6 〈메두사의 머리〉는 제우스의 방패 아이기스를 의미한다. 아이기스의 한가운데에는 메두사의 머리가 붙어 있어 이로써 적을 놀라게 한다. 『일리아스』 제5권 738행 이하. 〈그녀는 양쪽 어깨에 술이 달린 무시무시한 아이기스를 걸쳤는데, 그 가장자리에는 빙 돌아가며 공포가 새겨져 있었고 그 안에는 불화와 투지와 소름 끼치는 추격이 그려져 있었으며, 중앙에는 아이기스를 가진 제우스의 전조인 무서운 괴물 고르고의 무시무시한 거대한 머리가 새겨져 있었다.〉 제15권 229행 이하에서 제우스가 아폴론에게 아이기스를 빌려 준다. 〈자, 너는 술 달린 아이기스를 손에 들고 이를 세게 흔들어 아카이오이족 영웅들을 놀라게 하라!〉 제15권 318행. 〈포이보스 아폴론이 아이기스를 감히 손에 들고 있는 동안에는 날아다니는 무기들이 서로 상대방을 맞혀 백성들이 잇달아 쓰러졌다.〉 제24권 18행. 〈그러나 아폴론이 헥토르를 불쌍히 여겨 죽었어도 그의 살을 온갖 손상에서 지켜주었으니, 그는 황금 아이기스로 그의 온몸을 덮어 끌고 다녀도 그를 찢지 못하게 했던 것이다.〉

승화시킨 것이 바로 도리아 예술이다.[7] 마침내 유사한 본능이 희랍의 밑바닥으로부터 꿈틀거리기 시작하자 아폴론의 저항은 소용 있을까 의심스럽다 못해 불가능해 보이기까지 했다. 이렇게 되자 델포이 신이 할 수 있는 일이라고는 그저 때를 놓치지 않고 화해를 이끌어 내어 난폭하기 그지없는 적이 파괴적 무기를 내려놓도록 만드는 것이 고작이었다. 이런 화해야말로 희랍 제의 역사상 가장 중요한 순간이었다고 말할 수 있다. 시선이 미치는 어디서나 우리는 화해가 가져온 변화를 확인할 수 있다. 화해는 두 적수가 그 순간부터 서로 넘지 말아야 할 경계선을 지킬 것과 주기적으로 서로 선물을 주고받을 것을 확인함으로써 이루어졌다. 물론 근본적으로 간극이 좁아진 것은 아니었다. 평화 조약 아래 디오뉘소스적 힘이 어떤 방식으로 표출되었는가를 본다면, 인간이 호랑이나 원숭이 같은 짐승이 되는 바빌론 사카이아 제례[8]와 달리 희랍 인민이 펼치는 디오뉘소스적 축제는 세계

---

7 19세기까지도 도리아인들의 문화를 희랍 문화의 정수로 보는 분위기가 아직 남아 있었다(Schmidt). 도리아인들의 도시 가운데 스파르타가 있으며 스파르타 때문인지 도리아 문화를 전사 문화로 여기는 경향이 있으나 사실 희랍의 많은 합창시들은 도리아인들에 의해 만들어졌다.

8 바빌론 사카이아 축제에 관해 아테나이오스Athenaios, 『현자들의 저녁 식사』 제14권 639 이하. 〈베로소스가 그의 책 『바빌론의 역사』 제1권에서 말하는바 바빌론에서는 라오스라는 달의 16일에 5일 동안 축제를 개최하는데 축제이름은 사카이아라고 한다. 축제 동안에는 노예들이 주인들을 부리는 것이 관례였다. 노예들 가운데 한 명이 주인 행세를 하며 가사를 주관하며 왕이 입는 의관을 걸쳐 입는데 이 의관을 조가네스라고 부른다.〉 프루사의 디온Dion Chrysostomos이라는 견유학파 철학자는 이렇게 전한다. 〈그들은 사형수 가운데 한 명을 골라 용상에 앉히고 왕의 의관을 입혀

구원의 축제요 세계 변용[9]의 축제임을 금세 파악할 수 있을 것이다. 디오뉘소스 축제에서 비로소 자연은 예술로 승화된 희열이 되었으며, 그리하여 개별화의 원리를 갈기갈기 찢던 사건은 예술로 승화된 현상이 되었다. 이제 음탕과 잔학함을 담아 놓은 마녀의 미약은 약효를 상실했다. 마녀의 미약을 상기시키는 것은 — 치료약을 보면서 과거 죽음의 독약이었음을 떠올리듯 — 다만 디오뉘소스적 열광과 격정에서 발견되는 놀라운 이중성뿐이었다. 다시 말해 고통이 쾌락을 일깨우는 현상, 가슴 속에 일렁이는 희열이 고통에 찬 신음을 토해 내는 현상, 쾌감이 절정에 도달한 순간 놀라 마비된 몸이 고통스러운 절규를 뱉는 현상, 무엇으로도 채울 수 없는 허탈함에 울부짖는 현상을 볼 때뿐이었다. 개별자로 나뉨을 한탄하지 않을 수 없다는 듯 희랍적 디오뉘소스 축제에서 이제 자연의 감상적 성향[10]이 드러나게 되었다. 이중성을 보이는 열광자들의 노래와 몸짓은 호메로스 이래 희랍 세계에는 새로운 것으로 예전에는 전혀 들어 보지 못하던 것이었다. 특히 디오뉘소스적 **음악**은 희랍 세계에 공포와 전율을 야기했다. 음악이라고는 도무지 아폴론적 음악, 좀 더

사람들을 다스리도록 하여 술을 마시고 즐긴다. 축제 기간 동안에 왕으로 뽑힌 자는 심지어 실제 왕의 첩들과 즐기기까지 한다. 누구도 그가 하고 싶은 대로 하도록 내버려 둔다. 하지만 축제가 끝나면 의관을 벗기고 매질하고 사형에 처한다.〉

9 〈변용〉은 독일어로 〈*Verklärung*〉이며 라티움어로 〈*transfiguratio*〉라고 하며 희랍어로 〈*metamorphosis*〉라고 하는데 이는 〈변신〉이라고 번역할 수도 있다.

10 제3장 5문단과 각주 13번을 보라.

정확히 표현하자면, 아폴론적 상태를 표현하기 위한 조형적 힘이 발전한 규칙적 박자 이외에 알려진 것이 없었다. 아폴론의 음악은 소리로 표현된 도리아 건축물이라 하겠다. 그것도 아련히 키타라에서 울려 나오는 소리가 아닐까 겨우 짐작게 하는 음향으로 이룩된 건축물이었다. 디오뉘소스적 음악 성격을 포함하여 음악 일반의 성격을 결정하는 요소들, 다시 말해 사람을 뒤흔드는 기운이 서린 소리, 하나 되어 몰아치는 선율, 세상 어디에도 다시없을 선율의 세계는 비(非)아폴론적인 것으로 간주되어 조심스레 배척되었다. 디오뉘소스를 찬양하는 디튀람보스를 부르며 인간은 상징적 표현력을 있는 대로 모두 발산하며 점점 절정에 도달하도록 자극받는다. 인간이 전에 경험해 보지 못한 것이 밖으로 발산된다. 마야의 너울이 찢겨 없어지고 인류의, 그러니까 자연의 본모습인 혼연일체가 돌아온다. 이제 자연 본연의 모습이 상징적으로 표현되어야 한다. 새로운 상징의 세계, 신체를 모두 동원하는 상징이 요구된다. 비단 얼굴 표정, 노랫말 등으로 구성된 상징들뿐만 아니라 팔다리, 몸에 달린 모든 것을 반복적으로 흔들어 대는 몸짓을 통한 상징이 요구된다. 더불어 또 다른 상징 능력, 즉 음악적 능력이 박자와 강약과 선율 가운데 갑자기 커진다. 모든 상징 능력들의 이런 총체적 방출을 장악하기 위해 인간은 우선 저 표현 능력들 가운데 상징적으로 표출된 자기 망각의 단계에 도달해 있어야만 한다. 이때 디튀람보스를 부르며 디오뉘소스를 경배하는 사람을 감히 이해할 자는 같은 상태의 숭배자뿐이리라! 얼마나 큰 놀라움으로 아폴론적 희랍 인민은 이를 지켜보았던가! 저 모든 것이 도무지 그와 상관없는 것이 아니었음을, 그의 아폴론적 자의식이 다만 한 장의 너울 아래 디오뉘소스적 세계를 감추고 있었음을 깨닫는 순간 아폴론적 희랍 인민은 놀라움에 움츠리고 온몸에는 소름이 돋는다.

그림 5. 실레노스

제3장

01　　아폴론적 문화를 제대로 이해하기 위해 우리는 **아폴론적 문화**가 쌓아 올린 섬세한 건축물을 조각조각 해체하면서 건축물이 서 있는 토대까지 살펴보아야 한다. 먼저 눈에 들어오는 것은 박공벽을 장식하고 있는 **올림포스** 신들의 황홀한 형상들이다. 신들이 벌이는 일들은 멀리까지 눈부시게 빛나는 부조로 표현되어 소벽을 장식하고 있다. 아폴론은 일인자의 자리를 요구하지 않으며 그저 여러 신들과 나란히 서 있다.[1] 하지만 그렇다고 해도 우리는 정확히 파악하고 있어야 한다. 아폴론으로 상징된 본능이 올림포스 세계 전체를 낳았음을 말이다. 이런 의미에서 아폴론을 올림포스 신

1　아테네 아크로폴리스의 파르테논 신전은 페리클레스 시대에 지어진 것으로 아테네 번영의 상징이다. 신전의 동쪽 박공에 포세이돈과 아폴론, 아르테미스가 나란히 앉아 있다. 아테네 여신이 파르테논 신전의 주인공인데, 니체는 의도적으로 아폴론을 부각시키려 애쓰고 있다. 빌라모비츠는 니체에 대한 1872년 반박문에서 니체의 고고학적 무지를 지적했다(*Der Streit um Nietzches Geburt der Tragödie*, 32면 이하).

들의 아버지라 이름 붙일 수 있을지도 모르겠다. 저토록 빛
나는 올림포스 신들의 회합을 생겨나게 한 것은 어떤 절박
한 필요였던가?

02   다른 종교를 믿는 사람이 만약 올림포스 신들을 접하고
이들에게서 도덕적 숭고함, 그러니까 경건한 신성, 육신을
벗어던진 영성, 충만한 자애를 찾는다면 그는 실망하고 기
가 막혀 곧 등을 돌리게 될 것이다. 올림포스 신들은 절제나
영적 감화, 본분에는 전혀 아랑곳하지 않는다. 여기서는 부
족함이 없이 풍족하게 승리의 잔치를 벌이는 존재가 우리에
게 말을 걸고 있으며, 여기서는 선인지 악인지는 무의미할
뿐 그저 일체가 모두 신적이다.[2] 이 놀라운 과잉의 삶과 마
주한 목격자는 아마도 의아해할 것이다. 도대체 이 도도한
인간들은 무슨 사랑의 음료에 취했기에 그들이 쳐다보는 곳
마다 그들 염원의 대상, 〈달콤한 관능이 흘러넘치는〉[3] 헬레

    2 『일리아스』 제1권 595행 이하. 〈이렇게 말하자 흰 팔의 여신 헤라가
미소를 지었고, 미소를 지으며 아들에게서 잔을 받았다. 그래서 그는 오른쪽
으로 빙 돌아가며 희석용 동이에서 달콤한 신주를 떠서 다른 신들에게도 빠
짐없이 따라 주었다. 헤파이스토스가 궁전 안을 분주하게 돌아다니는 것을
보고는 축복받은 신들 사이에 그칠 줄 모르는 웃음이 일었다. 이렇게 그들은
해가 질 때까지 온종일 잔치를 벌였다. 진수성찬을 나누어 먹는 데다 아폴론
이 더할 나위 없이 아름다운 포르밍크스를 연주하고 무사 여신들이 번갈아
고운 목소리로 노래하니 모두들 마음에 부족한 것이 아무것도 없었다.〉
    3 이 구절은 괴테, 『빌헬름 마이스터의 수업 시대』 제4권 제14장에서
오필리아를 두고 한 말을 니체가 고쳐 쓴 것이다. 『파우스트』 I, 2601행 이
하 메피스토펠레스의 대사는 헬레나를 이렇게 이해하고 있다. 〈아니, 안 됩
니다! 당신은 모든 여인의 전형을 이제 생생하게 눈앞에 보게 될 것이외다.
(낮은 목소리로) 그 약 기운이 몸속에 들어갔으니, 네놈에겐 곧 여자가 모두
헬레나로 보이게 되리라.〉

나가 그들에게 웃음을 보내는 것 같은 모습으로 삶을 즐기는 것일까? 이에 벌써 뒷걸음질치고 있는 이 목격자를 향해 우리는 외쳐야 한다. 〈가지 말고 먼저 내 말 좀 들어 보시오. 희랍 인민들이 주장하는 삶의 지혜가 무어라 설명할 수 없이 명랑한 모습으로 여기 당신 앞에 펼쳐져 있으니 말이오.〉 예로부터 전하길 미다스 왕이 오랫동안 디오뉘소스의 양육자, 지혜로운 **실레노스** 노인을 숲으로 쫓아다니며 잡으려고 찾았지만 잡을 수 없었다. 마침내 실레노스 노인이 잡혀 오자 미다스 왕은 그에게 이 세상에서 가장 훌륭하고 탐낼 만한 것이 무엇이냐 물었다. 요지부동 침묵을 지키던 실레노스가 마지못해 껄껄 웃으며 말했다. 〈가련한 하루살이 인생아, 우연과 고통의 자식아, 왜 나를 억지로 말하게끔 하느냐? 정녕코 듣지 않는 것이 네게 가장 이로운 것이라. 네가 가장 훌륭한 것을 얻는다는 것은 어림도 없는 일인즉, 그것은 태어나지 않는 것, **존재하지** 않는 것, 애초의 **허무 그대로** 있는 것. 하지만 네게 차선은 있으니 그것은 이내 죽는 것이라.〉[4]

4 소포클레스, 『콜로노스의 오이디푸스』 1224행 이하. 〈태어나지 않는 것이 더할 나위 없이 좋은 일이지만, 일단 태어났으면 되도록 빨리 왔던 곳으로 가는 것이 그다음으로 좋은 일이라오. 경박하고 어리석은 청춘이 지나고 나면 누가 고생으로부터 자유로우며 누가 노고에서 벗어날 수 있단 말이오? 시기, 파쟁, 불화, 전투와 살인. 그리고 마지막으로 비난받는 노년이 그의 몫으로 덧붙여지지요.〉 테오그니스 425행 이하 〈대지에 사는 인간들에게 무엇보다 좋은 일은 태어나지 않는 것, 뜨겁게 타오르는 햇빛을 보지 않는 것이다. 일단 태어났다면, 가능한 한 서둘러 하데스의 문을 통과하는 것, 넉넉한 흙을 뒤집어쓰고 누워 있는 것이다.〉 니체는 고등학교 졸

03 그렇다면 이런 지혜에 대해 올림포스 신들은 무엇이란 말인가? 그것은 마치 고통받는 순교자가 고통 가운데 발견한 아름다운 환영이랄까.

04 이제 올림포스라는 신비의 영산(靈山)이 모습을 드러낸다. 그리고 우리에게 그 연원을 보여 준다. 희랍 인민은 삶이 가져오는 공포와 경악을 익히 알았고 경험했다. 삶을 부지할 수 있기 위해 그들은 올림포스 신들이라는 황홀한 꿈의 산물을 공포와 경악 앞에 내세워야 했다. 자연이라는 티탄적 폭력에 대한 엄청난 불신, 모든 인식 너머에 무자비하게 군림하는 모이라, 인간의 위대한 친구 프로메테우스를 괴롭히는 독수리, 지혜로운 오이디푸스의 끔찍한 운명, 아트레우스의 자손들에게 내려져 오레스테스에게 모친 살해를 강요한 저주,[5] 요약해 말하자면 숲의 정령 실레노스가

업식에서 〈메가라의 테오그니스〉라는 제목으로 고별 연설을 행했다. 키케로Marcus Tullius Cicero, 『투스쿨룸 대화』(김남우 옮김, 출간 예정) 제1권 48, 115. 〈또한 실레노스의 고사도 언급되곤 합니다. 그가 미다스 왕에게 잡혀갔을 때, 실레노스는 자신을 풀어 주는 대가로 왕에게 다음을 가르쳐 주었다고 전합니다. 인간에게 제일 좋은 일은 태어나지 않는 것이며, 그다음으로 좋은 것은 가능한 한 빨리 죽는 것이라는 지혜를 말입니다.〉

5 아트레우스Atreus 가문에 저주만이 내려진 것은 아니다. 『일리아스』 제2권 100행 이하. 〈통치자 아가멤논이 홀을 들고 일어섰다. 이 홀로 말하면 헤파이스토스가 공들여 만든 것으로 헤파이스토스가 크로노스의 아들 제우스에게 바치자 제우스는 이것을 신들의 사자인 아르고스의 살해자에게 주었다. 헤르메스 왕이 말을 모는 펠롭스에게 주자 펠롭스는 다시 백성들의 목자인 아트레우스에게 주었다. 그래서 아트레우스가 세상을 떠날 때 이것을 양 떼가 많은 튀에스테스에게 물려주자 튀에스테스는 다시 이것을 아가멤논에게 물려주어 수많은 섬과 아르고스 전역(全域)을 다스리게 했다.〉

들려준 지혜와 그 신화적 전례들[6]은 우울한 에트루리아 사람들[7]을 파멸에 이르게 했지만, 희랍 인민에게서는 올림포스 신들이라는 예술적 **중간계**의 개입으로 끊임없이 극복되고 여하튼 은폐되고 시야에서 사라졌다. 살아남기 위해 희랍 인민은 올림포스 신들을 절박한 필요에 따라 창조해야 했다. 창조의 과정을 우리는 아마도 이렇게 상상해야 할 것인바 티탄족이 행사하던 공포라는 근본적 질서가 오랜 이행 과정을 거쳐 서서히 아폴론의 미적 본능에 의해 기쁨이라는 올림포스적 질서로 발전했던 것이다.[8] 이렇게 장미가 가

6   아이스퀼로스의 『결박된 프로메테우스』와 『오레스테스 3부작』, 소포클레스의 『오이디푸스 왕』과 『콜로노스의 오이디푸스』와 『엘렉트라』, 에우리피데스Euripides의 『엘렉트라』와 『타우리스의 이피게네이아』 등의 비극 작품에서 다루고 있는 신화들이 이에 해당한다.

7   테오도르 몸젠Theodor Mommsen, 『몸젠의 로마사』(김남우, 김동훈, 성중모 옮김, 푸른역사, 2013) 제9장 참조. 빌라모비츠는 앞서 언급한 1872년 비판문에서 〈우울한 에트루리아 사람〉이라는 구절에 대하여 『현자들의 저녁 식사』 제12권 517 이하를 언급한다. 테오폼포스가 전하는 바에 따르면 〈에트루리아 풍습에는 여인들을 공유한다. 에트루리아 여인들은 그들의 몸을 치장하며 때로 남자들과 때로 자기들끼리 신체를 단련한다. 그들에게는 남들에게 벗은 몸을 보여 주는 것이 창피스러운 일이 아니었다. 에트루리아 여인들은 남편들이 아니라 그때그때 만나는 남자들과 침대를 같이 쓰며 그녀들은 술을 잘 마시며 매력적이다. 에트루리아 사람들은 태어난 아이들을 모두 양육하며 그들의 아버지가 누구인지 묻지 않는다. 아이들은 부모들의 생활 방식을 따른다. 때로 술자리에 참석하고 모든 여성들과 잠자리를 같이한다. 공개적인 장소에서 성관계를 맺는 것, 남들에게 이를 보여 주는 것을 창피하게 여기지 않았는데 그것이 그들의 관습이었다. [……] 에트루리아 청년들은 매우 잘생겼다. 왜냐하면 그들은 화려한 생활을 했고 자신들의 피부를 매끄럽게 유지했기 때문이다.〉 에트루리아 사람들은 고대로부터 쾌락을 즐기던 사람들로 알려져 있으며, 성적 쾌락에 있어 매우 자유로운 민족이라고 전한다.

시덥불에서 피어났다. 만약 자신이 살아가고 있는 삶이 보다 높게 고양되어 광휘에 싸여 신들 가운데 똑같이 나타나지 않았다면, 그렇게 감각적으로 예민한, 그렇게 주체할 수 없는 욕망을 가진, **고통**에 대한 유일무이한 감수성을 부여받은 희랍 인민이 어떻게 삶을 견뎌 낼 수 있었겠는가? 올림포스 세계를 만들어 낸 것도 다름이 아니라 계속해서 살아가도록 삶을 보충하고 완성해 가는 예술, 그 예술을 삶으로 끌어들이는 본능 바로 그것이었으며 이제 희랍적 〈의지〉는 변용의 거울 앞에 서 있게 되었다. 신들은 스스로 인간의 삶을 살아감으로써 인간 삶을 정당화하였으니 이것 하나만으로도 충분한 변신론(辯神論)이라 하겠다. 신들이 누리는 밝은 태양 아래 살아가는 삶은 그 자체로 추구할 만한 것으로 받아들여졌으며, 실제 삶과의 머지않은 단절과 이별 때문에 호메로스의 영웅들은 **고통**스러워했다. 이제 실레노스의 지혜를 뒤집어 〈인간들에게 가장 나쁜 것은 곧 죽는다는 것이며 두 번째로 나쁜 것은 언젠가는 죽는다는 것〉이라 말할 수 있을지 모를 정도로, 단명한[9] 아킬레우스에게서, 나뭇잎처럼 시들어질[10] 인간들에게서, 한 시대를 살고 저물어 가는 영

8 헤시오도스Hesiodos는 『신들의 계보』 617행 이하에서 〈티탄족과의 전쟁〉이라는 주제를 다루고 있다. 제우스와 올림포스 신들은 크로노스와 티탄족에 대항하여 오랜 전쟁을 벌였다. 〈티탄 신족과 크로노스에게서 태어난 신들은 오랫동안 마음에 고통을 주는 노고를 참으려, 격렬한 전투를 벌이며 서로 싸웠다. 당당한 티탄족은 높은 오트뤼스 산에서 그랬고, 그리고 머릿결이 고운 레아가 크로노스와 누워서 낳은, 복을 가져다주는 신들은 올림포스에서 그랬다. 그들은 마음에 고통을 주는 노고를 참으며 만 십년 동안 쉴 새 없이 서로 싸웠다.〉

웅들에게서[11] 한탄이 터져 나왔다. 날품팔이로라도 이 땅에서 좀 더 살아갈 수 있었으면 좋겠다는[12] 아쉬움이 희랍 최고 영웅의 입에서 흘러나와도 이상할 것이 없었다. 아폴론적 단계에 이르러 아쉬움의 통탄도 삶의 찬가로 들릴 만큼 희랍적 〈의지〉는 삶에 대한 커다란 애착을 가지게 되었으며 호메로스의 인간은 삶에 밀착하게 되었다.

05   이것을 볼 때 후대 사람들이 그렇게 앙망해 마지않던 조화, 그러니까 자연과 인간의 통일 — 이를 실러는 〈소박하다〉라는 미학 용어로 정의했다[13] — 이 결코 그렇게 단순한

9   〈단명한〉이라는 수식어는 『일리아스』 제1권 352행 〈어머니! 어머니께서 저를 단명하도록 낳아 주셨으니〉에 등장한다.

10   『일리아스』 제6권 146행 이하. 〈인간들의 가문이란 나뭇잎의 그것과도 같은 것이오. 잎들도 어떤 것은 바람에 날려 땅 위에 흩어지나 봄이 와서 숲 속에 새싹이 돋아나면 또 다른 잎들이 자라나듯, 인간들의 가문도 그와 같아서 어떤 것은 자라나고 어떤 것은 시드는 법이오.〉

11   헤시오도스, 『일들과 날들』 159행 이하. 〈반신(半神)들이라고 불리는 영웅들의 이 신 같은 종족이 끝없는 대지에서 우리들의 바로 앞 세대지요. 그리고 그들을 사악한 전쟁과 무시무시한 전투가 멸했소. 더러는 오이디푸스의 양 떼 때문에 싸울 때 카드모스의 나라에서, 일곱 성문의 테바이에서 멸했고, 더러는 머릿결이 고운 헬레네 때문에 배에 태워서 바다의 큰 심연을 지나 트로이아로 데려가 멸했소. 그곳에서 그들 중 일부는 죽음의 종말(終末)이 에워쌌으나 다른 일부에게는 크로노스의 아드님이신 아버지 제우스께서 사람들에게서 멀리 떨어진 곳에다 생명과 거처를 주시며 대지의 끝에 살게 하셨소.〉

12   『오뒷세이아Odysseia』 제11권 465행 이하 오뒷세우스가 하계를 방문하여 아킬레우스를 만난 장면에서 우리는 다음과 같은 아킬레우스의 말을 들을 수 있다. 〈죽음에 대해 나를 위로하려 들지 마시오, 영광스러운 오뒷세우스여. 나는 이미 죽은 모든 사자(死者)들을 통치하느니, 차라리 시골에서 머슴이 되어 농토도 없고 가산도 많지 않은 다른 사람 밑에서 품팔이를 하고 싶소.〉

것도, 저절로 생겨나는 것도, 필연적으로 주어지는 것도 아니라는 점을, 그래서 우리가 이런 통일의 상태를 모든 문명의 문턱, 인류가 아직 낙원을 벗어나기 이전 단계에서 **반드시** 만나게 되는 것은 아님을 밝혀 말해야겠다. 다만 어느 한 시대에서는 그렇다고 믿을 수 있었다. 루소의 에밀 또한 예술가이기도 하다고 생각했던 시대, 흡사 에밀과 같이 온전히 자연의 품에서 양육된 예술가를 호메로스에서 찾았다고 주장하던 시대에는 그렇다고 믿을 수 있었다. 그러나 예술에서 〈소박함〉을 만나게 되면 우리는 이것이 아폴론적 문명이 이룩한 숭고한 쟁취였음을 깨달아야만 한다. 아폴론적 문명은 먼저 티탄족의 왕국을 무너뜨려야 했으며 괴물들을 죽여야 했다. 힘차게 생동하는 몽상을 통해, 욕망이 가득한 그림을 통해 우선 그들 세계관에 반영된 심연의 공포를 물리치고 그들 감수성에 수용된 아주 매서운 고통을 극복하고 승리자가 되어야 했다. 그러니 가상이라는 아름다움에 머리 끝까지 잠겨 있는 저 소박함에 이르기란 얼마나 어려운 일이겠는가! 그러니 **호메로스**는 얼마나 더할 나위 없이 위대

---

13   실러, 『소박문학과 감상문학』(장상용 옮김, 인하대학교출판부, 1996) 25면. 〈고대 그리스인을 둘러싸고 있던 아름다운 자연을 상기해 볼 때에, 또 그리스 민족이 행복한 하늘 아래에서 자유로운 자연과 얼마나 친근하게 지낼 수 있었는가를 생각해 볼 때에, 그들의 사고방식, 느낌의 방식, 풍습 등이 소박한 자연과 얼마나 가까웠는가.〉 35면. 〈시인은 자연이거나 아니면 자연을 추구할 것이라고 나는 말했다. 전자는 소박시인이 되고, 후자는 감상시인이 된다.〉 85면. 〈소박시인은 자연의 은혜를 입어서 언제나 분열을 모르는 통일로서 활동하고 어떤 순간에도 독립적인 완성된 전체이며 인간성을 그 충만한 내용에 따라서 현실 내에서 표현해 왔다.〉

한가! 꿈의 예술가 개별자가 인간과 자연의 꿈꾸는 능력을 대변하듯 개별자 호메로스는 아폴론적 문화를 대변한다. 호메로스가 보여 주는 〈소박함〉은 다만 아폴론적 몽상이 이룩한 완벽한 승리로 이해되어야 한다. 아폴론적 몽상은 자연이 제 목적을 위해 종종 사용하는 것으로 진정한 목적은 환영 속에 은폐되어 있으되, 우리가 환영을 향해 손을 내미는 순간 자연은 우리를 속임으로써 진정한 목적을 달성한다. 그리하여 희랍 인민의 〈의지〉는 천재의 변용과 예술 세계를 통해[14] 자신을 바라보고자 했다. 천재의 창조물들은 우러름을 받기 위해 스스로 자신들이 추앙받을 만한 가치가 있다고 느껴야만 했고, 좀 더 높은 공간에 자리를 잡아야만 했다. 그렇다고 이렇게 완성된 우러름의 세계가 희랍 인민에게 절대명령이나 준엄한 질책으로 작동한 것은 아니었다. 이 공간은 다만 아름다움으로 가득 차 있었다. 이 세계에서 희랍 인민은 거울에 비친 자신의 모습, 올림포스 신들을 보았다. 희랍적 〈의지〉는 아름다움의 거울을 들고 예술적 재능에 상반되는 재능, 고통과 고통의 지혜에 대항하여 싸웠다. 그리고 이제 우리 앞에 승리의 기념비, 소박함의 예술가 호메로스가 서 있다.

14 실러, 앞의 책 18면. 〈진정한 천재는 모두가 소박하지 않으면 안 된다. 그렇지 않으면 천재가 아니다. 소박성만이 천재를 천재답게 만드는 것이다.〉

그림 6. 라파엘로, 「그리스도의 변용」(1520)

제4장

01   꿈의 비유는 우리에게 소박한 예술가들에 관한 몇 가지
가르침을 준다. 이 순간 꿈을 꾸고 있는 사람을 떠올려, 그
가 한참 꿈의 세계에 빠져 〈이것은 꿈이야. 나는 꿈을 계속
해서 꿀 거야〉라고 외치며 깨어나지 않는다고 할 때, 이에
비추어 꿈을 꾸는 데 깊고 내밀한 쾌락이 있음을 결론짓는
다고 할 때, 꿈이 주는 내밀한 쾌락을 맛보기 위해서는 하루
일과 동안 겪은 끔찍하고 성가신 일들을 철저히 잊어야 한
다고 할 때 우리는 이런 현상들 모두를 꿈의 신 아폴론을 통
해 다음과 같이 해석할 수 있지도 모른다. 삶을 둘로 나누
어 한쪽은 깨어 있고 다른 쪽은 꿈을 꾼다고 할 때, 깨어 있
는 절반을 앞에 두고 더 중요하다거나 더 값어치 있다거나
더 살아 볼 만하다고 여겨, 깨어 있는 절반만이 유일하게 진
정한 삶이라고 우리는 확신하지만, 역설적이게도 우리 삶의
숨겨진 근원(실로 우리 삶은 그것의 드러난 현상이다)과 관
련하여 나는 꿈을 정반대로 평가한다. 본성 가운데 강력한

72

예술적 본능들을 알게 될수록, 예술적 본능들 가운데 가상을 알게 될수록, 가상을 통한 구원에의 절실한 욕망을 알게 될수록 나는 내가 더욱 다음의 형이상학적 가정에 끌리고 있음을 느낀다. 끊임없이 고통을 겪으며 모순으로 가득 찬 삶을 살아가는 참된 존재인 근원적 일자는 영원한 구원을 얻고자 매혹적인 가상, 즐거움이 가득 찬 가상을 필요로 한다는 가정, 또 완전히 가상에 사로잡혀 있고 가상 자체인 우리는 근원적 일자의 이런 가상을 참된 비존재로, 그러니까 시간과 공간과 인과성 안에서 생성 소멸하는 사건으로, 다른 말로 하자면 경험적 현실로 받아들이도록 강요받는다는 가정 말이다. 따라서 흔히 우리가 접하는 〈현실〉에서 잠깐 동안이나마 눈을 돌려 우리의 경험 세계를 다만 매 순간 만들어지는 근원적 일자(一者)의 가상이라고 생각한다면, 이제 우리에게 꿈은 **가상의 가상**을 의미할 수밖에, 그리하여 꿈은 근원적 일자가 가진 가상 욕망의 고양된 충족을 의미할 수밖에 없다. 바로 이런 이유에서 본성의 가장 내밀한 근원은 소박한 예술가에서, 〈가상의 가상〉이라 할 소박한 예술 작품에서 이루 다 말로 표현할 수 없을 만큼 커다란 즐거움을 경험한다. 불멸의 〈소박한〉 예술가들 중에 한 사람인 **라파엘로**는 자신의 그림에서 가상이 또 하나의 가상으로 격하되는 과정을, 소박한 예술가와 아폴론적 문명이 거쳐 왔던 원초적 과정을 비유적으로 묘사하고 있다. 그의 그림 「그리스도의 변용」[1]에서 아래쪽 절반은 정신 나간 소년, 그 아

---

1 부르크하르트Jacob Christoph Burckhardt, 『이탈리아 회화 감상Der

이를 데려왔으나 이내 낙담한 부모들, 어찌할 줄 모르고 우
왕좌왕하는 제자들로써 세계의 유일한 뿌리를, 영원한 근원
적 고통을 반영하고 있다. 아래쪽에 그려진 〈가상〉은 만물
의 아버지인 영원한 모순[2]의 반영으로, 아래쪽의 가상으로

Cicerone』(Leipzig, 1869) 917~919면. 라파엘로는 「마태오의 복음서」 17장
1절에 묘사된 이야기를 그림으로 표현했는데, 니체는 이 그림에 대한 부르
크하르트의 설명을 인용하고 있다(Schmidt). 〈마지막 세 번째 회화는 라파
엘로의 마지막 작품으로 그는 이를 미완성으로 남겼는데(1520), 「그리스도
의 변용」이라 하며 바티칸 박물관에 보관되어 있다. 이 그림은 거인적이라
고 불러도 좋을 만큼 극적인 대립을 통해 초자연적인 현상을, 여타의 모든
회화들이 표현한 어떤 영광스러운 환상들보다 훨씬 인상적으로 묘사하고
있다. 산 아래에는 정신 나간 소년을 데려온 사람들과, 이를 안타까워하지
만 어찌할 줄 모르는 제자들이 당황하여 책을 열어 방책을 찾는가 하면 그
들의 스승이 올라간 산을 향해 위쪽을 가리키고 있는 모습이 생생하다. 무
엇보다 어둠의 영역에서 정신 나간 소년이 인상적인데, 그는 라파엘로가 창
조한 작은 인물들 가운데 하나로서 아주 섬뜩한 표현이면서도 라파엘로의
높은 수준을 매우 아름답게 드러내고 있다. 이들 가운데 앞쪽에 무릎을 꿇
고 통곡하는 여인은 화면에서 벌어지고 있는 사건 전체를 반영한다. 이들
가운데 누구도 산 위에서 벌어지는 일들을 알지 못하며, 성경에서도 이에
대한 언급이 없다. 두 장면의 연결은 오로지 관찰자의 영혼 속에만 존재한
다. 하지만 하나가 없다면 다른 하나도 전혀 완전할 수 없다. 이 그림이 하
나의 전체를 표현하고 있음을 이해하기 위해서는 다만 손을 위로 혹은 아래
로 뻗는 것으로 충분하다. 위에는 그리스도가 공중에 솟아오르며, 마치 자
력에 이끌리듯 모세와 엘리야가 그리스도를 향해 솟아오르는바, 이들의 움
직임은 자력에 의한 것이 아니다. 그 아래는 눈이 부셔 똑바로 쳐다보지 못
하는 젊은이들이 있다.〉

　2 『초기 희랍의 문학과 철학』 제2권 689면 이하. 헤라클레이토스 단편
〈전쟁은 모든 것의 아버지이고 모든 것의 왕이다. 전쟁은 일부를 신으로 만
들었고 또 다른 일부를 인간으로 만들었으며, 또 일부는 노예로, 또 다른 일
부는 자유인으로 만들었다.〉(DK22B53 = 87정암). 헤시오도스 『일들과 날
들』 20행 이하. 〈그녀(불화)는 게으른 사람도 일하도록 부추기오. 왜냐하면
일에서 처지는 자는 부자인 다른 사람이 서둘러 쟁기질하고 씨 뿌리고 알뜰
하게 살림을 꾸려 가는 것을 보면 이웃끼리 부자가 되려고 서로 경쟁하기

부터 새로운 가상의 세계가 천상의 향기와도 같이 피어오른다. 새로운 가상을 아래쪽 가상에 사로잡힌 존재들은 감지하지 못한다. 순수한 환희 속에 빛을 발하며 고통이라고는 모르는 듯, 환한 눈빛으로 멀리까지 내려다보며 둥실둥실 떠 있는 존재를 감지하지 못한다. 여기서 숭고한 예술적 상징을 통해 우리는 아름다움으로 가득한 아폴론적 세계와, 실레노스의 끔찍한 지혜가 암시한 저 아래에 놓인 세계를 직접 눈으로 보았으며, 직관적으로 양자 간의 상호 필연성을 파악했다. 다시 개별화의 원리를 상징하는 신성 아폴론이 우리 앞에 나타나며 그를 통해 근원적 일자는 자신이 끊임없이 추구하던 목표, 즉 가상을 통한 구원을 성취한다. 아폴론이 우리에게 우아한 몸짓으로 말해 주는 것은 세계 전체에 고통은 필연적이라는 것과, 고통에 의해 개별자는 자신을 구원해 줄 가상을 만들지 않을 수 없으며, 바다 한가운데 흔들리는 조각배에 몸을 기댄 채 그렇게 가상에 침잠하여 조용히 앉아 있게 된다는 것이다.[3]

02   신격화된 개별성이 무언가를 명령하며 어떤 규칙을 제시한다면 그것은 단 하나, 개별이라는 규칙이다. 다시 말해 개별자가 자신의 한계를 지킴, 희랍적 의미의 **절제**다. 아폴론은 윤리의 신으로서 자신을 따르는 사람들에게 절제를, 그리고 절제를 지킬 수 있기 위한 자기 인식을 명령한다. 아름다움이라는 미학적 필연성과 더불어 〈너 자신을 알라!〉 또

때문이오. 이런 불화는 인간들에게 유익하오.〉
    3   제1장의 각주 13번을 보라.

는 〈지나치지 마라!〉 등의 명령이 나란히 존재한다.[4] 이에
반해 비(非)아폴론적 영역에 속하는, 본질적으로 적대적 정
령인 자만과 과도함은 아폴론 이전 티탄족 시대의 속성 내
지 아폴론의 세계 밖 야만의 속성으로 여겨진다. 프로메테
우스는 인간에 대한 과도한 사랑 때문에 독수리에 의해 갈
기갈기 찢겨야 했으며,[5] 스핑크스의 수수께끼를 풀었던 지
나치게 밝은 지혜 때문에[6] 오이디푸스는 헤어날 수 없는 범
죄의 소용돌이[7]에 휘말려야 했다. 델포이에 모셔진 신성은
희랍의 역사를 이렇게 해석했다.

4   플라톤, 『프로타고라스*Protagoras*』(강성훈 옮김, 이제이북스, 2011)
343a~b. 〈이들(희랍의 현자들)은 함께 모여서, 모든 사람이 노래 불러 대는
〈너 자신을 알라〉와 〈어떤 것도 지나치지 않게〉 등의 문구를 새겨 넣어, 델
포이에 있는 신전의 아폴론에게 지혜의 첫 열매를 봉헌하기도 했지요.〉
5   아이스퀼로스, 『결박된 프로메테우스』 228행 이하. 〈그(제우스)는
아버지의 왕좌에 앉자마자 즉시 신들에게 저마다 다른 명예와 직위를 나누
어 주며 자신의 통치권을 분배했으나, 불쌍한 인간들은 거들떠보지도 않았
소. 아니, 그는 인간들의 종족을 모조리 없애 버리고 다른 종족을 만들려 했
소. 이에 반대한 자는 나 외에 아무도 없었소. 그러나 나는 감히 반대했소.
그리하여 나는 그들이 박살 나서 하데스의 집으로 가지 않도록 그들을 구
해 주었소. 그 때문에 나는 참기 괴롭고 보기에 민망한 이런 고통에 휘어지
고 말았던 것이오.〉
6   소포클레스, 『오이디푸스 왕』 31행 이하. 〈나와 여기 이 아이들이 그
대의 화롯가에 앉아 있는 것은 우리가 그대(오이디푸스)를 신과 같이 여겨
서가 아니라 인생의 제반사에 있어서나 신(神)들과 접촉하는 일에 있어서
나 그대를 사람들 중에 으뜸가는 분이라고 여기기 때문입니다. 그대는 카드
모스의 도성(都城)으로 오셔서 가혹한 여가수(스핑크스)에게 바치던 우리
의 세금(稅金)을 면제해 주셨습니다.〉
7   『오이디푸스 왕』 1184행 이하. 〈나(오이디푸스)야말로 태어나서는
안 될 사람에게서 태어나서 결혼해서는 안 될 사람과 결혼하여 죽여서는 안
될 사람을 죽였음이라.〉

03   아폴론을 따르는 희랍인은 **디오뉘소스적인 것**이 불러온
결과도 〈티탄족에 속하는〉 혹은 〈야만적인〉 것으로 생각했
다. 하지만 아폴론의 희랍인은 자신이 내면적으로는 파멸된
티탄족, 저 몰락한 영웅들과 닮았음을 외면할 수 없었다. 그
렇다. 그는 더 많은 것을 알아야 했다. 그는 아름다움과 절
제를 갖춘 자신의 삶이 실은 고통과 깨달음이 담긴 은폐된
근저에, 디오뉘소스적인 것에 의해 다시 밖으로 드러나게 된
심연에 뿌리를 내리고 있음을 보아야 했다. 그러니 보라! 아
폴론은 디오뉘소스 없이 살 수 없었다. 〈티탄족에 속하는〉
혹은 〈야만적인〉 것은 결국 아폴론적인 것과 매한가지로 필
연적이었다. 이제 생각해 보자. 가상과 절제 위에 세워지고
예술적으로 쌓아 올린 아폴론의 세계를 향하여 디오뉘소스
적 광란의 축제가 거부할 수 없는 유혹의 소리를 동반하며
점점 더 가까이 다가오는 것을, 그리고 귀를 찢는 절규에 이
르는 유혹의 소리에서 **과도**하게 흘러넘치는 쾌락과 고통과
깨달음이 드러나는 것을 생각해 보자. 이 무시무시한 합창
소리에 비교해 그저 창백하게만 울리는 뤼라를 가진 아폴론
이라는 단조로운 예술가는 무슨 의미가 있었을까 생각해 보
자. 도취 속에서 진리를 이야기하는 예술 앞에서 〈가상〉 예
술의 무사이 여신들은 창백해지며, 실레노스의 지혜는 명랑
하기만 하던 올림포스의 신들에게, 가련하구나, 가련하구나,
소리친다. 한껏 한계와 절제를 자랑하던 개별자는 이 순간
자기 망각이라는 디오뉘소스적 상태에 빠져 버렸고 아폴론
적 규준을 모두 잊어버리고 말았다. **과도**는 진리가 되고, 고

통이 낳은 희열이라는 모순이 자연의 심장으로부터 솟아올랐다. 디오뉘소스적인 것이 지나간 곳에서는 어디나 아폴론적인 것이 소멸하고 파괴되었다. 하지만 최초의 격랑을 견뎌 낸 곳에서는 델포이 신의 위용과 위엄이 예전 그 어느 때보다 강하고 위압적으로 나타났다. 예컨대 나는 **도리아** 도시와 도리아 예술을 다만 델포이의 아폴론이 버티고 세워 놓은 용케 무너지지 않은 성벽이라고 설명하고자 한다. 그렇게 고집스럽고 완강하며 높은 담에 자신을 가둔 예술이, 그렇게 전투적이고 가혹한 교육이,[8] 그렇게 잔혹하며 비정한 국가가 오랫동안 존속할 수 있었던 것은 오로지 그들이 디오뉘소스적인 것이 가진 야만적인 티탄의 본성에 끊임없이 저항했기 때문이라고 할 수 있다.

04   이로써 내가 책의 머리에서 언급했던 것을 상세히 설명했다. 디오뉘소스적인 것과 아폴론적인 것이 번갈아 가며 새롭게 생겨나며 그때마다 점점 더 강하게 서로 대립하면서 희랍적 본질을 어떻게 지배했는지를 설명했다. 티탄족과의 전쟁과 혐오스러운 신화[9]가 팽배했던 〈청동〉 세대[10]로부터

8   투퀴디데스, 『펠로폰네소스 전쟁사』 170면 이하. 〈라케다이몬인들은 어릴 적부터 용기를 북돋기 위해 혹독한 훈련을 받지만…….〉 니체는 도리아인을 단순히 스파르타인들과 동일시하고 있는데, 이는 고대로부터 이어진 전통이다(Schmidt).

9   원문 〈*Volksphilosophie*〉를 말 그대로 번역한다면 〈민중 철학〉이라 하겠으나 신화가 단순히 재미있는 이야기들의 구전이 아니라 탈레스Thales 이후 철학 시대의 반성처럼 일정한 세계관을 가지고 있었다는 의미에서 이렇게 번역했다.

10   헤시오도스는 『일들과 날들』 106행 이하에서 인간 세대를 황금 세

호메로스의 세계가 아름다움에 대한 아폴론적 본능 아래 어떻게 발전했는가를 설명했다. 또 이 〈소박한〉 아름다움을 다시 한 번 디오뉘소스적인 것의 급류가 어떻게 집어삼켰는지를 설명했다. 마지막으로 새로운 힘에 대항하여 아폴론적인 것이 완고한 위엄의 도리아 예술과 세계관으로 어떻게 등장했는가를 설명했다. 이런 방식으로 고대 희랍의 역사는 두 개의 적대적 원리가 서로 투쟁하면서 크게 네 개의 예술 단계[11]를 거쳤다고 할 때, 이제 우리는 이런 변화와 발전의 마지막 단계가 무엇인가를 — 도리아 예술의 시기가 예술적 본능들이 도달하려던 정점도 지향점도 아닌, 다만 네 번째 단계라고 할 때 — 묻지 않을 수 없다. 그리고 이렇게 묻는 순간, 숭고하며 위대한 예술 작품인 **아티카 비극**, 극적 구성의 디튀람보스가 우리의 눈앞에 나타난다. 두 예술적 본능들은 기나긴 세월 지속된 전투를 치루고 나서 공동의

대 - 은 세대 - 청동 세대 - 영웅 세대 - 철 세대 등 다섯 세대로 구분했다. 황금 세대는 크로노스가 세계를 지배하던 시대였으며, 은 세대 이하부터는 크로노스의 아들 제우스의 지배 시대가 이어진다. 〈티탄족과의 전쟁〉은 제우스를 중심으로 한 올림포스 신들이 크로노스의 티탄족과 벌인 전쟁으로, 이 전쟁 이후 올림포스 신들이 세계를 지배하게 된다. 따라서 〈티탄족과의 전쟁〉은 〈은 세대〉에 발생한 사건이다. 또 헤시오도스는 〈은 세대〉가 벌이는 어리석은 짓과 서로에 대한 악행을 언급하고 있다. 헤시오도스에 따르면 〈혐오스러운 신화〉는 은 세대로부터 시작되었다고 할 수 있다.

11 예술의 네 단계를 정리하면 티탄족에 속한 예술 혹은 광란의 디오뉘소스적 단계, 올림포스 신들과 호메로스의 서사시에 나타난 아폴론적 단계, 이런 아폴론적 단계를 와해시키며 등장하여 디오뉘소스 숭배와 주신 찬가 디튀람보스를 만들어 낸 디오뉘소스적 단계, 다시 디오뉘소스적 단계를 견디며 새롭게 등장한 도리아 예술의 아폴론적 단계 등이 있다.

종착지에 이르렀으며, 그들이 다다른 신비스러운 결합은 그들 둘의 아이 — 안티고네이자 동시에 카산드라[12] — 를 통해 아름답게 빛나게 되었다.

12　빌라모비츠는 니체가 왜 〈안티고네와 카산드라〉를 들어 아폴론적인 것과 디오뉘소스적인 것의 결합을 설명했는지 이해할 수 없다고 지적했다(*Der Streit um Nietzsches Geburt der Tragödie*, 45면). 안티고네는 소포클레스의 비극 『안티고네』의 주인공으로, 국법을 어기면서까지 죽은 오라비의 장례식을 치렀다는 이유로 지하 동굴에서 자살한다. 또한 카산드라는 아이스퀼로스의 비극 『아가멤논*Agamemnon*』에 등장한다. 아가멤논이 귀향할 때 끌려왔다가 클뤼타임네스트라가 남편 아가멤논을 죽일 때 같이 죽음을 맞는다.

제5장

01   우리는 이제 연구의 본래 목적에 다가섰다. 그것은 디오 뉘소스적이며 동시에 아폴론적인 예술가와 그의 예술 작품을 이해하는 것, 적어도 비극이라는 신비스러운 통일체에 대한 얼마간의 생각을 얻는 것이었다. 이제 우선 묻거니와 희랍 세계 어디에서 나중에 비극 내지 극적 구성의 디튀람보스로 발전하는 맹아를 확인할 수 있을까? 고대 세계는 우리에게 하나의 조형적 실마리를 제공한다. 즉 **호메로스와 아르킬로코스**가 희랍 문학의 비조이며 희랍 문학의 불을 밝힌 인물로 조각품이나 보석 등에 나란히 새겨져 있다는 사실이다. 고대 세계는 두 사람을 완전히 동등하다고 여겼으며, 희랍 세계를 휩쓰는 불길이 온전히 이 두 인물에게서 시작되었다고 믿었던 것으로 보인다.[1] 아폴론적 소박한 예술가의

---

1   호메로스와 아르킬로코스는 나란히 시가 강연에서 시가의 스승으로 추앙받았다. 헤라클레이토스는 이들이 지혜로운 자로 이렇게 추앙받는 것을 옳지 않게 보았다. 헤라클레이토스 단편 DK22B42(=18정암) 〈호메로스는 강연에서 두들겨 맞고 쫓겨났어야 했다. 그리고 아르킬로코스도 마찬가지다.〉

전형, 생각에 잠긴 백발의 예술가 호메로스는 놀라움으로 가득한 표정으로 아르킬로코스를, 격정에 가득한 얼굴을, 삶을 좇아 여기저기 돌아다닌 전사이자 무사이 여신의 시종을 바라본다.[2] 근대 미학[3]은 이에 대해 그저 최초로 〈주관적〉 예술가가 〈객관적〉 예술가에 마주 보게 되었다 설명했다. 이런 설명은 내가 보기에 전혀 타당하지 않다. 왜냐하면 소위 주관적 예술가란 다만 형편없는 예술가일 뿐이며, 예술이라 함은 모름지기 어떤 종류든 어떤 경지에 올랐든 상관없이 무엇보다 먼저 주관성을 극복하는 것이라고 생각하기 때문이다. 다시 말해 예술은 〈나〉를 버릴 것, 모든 종류의 개인적 소망과 바람을 침묵하게 만들 것을 요구한다. 객관성이 없다면, 사사로운 뜻을 버린 순수한 관조의 자세가 없

---

2 『초기 희랍의 문학과 철학』 제1권 241면 이하. 아르킬로코스는 희랍 서정시의 창시자로 평가되는 시인으로 기원전 7세기에 활동한 것으로 알려져 있다. 그의 시는 대개 단편으로만 전해진다. 단편 가운데 〈나는 왕 에뉘알리오스의 시종이며 무사이 여신들의 사랑스러운 선물에도 능통하도다〉(1West)라고 노래한 시가 전해진다. 여기서 〈에뉘알리오스〉는 전쟁의 신 아레스를 가리킨다. 또 그는 용병으로 생활했다고 한다. 〈창에서 내게 보리 빵이 구워지고, 창에서 내게 이스마로스의 포도주가 생겨, 창에 기대어 나는 마신다〉(2West).

3 『헤겔의 미학강의』(두행숙 옮김, 은행나무, 2012) 제3권 675면 이하. 〈서사시는 그 안에서 총체적인 행위와 이를 실체적인 위엄을 띠거나 외적인 우연들과 모험적으로 뒤얽혀 행하는 성격들(등장인물들)을 광범위한 사건 형태로 서술하고 이로써 객관적인 것을 그 객관성 안에서 분명히〉 드러내며, 〈서사시와 다른 측면을 이루는 것은 서정시다. 그 내용은 주관적이며 내면세계, 즉 관찰하고 느끼는 심정은 행동으로 나아가지 않고 오히려 내면적인 자아 속에 머무르면서 주체가 스스로 표현하는 것을 유일한 형태이자 궁극적인 목표로 삼을 수 있다.〉

다면 단 한 편이나마 진정한 예술적 창조는 불가능한 것이다. 그렇다면 과연 어떻게 〈서정시인〉을 예술가라고 부를 수 있을까? 이 문제를 풀어보는 것이 우선이다. 서정시인은 우리가 아는 한 언제나 〈나〉를 말하는 인물이다. 그는 자신의 격정과 욕망을 반음계에 맞추어 노래한다. 호메로스 옆에 새겨진 바로 그 인물, 아르킬로코스는 증오와 악의로 가득한 고함 소리와 만취 상태에서 내뱉는 욕망으로 우리를 기겁하게 만든다.[4] 그렇다면 최초의 주관적 예술가라는 딱지가 붙은 아르킬로코스는 다만 비(非)예술가인가? 그렇다면 어찌하여 〈객관적〉 예술가의 중심지라 할 델포이 신전마저 신묘한 신탁을 내려 그에게 시인이라는 명예를 주었던가?[5]

4 핀다로스Pindaros, 『퓌티아 찬가』 II, 54. 〈비방을 좋아하는 아르킬로코스는 어쩔 도리 없음 안에서 독설로 드러나는 증오를 게걸스럽게 먹었다.〉 아르킬로코스의 약혼녀 네오불레와 그녀의 아버지 뤼캄베스는 아르킬로코스가 그들을 비난하여 노래한 욕설 시 때문에 스스로 목숨을 끊은 것으로 알려져 있다.

5 플루타르코스, 『신들의 뒤늦은 복수에 관하여』 17. 〈전쟁터에서 시인 아르킬로코스를 죽인 사람은 칼로니데스라고 하며 코락스라는 별명을 갖고 있었다. 무사이 여신들에게 귀속된 사람을 죽였다는 이유로 퓌티아 여사제에게 비난을 들었을 때 그는 결백함을 항변하며 빌고 탄원했다. 여사제는 그에게 귀뚜라미의 거처로 가서 아르킬로코스의 영혼을 달랠 것을 명했다.〉 아르킬로코스의 고향 파로스에서 기원전 3세기에 세워진 아르킬로코스 기념비가 1949년 7월 발견되었다(D. Clay, *Archilochus Heros*, 2004). 비문에는 므네시에페스라는 사람이 아폴론의 신탁에 따라 아르킬로코스의 성소를 세웠다는 내용과 그가 무사이 여신들과 만났다는 일화와 그의 아버지가 델포이의 아폴론 신탁으로부터 그의 아들이 불멸의 명성을 얻으리라는 말을 들었다는 내용을 담고 있다. 이에 따르면 어렸을 때 아버지 텔레시클레스의 명으로 아르킬로코스는 이른 아침 소를 끌고 시장으로 길을 나섰다. 도중에 한 무리의 여인들이 그에게 나타나서 그에게 알맞은 대가를 줄

02 시인의 창작 과정에 관하여 **실러**는 자신조차 무어라 설명할 수 없었던, 하지만 추호의 의심도 없이 분명했던 심리학적인 현상을 보고하고 있다. 시를 쓰기 직전 창작을 준비하는 상태에서 일련의 그림, 생각의 질서 정연한 연속이 그의 마음속에 떠오르는 것이 아니라, 오히려 먼저 **음악적 흥취**에 젖는다는 것이다. 〈시홍(詩興)은 우선 정해진 분명한 대상 없이 내게 찾아옵니다. 대상은 나중에야 비로소 분명해집니다. 뭔가 음악적 흥취가 먼저 다가오고 뒤미처 시상(詩想)이 나타납니다.〉[6] 어느 곳에서나 자연스럽게 여겨지는 합일, 즉 **시인과 음악가의 동일성**이라는 매우 중요한 현상을 고대 세계의 시인들에게 적용한다면 — 이에 반해 우리의 최근 서정시는 머리 없는 신상(神像)이라고나 할까 — 앞서 우리가 설명한 미학 형이상학에 입각하여 다음과 같이 서정시인을 설명할 수 있다. 서정시인은 디오뉘소스적 예술가로서 근원적 일자와 하나가 되어, 근원적 일자의 고통이나 모순과 하나가 되어 근원적 일자를 음악으로써 모방한다. 이런 의미에서 음악을 세계의 반복 혹은 세계의 모사물이라고 부른 것도 정당하다 하겠다. 하지만 곧 서정시인에게 음악은 다시 흔히 일어나는 **비유적 꿈의 영상**처럼 아폴론적 꿈의 작용으로 눈으로 볼 수 있는 무엇이 된다. 원초적 고통의 음악적 모방은 처음에는 영상이나 개념이 없으나, 이어 곧

테니 소와 맞바꾸자고 말하고 소와 함께 사라져 버렸다. 이때 아르킬로코스는 그의 발밑에서 뤼라를 발견했다고 한다.

6 실러가 괴테에게 1796년 3월 18일자로 보낸 편지에서 인용된 것이다.

영상에 용해되어 모방의 모방, 즉 개개의 비유 혹은 본보기를 만들어 낸다. 시인의 주관성은 이미 디오뉘소스적 과정에서 사라져 버렸다. 이제 그가 세계의 중심과 하나가 되었음을 알려 주는 영상이 그에게 나타난다. 이제 근원적 모순과 근원적 고통을, 그리고 가상이 가져다주는 근원적 희열을 표현하는 꿈이 그에게 나타난다. 이제 서정시인의 〈나〉는 존재의 심연으로부터 울려 나온다. 근대 미학자들이 말하는 서정시인의 〈주관성〉은 다만 착각일 뿐이다. 최초의 희랍 서정시인 아르킬로코스가 광적인 사랑과 증오를 뤼캄베스의 딸에게 전했을 때, 도취의 열광 속에 춤을 춘 것은 그의 격정이 아니라 다만 디오뉘소스와 그의 여신도들이었으며, 아르킬로코스는 열광적 도취상태에서 잠에 빠져 있었다 (에우리피데스는 『박코스의 여신도들』에서 고산의 방목장에서 한낮의 태양 아래 잠든 사람을 묘사한 바 있다).[7] 아폴론이 이제 시인의 머리 위를 지나가고 그에게 월계수를 씌워 준다.[8] 디오뉘소스적-음악적 마력은 이제 영상의 불꽃, 즉

7   에우리피데스, 『박코스의 여신도들』 667행 이하에서 전령이 펜테우스에게 박코스의 여신도들을 목격한 것을 보고한다. 〈태양이 대지를 데우기 위해 햇살을 막 쏘아 보내고 있을 때, 풀을 뜯는 소 떼가 산등성이를 향해 올라가고 있었나이다. 그때 저는 세 패의 춤추는 여인들을 보았는데 [……] 그들은 모두 사지를 뻗고 자고 있었는데 더러는 전나무 가지에 등을 대고 있었고, 더러는 땅바닥을 베고 참나무 잎 속에 쓰러져 자고 있었나이다.〉
8   헤시오도스, 『신들의 계보』 29행 이하. 〈위대하신 제우스의 말 잘하는 따님들은 싹이 트는 월계수의 보기 좋은 가지 하나를 내게 주시며 그것이 지팡이로 꺾게 하셨고, 내게 신적(神的)인 목소리를 불어넣어 내가 미래사와 과거사를 찬양할 수 있도록 하셨다.〉

서정시를 주변에 흩뿌린다.[9] 서정시가 최고로 발전할 경우
이것이 비극 내지 극적 구성의 디튀람보스라고 불린다.[10]

03   조각가 그리고 조각가를 닮은 서사시인은 영상을 순수하
게 관조한다. 어떤 영상도 갖지 않는 디오뉘소스적 음악가
는 다만 원초적 고통 자체이거나 고통의 원초적 반향일 뿐
이다. 서정시의 예술가는 신비로운 자기 망각 내지 혼연일
체의 상태로부터 어떤 영상 내지 비유의 세계가 자라나는
것을 느낀다. 그의 영상 세계는, 조각가와 서사시인이 가진
영상 세계와는 전혀 다른 색채와 인과와 속도를 가지고 있
다. 서사시인은 영상 속에서 그리고 오직 영상 속에서만 즐
겁고 유쾌하게 살아 있으며, 지칠 줄 모르고 영상을 구석구
석 사랑스러운 표정으로 살펴본다. 분노한 아킬레우스[11]의

9   아르킬로코스의 단편 가운데 술에 취해 디튀람보스를 지휘했다는
내용이 전한다. 〈나는 포도주로 마음에 번개 맞아 왕 디오뉘소스의 아름다
운 노래 디튀람보스를 이끌 줄 안다〉(120West).

10   빌라모비츠는 이에 대해 전혀 역사적 증거가 없는 날조라고 비판했
다. 〈곧잘 《극적 구성의 디튀람보스》라는 말을 언급하곤 했다. 하지만 내가
아는 한 이런 문학 장르는 들어보지 못했다. 이미 사멸한 서정적 비극의 친
척쯤 되는 것인가? 그리고 여기에 중요한 논거로서 한때 배우 없는 비극이
존재했다고 가정하고 있다. 아마도 테스피스 이전 시대인가 보다. 다만 디
오뉘소스의 고통을 주제로 하는 그런 것이 있었다고 가정하고 있다. 아이
스퀼로스의 비극이, 오로지 추측일 뿐인 시대에 추측일 뿐인 비극 전 단계
의 추측일 뿐인 비극 구성을 갖고 있었다는 이런 허깨비 장르와 무슨 관계
란 말인가?〉(*Der Streit um Nietzsches Geburt der Tragödie*, 45면). 1865
년 출판된 율리우스 레오폴드 클라인Julius Leopold Klein의 『희랍 로마
희곡의 역사』는 〈극적 구성의 디튀람보스〉라는 개념이 아리스토파네스
Aristophanes의 희극 『부(富)의 신』을 주석한 고대 난외 주석에 등장한다고
보고한다(Schmidt).

영상은 서사시인에게 그저 영상일 뿐이며 분노의 표현에서 서사시인은 가상에서 얻는 꿈의 쾌락을 얻는다. 그런즉 작중 인물들이 가상이라는 의식으로 인해 서사시인은 작중 인물들과 하나가 된다거나 혹은 융화되는 일이 없다. 반면 서정시인이 보는 영상은 다름 아닌 **자기 자신**이며 혹은 다양한 방식으로 드러나는 자기 자신의 객관물일 뿐이다. 때문에 서정시인은 영상 세계를 작동시키는 구심점으로 〈나〉를 말할 수 있다. 다만 서정시인의 나는 깨어 있는 경험적 실재로서의 나와는 전혀 다르다. 서정시인의 나는 유일하게 진실로 존재하며 영원하며 사물의 근저에 닿아 있는 나이며, 이런 나를 모방하는 가운데 서정시의 예술가[12]는 사물의 근저까지 꿰뚫어 보게 된다. 그렇다면 이제 생각해 보자. 서정시의 예술가는 나를 모방하는 가운데 한낱 비(非)예술가인 **자기 자신**을, 한낱 〈주관〉을, 무언가 생생한 현실로 자신에게 보이는 것을 향한 한낱 주관적 의지와 욕구의 응어리를

11　『일리아스』제1권 1행 이하. 〈노래하소서, 여신이여! 펠레우스의 아들 아킬레우스의 분노를, 아카이오이족에게 헤아릴 수 없이 많은 고통을 가져다주었으며 숱한 영웅들의 굳센 혼백들을 하데스에게 보내고 그들 자신은 개들과 온갖 새들의 먹이가 되게 한 그 잔혹한 분노를!〉

12　원문 〈*der lyrische Genius*〉를 제3장 말미에 언급된 〈소박한 천재론〉에 비추어 〈서정적 천재〉라고 번역할 수도 있다. 이하 원문 〈*Welt-genius*〉는 앞서 〈근원적 일자〉라는 미학 형이상학적 가정에 비추어 여기서는 문맥상 〈예술가로서의 근원적 일자〉를 가리킨다. 이런 의미에 비추어 〈천재〉 대신 〈예술가〉로 번역했다. 〈*Genius*〉는 흔히 〈천명〉을 의미한다. 호라티우스 『서간시집』 2, 2, 18행. 〈출생의 별자리를 정하는 천명만이 알 일입니다. 천명은 죽을 운명의 인간의 신적 속성으로 각자와 함께 나고 죽으며, 검고 흰 얼굴처럼 서로 제각각입니다.〉

바라보는가? 이런 비(非)예술가가 서정시의 예술가와 마치 하나라는, 서정시의 예술가가 언급하는 〈나〉가 말 그대로 나라는 이런 허상에 오늘날 우리는 속아서 안 된다. 과거 그랬기 때문에 많은 사람은 서정시인을 주관적 예술가로 생각하는 잘못을 범했던 것이다. 격정적으로 불타오르던 사랑과 증오를 품은 인간 아르킬로코스는 사실 세계-예술가의 허상 가운데 하나일 뿐, 시인 아르킬로코스는 이미 더 이상 인간 아르킬로코스가 아니라, 근원적 고통을 인간 아르킬로코스라는 비유를 통해 상징적으로 발설하는 세계-예술가다. 주관적 의지와 욕구를 가진 인간 아르킬로코스는 결코 시인일 수 없다. 서정시인이 눈앞에 있는 한낱 현상인 인간 아르킬로코스를 영원한 존재의 반영이라고 보는 것은 전혀 불필요하다. 물론 제일 가깝긴 하지만 한낱 현상이 서정시인의 영상 세계와 얼마나 멀리 떨어져 있는지는 비극이 증명하고 있다.

04   **쇼펜하우어**는 서정시인이라는 철학적 예술 고찰의 어려움을 여실히 드러냈으며 난제의 출구를 발견했노라 믿었다. 나로서는 이를 그대로 따를 수 없다. 하지만 적어도 그가 서정시인의 문제를 결정적으로 해결할 수 있을 도구를 그의 심오한 음악 형이상학에서 발견했다는 점만은 높이 사겠다. 여기서 내가 행한 것은 그에게 명예를 돌리기 위해 밝히거니와, 바로 이런 그의 정신에 따른 것이다. 쇼펜하우어는 음악의 본래적 특징을 다음과 같이 설명했다(『의지와 표상으로서의 세계』 제1권 295면). 〈음악 하는 자의 의식을 가득 채

우고 있는 것은 의지 주관, 즉 그 자신의 욕구다. 이 욕구는 한편으로 종종 풀려나 충족된 욕구(기쁨)이거나, 다른 한편 보다 많은 경우에 묶여 억압된 욕구(슬픔)일 것이나, 그 어떤 쪽이든 상관없이 격정, 시련, 흔들린 감정 상태이기는 마찬가지다. 하지만 음악 하는 자는 이렇게 욕구 주관인 동시에 다른 한편 자신을 둘러싼 자연을 순수하고 사심 없이 관조하는 인식 주관이라는 자의식을 갖는다. 흔들림 없는 복된 고요 속의 인식은, 늘 억압되고 채울 수 없는 욕구가 보여주는 질풍노도와 대조를 이룬다. 인식과 욕구의 대조, 서로 번갈아 감정을 차지하는 것이야말로 음악 일반 그리고 서정적 상태 일반의 특징이다. 서정적 상태 속에서 순수 인식이 우리에게 가까이 다가와 우리를 욕구와 그 질풍노도로부터 해방시킨다. 우리는 이를 따른다. 하지만 그것도 한순간이다. 욕구, 즉 개인적 목적의 상기는 우리를 다시 고요한 관조로부터 분리시킨다. 하지만 다시 주변의 아름다운 자연은 우리를 욕구로부터 이끌어 낸다. 자연은 우리에게 순수하고 사심 없는 인식을 제공한다. 따라서 음악이나 서정적 흥취 속에는 욕구(개인적으로 관심을 두는 목적)와 주변 자연에 대한 순수한 관조가 놀랄 만큼 서로 잘 혼합되어 있다. 사람들은 이 양자의 관계가 어떤 것인지 탐구하고 상상했다. 주관적 흥취와 의지의 격정이 관조된 자연에게, 반대로 관조된 자연이 주관적 흥취와 의지의 격정에게, 서로가 서로에게 자신의 색채를 전달한다. 진정한 음악이란 이렇게 서로 혼합되고 서로 분열된 감정 상태의 모사(模寫)다.〉

결코 간과할 수 없는바 이 설명은 서정시를 다만 불완전
한, 말하자면 뛰어가기는 하되 결코 목표에 이르지 못하는
예술로 규정하고 있다. 욕구와 순수한 관조, 다시 말해 비
(非)미학적 상태와 미학적 상태가 서로 놀라울 정도로 잘 혼
합되어 있음을 그 **특징**으로 한다고 주장하고 있지 않은가
말이다. 이에 따르면 서정시는 반쪽 예술이라고나 할까? 우
리는 오히려 다음과 같이 주장하고자 한다. 쇼펜하우어가
마치 가치 기준인 양 예술을 양분하는 데 적용한, 주관적인
것과 객관적인 것의 대립이라는 기준은 전적으로 미학에 부
적합하다. 왜냐하면 욕구하는 주관, 이기적 목적을 촉구하
는 개별자는 다만 예술의 적일 뿐, 예술의 기원일 수 없기 때
문이다. 주관이 예술가라고 할 때, 그것은 이미 자기 개인적
의지로부터 해방된 주관이다. 또 동시에 그것은 매개자, 참
된 주관이 가상 속에서 자신의 해방을 즐기게끔 하는 매개
자다. 무엇보다 우리가 분명히 알아야하는 것은, 그것이 우
리의 굴욕이자 동시에 영광인바, 예술 희극[13] 전체는 우리
를 위해, 우리의 개선과 교육을 위해 전혀 상연되는 것이 아
니며, 분명 우리가 이 예술 세계를 만들어 낸 창조자는 더욱
더 아니라는 사실이다. 우리는 예술 세계의 진정한 창조자

13   J. L. Klein, *Geschichte des Dramas,* Bd. 2, (Leipzig, 1865), 902
면 이하 각주 2번. 독일 문학사가들은 〈commedia dell'arte〉를 〈예술 희극
Kunstkomödie〉이라고 잘못 번역하였는데, 여기서 〈arte〉는 〈동업자 조합〉
을 의미하기도 한다. 따라서 〈commedia dell'arte〉는 아마추어 배우가 아
닌 전문 직업 배우들에 의해 공연된 가면 희극을 가리킨다. 여기서 니체는
가면을 쓰고 공연한 희랍 〈희극〉을 가리키는 말로 쓰고 있다.

가 볼 때 다만 허상이며 예술적 투영일 뿐이란 것을 — 우리의 삶과 세계는 단지 **미학적 현상**으로서만 영원히 **정당화**되기 때문에 — 우리는 예술 작품인 한에서 최고 존엄을 획득한다는 점을 받아들여야 할 것이다. 우리가 우리 자신의 의미를 생각한다면 그것은 어쩌면 화폭 위에 그려진 전사들이 화폭 위의 전투를 생각하는 것과 다르지 않을 것이다. 따라서 우리의 예술 인식 전체는 근본적으로 완전히 허상이다. 사실 우리가 무언가를 알고 있다 한들 예술 희극의 유일한 창조자이며 관객으로서 영원한 희열을 즐기는 존재와 어찌 동일할 수 있겠는가? 예술적 창조 작업에 임한 예술가가 세계의 근원적 예술가와 융합되는 경우라야 예술가는 겨우 예술의 영원한 본질에 관해 약간이나마 알게 된다. 왜냐하면 그런 융합 상태에서 예술가는 동화(童話)에 등장하는 섬뜩한 그림에서처럼 놀랍게도 자기 눈을 돌려 자기 자신을 바라볼 수 있기 때문이다. 이 순간 그는 주관이며 동시에 객관이고 시인이자 동시에 배우이자 관객이다.

제6장

01   그간의 학문적 연구를 통해 아르킬로코스가 **민요**를 문학
으로 발전시켰다는 사실과, 이런 업적으로 유일하게 호메로
스에게 필적한 인물로 희랍 인민에게 널리 인정받게 되었다
는 사실을 밝혀냈다.[1] 온전히 아폴론적이라 할 호메로스의
서사시에 필적하게 된 민요란 무엇인가? 아폴론적인 것과
디오뉘소스적인 것의 융합이 남긴 영원한 흔적 말고 달리
무어라 말할 수 있겠는가? 민요가 가늠할 수 없을 만큼 널
리 분포하며, 전 세계 모든 민족들에게 고르게 존재하며, 지
금도 역시 새로운 것이 만들어지는 가운데 점점 더 널리 확
산되고 있다는 사실은 자연적으로 주어진 이중의 예술 본능
이 얼마나 강한지를 웅변하고 있다. 한 민족이 만끽한 광란
의 도취가 음악에 흔적을 남기듯, 이중의 예술 본능은 민요

---

1   니체는 서정시에 관하여 Rudolf Westphal, *Geschichte der alten und mittelaltlichen Musik*(Breslau, 1864)을 따르고 있다(Schmidt). 이 책의 116면 이하. 〈아르킬로코스는 이런 민요적인 요소들을 높이 평가하고 판단하여 예술로 발전시킨 최고의 장인이다.〉

에 흔적을 남기고 있다. 민요가 풍성하게 만들어지던 시기들마다, 우리가 늘 민요의 뿌리요 전제라고 생각해야 할 디오뉘소스적 노도에 의해 매우 강하게 자극받았음은 역사적으로도 분명 입증 가능하다.

02   민요는 우리가 보기에 먼저 음악적 세계상이며, 상응하는 꿈의 가상을 찾아 이를 시어(詩語)로써 표출하는 원초적 선율이다. 따라서 **민요 선율은 원초적인 동시에 보편적인 것**이며 여러 종류의 노랫말 속에 다양한 방식으로 표출될 수 있다. 민요 선율은 인민 대중의 소박한 평가에 따르면 훨씬 더 중요하고 필수적인 것이다. 민요 선율은 시어를 낳았고 늘 새롭게 시어를 낳고 있다. 바로 이것을 우리는 **민요의 시련구**(詩聯句) **형식**에서 확인할 수 있다. 나는 민요를 늘 놀라움의 시선으로 고찰했고 마침내 이 이론을 얻었다. 나의 이론에 따라 민요집, 예를 들어 『소년의 마법 피리』[2]를 살펴보면, 민요 선율이 끊임없이 계속해서 시어를 생산하는 가운데 영상의 불꽃들을 흩뿌리고 있는 예들을 수없이 발견할 수 있다. 이 영상의 불꽃들은, 서사시적 가상과 그 도도한 흐름에게 낯선 힘을 과시하며 다채롭고 변화무쌍하며 종잡을 수 없이 급변한다. 서사시의 관점에서 보면 서정시가 보여 주는 뒤죽박죽 뒤엉킨 이런 영상 세계는 다만 저열하다 할 수 있는바, 서정시인 테르판드로스[3]의 시절 아폴론 축제

2   아르님Achim von Arnim과 브렌타노Clemens Brentano는 민요집 『소년의 마법 피리』(1805~1808)를 출판했으며 이 민요집은 이후 낭만주의 시대를 통틀어 서정시의 표준이 되었다(Schmidt).
3   Terpandros. 『수다 사전Suida』에 따르면 칠현의 뤼라를 처음 발명한

에 참여한 서사시 소리꾼들⁴은 분명 그렇게 평가했음에 틀림없다.

03   민요에 담긴 시어는 **음악을 모방하려는** 매우 긴장된 언어라고 우리는 생각한다.⁵ 이런 점에서 아르킬로코스와 더불

레스보스 섬 출신의 시인이며 뤼라의 악곡을 처음으로 창안한 사람이다. 아테나이오스, 『현자들의 저녁 식사』 14, 635d에 따르면 테르판드로스는 카르네이아 축제의 첫 번째 수상자 목록에 이름을 올렸는데, 이 축제는 제 26올륌피아드(B.C. 676~B.C. 673)에 처음 개최되었으며, 아폴론을 모시고 8월경에 개최되던 노래 경연으로 도리아계의 도시들이 모여 개최했다고 한다. 위(僞) 플루타르코스의 『음악에 관하여』 3 이하에 테르판드로스가 뤼라에 맞추어 호메로스Homeros의 서사시를 노래했다는 내용이 있다.

4   호메로스의 서사시를 노래하면서 돌아다니던 사람들을 가리키는 말로, 판소리를 부르며 돌아다니던 가인(歌人)과 유사하다.

5   빌라모비츠의 반론은 다음과 같다. 〈니체 선생은 서정시의 언어가 음악에 따라 생겨난다는 주장을 위해, 또 서정시가 영상과 개념으로써 음악을 모방하려는 불꽃이라는 주장을 위해, 아르킬로코스에게 시련구의 서정시와 특히나 음악적인 역할을 부여할 수밖에 없었다. 즉 희랍 음악사를 상당히 왜곡하는 것이 불가피했던 것이다. 플라톤이 선법과 박자는 언어를 따라야만 한다고 분명히 언급한 것으로 충분하다고 생각한다. 아르킬로코스가 발명한 에포도스 운율을 시련구의 서정시라고 마음대로 이름 붙일 수는 있지만, 여하튼 그것은 확언하건대 음악적 시련구가 아니다. 음악적 시련구란 합창 서정시에서 보듯, 동일한 선율이 가사를 바꾸어 가며 반복되는 것을 의미하지만, 에포도스 운율은 그런 방식으로 노래될 가능성이 전혀 없으며, 그것은 엘레기의 이행시와 보다 근본적으로 여섯 걸음 운율의 서사시나 마찬가지로 단지 운율을 갖는 시행일 따름이다. 아르킬로코스의 얌보스를 노래하였다고는 전혀 생각할 수 없으며, 단지 《서창》의 전승 정도를 생각해 볼 수 있다. 다른 무엇보다 테르판드로스와 아르킬로코스의 연대 선후를 확정시킬 수 없는 사실은 아르킬로코스가 최초의 서정시 정립과 무관함을 증명해 준다. 초기의 희랍 서정시를 연구하는 사람이라면 누구나 알고 있어야 할 단어를 니체 선생은 깡그리 무시하고 있는데, 이 한 단어는 음악으로부터의 서정시의 탄생이라는 완전한 소설을, 니체 선생이 말하는 민요와 음악에서의 세계의 주조라는 완전한 소설을 한 방에 날려 버릴 수 있다. 그것은 다름 아닌 〈엘레기〉라는 단어다. 엘레기는 가장 오래된 희랍 서

어 새롭게 시작된 서정시의 세계는 호메로스의 서사시와 근
본적으로 상이할 수밖에 없었다. 이로써 우리는 시어와 음
악, 언어와 곡조 사이에 유일하게 성립 가능한 관계를 정의
한바 말, 영상, 개념은 음악에 준하는 표현 방식을 찾는 가
운데 이제 음악의 힘을 체험한다. 이런 의미에서 우리는, 언
어가 현상 세계와 영상 세계 아니면 음악 세계를 모방했는
가에 따라 희랍 인민의 언어사를 두 가지 큰 흐름으로 구분
할 수 있겠다. 이런 구분의 의미를 이해하기 위해 호메로스
와 핀다로스[6]의 언어적 차이를 어휘 색감, 문장 구조, 언어

정시 형식이다. 엘레기는, 아르킬로코스가 그 발명자이든 아니든 무관하게,
얌보스의 자매다. 엘레기는 모든 측면에서 우리가 오늘날 서정시라고 부르
는 것을 포함한다. 엘레기는 사랑과 포도주, 전쟁과 조롱, 훈계와 지혜의 시
다. 그러나 엘레기는 노래되지는 않았다. 밈네르모스와 튀르타이오스, 포
퀼리데스와 테오그니스는 음악가가 아니었다. 엘레기는 그 생성에 있어 서
사시의 문체와 언어와 공연 방식을 취하였다. 그 최초의 정립을 보여 주는
예증들에서는 시어가 훨씬 중요하였으며, 제2세대의 예증에서 비로소 악
기가 등장한다. 이것은 니체 선생의 생각과는 전혀 부합하지 않는 사실이
다〉(*Der Streit um Nietzsches Geburt der Tragödie*, 38면 이하).

6   Pindaros(B.C. 518~B.C. 438). 합창 서정시, 특히 승리의 찬가들을
많이 지은 시인이다. 오늘날 우리는 올륌피아 경기, 퓌티아 경기, 네메이아
경기, 이스트미아 경기별로 나누어 편찬된 그의 승리 찬가를 가지고 있다.
헤르만 프랭켈,『초기 희랍의 문학과 철학』제2권 847면 이하에 따르면 아
폴론과 디오뉘소스의 대립을 잘 보여 주고 있는 것이 핀다로스의 시 문학이
다.『퓌티아 찬가』1번의 서두에서 핀다로스는 무사이 여신들의 예술을 다
음과 같이 찬양한다.〈황금빛 뤼라여, 아폴론과 보랏빛 곱슬머리 무사이 여
신들에 진정으로 속하는 소유물이여, 화려한 축제가 시작하면 춤추는 발걸
음이 그대에게 귀를 기울이고, 가인들도 그대의 지시를 따르네, 그대 뤼라
가 연주되어 윤무를 이끄는 선창가의 신호를 알리면, 용맹한 전사 번개조
차도 영원한 불꽃의 화염을 사그라뜨리고, 독수리도 제우스의 홀(笏)위에
서 잠이 든다, 날렵한 날개를 양쪽으로 내리고. 새들의 제왕 독수리도. 이는

회화의 관점에서 단 한 번이라도 깊이 생각해 본 사람이라면, **올림포스[7]의 열광적 피리 음악**이 호메로스와 핀다로스 사이에 울리고 있음이 그에게 분명해질 것이다.[8] 피리 음악은 음악이 고도로 발전했던 아리스토텔레스의 시대에도 사람들을 도취의 열광으로 사로잡았으며, 피리 음악에 자극받

어두운 눈빛의 구름을 그대가 그의 굽은 머리 위에 쏟아부어 눈꺼풀을 닫도록 했기 때문이다. 졸음 속에서 그의 유연한 등은 그대의 선율에 사로잡혀 흔들거린다. 또 난폭한 아레스도 마찬가지이다. 창의 지독한 날카로움을 그는 잠시 쉬게 하고 그의 마음도 잠을 즐기고 있다. 레토의 아들(아폴론)과 허리띠를 깊숙이 두른 무사이 여신들의 뛰어난 기예로 그대는 신들의 무기와 영혼을 유혹하는구나.〉 다른 한편 핀다로스는 디오뉘소스의 음악에 관해서 다음과 같은 단편을 남기고 있다. 〈어떻게 우라노스의 자식들이 제우스의 왕홀 옆에서 브로미오스(디오뉘소스)의 축성 의식을 거행했는지를 우리는 알고 있다. 위대한 어머니(퀴벨레)를 위해 북이 연주되었고, 거기에 짝짜기와 노란 불꽃의 장작들로 활활 타오르는 횃불이 타닥거리는 소리를 낸다. 그리고 목덜미를 젖히는 축제의 소용돌이와 함께 물의 요정들에게서는 신음과 광란이 점점 소리를 내며 커진다. 게다가 모든 것을 제압하는 번개가 불을 터뜨리며 요동쳤고, 아레스의 창도 그러했다. 아테네의 막강한 방패 아이기스에서도 천개의 뱀들이 쉭쉭거리며 소리를 울렸으며, 혼자 살고 있는 아르테미스가 박코스의 황홀경 속에서 사자 종족을 길들이며 재빨리 달려온다. [······] 디오뉘소스는 춤추고 있는 여인들과 동물 떼에 황홀해한다.〉 디오뉘소스적 음악과 관련된 위의 단편은 1919년에 세상에 공개되었다.

7 위(僞) 플루타르코스 『음악에 관하여*Peri Musikes*』 5 이하에서 올림포스는 희랍에 처음으로 악기 연주 음악을 도입한 사람으로 그는 최초의 피리 연주자 휘아그니스, 휘아그니스의 아들이자 후계자 마르쉬아스의 제자이다. 그는 프뤼기아 출신으로 희랍 최초의 피리 연주자이며 아폴론을 위하여 피리 연주곡을 작곡했다.

8 제4장의 예술 단계 구분에 비추어 정리하면 영상에 집중하는 호메로스에서, 언어라는 영상을 통해 음악을 모방하려는 서정시인들은 초창기 아르킬로코스와 테르판드로스와 올림포스를 거쳐 마침내 핀다로스에 이름으로써 도리아적 예술의 단계에 다다르게 된다.

은 동시대인들은 모든 시적 표현 도구를 동원하여 이를 모방하고자 했다.[9] 이와 관련하여 나는 누구나 알고 있을 법한, 우리 시대의 미학에는 다만 불쾌감을 자아낼 뿐인 오늘날의 현상 하나를 언급하고자 한다. 이는 거듭해서 되풀이되는 것으로 베토벤의 교향악이 청중 개개인에게 영상 언어를 떠올리도록 자극한다는 것이다. 이때 음악에서 생성된 상이한 영상들은 나란히 배치되어 참으로 환상적이며 다채로우며 심지어 모순적으로 보이기도 한다. 이런 현상을 설명하는 데 박약한 두뇌를 사용하지만, 진정 설명이 필요한 것은 간과하고 마는 것이야말로 바로 우리 시대의 미학이 가진 본질이다. 음악 시인은 자신의 작품에 대해 영상들을 언급했다. 예를 들어 자신의 교향곡 하나를 〈전원(田園)〉이라고 이름 붙이고, 그중 한 악장을 〈시냇가의 풍경〉이라고 칭하고 다른 악장을 〈농부들의 흥겨운 잔치〉라고 칭했다. 사실 영상은 다만 음악이 생산한 일종의 비유이며 — 음악이 모방 대상으로 삼는 것은 결코 영상이 아니다 — 이 점에 있어 모든 영상은 더 나을 것도 없이 동일한바, 영상은 음악이 가진 **디오뉘소스적** 내용에 관해 한마디도 가르쳐 줄 수 없다. 이제 우리는 음악이 영상을 통해 표출되는 과정을 인민 대중의 생명력 넘치는 언어 창조력에 적용해야 하며, 이

9　아리스토텔레스, 『정치학』(천병희 옮김, 숲, 2009) 8, 5 이하에서 올림포스의 음악을 이렇게 전한다. 〈음악이 우리의 성격에 영향을 미친다는 점을 우리가 입증한다면 이것은 분명해질 것이다. 유명한 예로 올림포스가 작곡한 음악은 누구나 인정하는 것처럼 우리의 영혼을 흥분시켰다. 여타 그런 많은 예들이 있다. 격정은 영혼이 가진 성격의 한 상태이다.〉

로써 시련구 형식의 민요가 어떻게 생겨났는지, 인민 대중의 언어 창조력이 어떻게 음악을 모방하려 새롭게 시도하게 되었는지에 관해 막연하게나마 밝힐 것이다.

04   영상과 개념으로 음악을 모방하려는 발광(發光)이 바로 서정시라고 할 때, 이렇게 물을 수 있을 것이다. 〈음악은 영상과 개념의 거울에 어떤 모습으로 **현상하는가?**〉 쇼펜하우어식으로 말하자면 **음악은 의지로서 현상하는**바 미학적, 순수 관조적, 무의지적 정서의 대립물이다. 여기서 가능한 한 엄밀하게 본질과 현상을 구분해야 한다. 음악은 본질에 있어 의지일 수 없다. 왜냐하면 음악이 만약 의지라면 음악은 예술 영역에서 완전히 벗어날 것인바, 의지는 비(非)미학적 대상이기 때문이다. 하지만 어찌 되었든 음악은 의지로서 현상한다. 서정시인은 음악을 그림으로 표현하기 위해 사랑의 속삭임으로부터 광기의 포효까지 온갖 종류의 격정을 사용하니 말이다. 아폴론적 비유들 가운데 음악을 이야기하려는 충동을 느끼며 서정시인은 자신을 포함하여 자연 전체를 다만 영원히 열망하고 갈구하고 희원하는 존재라고 생각한다. 서정시인이 음악을 영상으로 풀어낼 때 시인 자신은 아폴론적 관조라는 고요의 바다 위에 머물며, 그가 그러는 만큼 그가 음악을 표현하는 매체를 통해 관조하는 대상들은 그의 주변을 맴돌며 맹렬히 달려오고 몰아친다. 그리고 그가 동일한 매체로 자기 자신을 바라볼 때, 그는 충족되지 않는 감정 상태에 있는 자기 자신의 영상을 본다. 그의 열망, 희원, 탄성, 환호는 그가 음악을 풀어내는 비유다. 이

것이 서정시인에게 일어나는 현상이다. 아폴론적 예술가로서 서정시인은 의지의 영상을 통해 음악을 풀어내는 존재이며, 다른 한편 의지라는 욕망으로부터 완전히 벗어난 순수하고 해맑은 아폴론의 눈동자다.

05   이 모든 설명이 확증하는바 서정시는 음악의 정신에 종속되어 있으며, 다른 한편 음악 자체는 무장무애한 것으로 영상과 개념을 **필요로 하지 않으며** 개념이 제 옆에 있는 것에 **구애받는 것도 아니라는 점이다.** 서정시가 담을 수 있는 것은 오로지, 음악 안에 무엇보다 커다란 보편타당성을 갖고 벌써부터 담겨 있었던 것뿐이다. 이때에 음악은 시인으로 하여금 영상을 통해 말하도록 강요한다. 그러나 음악이라는 세계 상징은 결코 언어를 통해 충분히 표현될 수 없다. 왜냐하면 음악은 근원적 일자가 겪고 있는 근원적 모순과 근원적 고통을 상징적으로 표현하며, 이를 통해 모든 현상 너머, 모든 현상 이전에 존재했던 영역을 상징하기 때문이다. 음악과 비교하자면 모든 현상은 비유일 뿐이다. 따라서 현상을 표현하는 도구이자 현상의 상징인 **언어**는 어떤 순간에도 음악이 가진 심연을 결코 밖으로 끌어낼 수 없으며, 언어는 음악을 모방하는 것이 허용될 때조차 언제나 음악의 겉만을 핥을 뿐, 어떤 서정적 달변을 사용한다손, 음악의 깊은 의미에 단 한 발자국도 가까이 다가가지 못한다.[10]

10   이 장과 관련하여 쇼펜하우어 『의지와 표상으로의 세계』 제3권 52장을 참고할 수 있다.

제7장

01   이제까지 설명한 모든 예술 원리들의 도움을 받아 이제
우리는 미로라고밖에 달리 뭐라 말할 수 없는 **희랍 비극의**
탄생이라는 주제를 향해 길을 잡아야만 한다. 누구 하나 희
랍 비극의 기원을 발견하기는커녕 아직까지 문제조차 제대
로 제기된 적도 없다고 주장한다면 그리 크게 틀리지 않을
것이라 나는 생각한다. 사람들은 고작 여기저기 흩어져 있
는 고대 전승의 편린들을 이리저리 조합하여 꿰고 다시 뜯
기를 반복했던 것이다. 이런 고대 전승이 우리에게 단호하
게 말하고 있는바 **비극은 비극에 등장하는 합창대로부터**
생겨났으며 근본적으로 합창대이며 합창대 이외의 다른 무
엇도 아니다.[1] 따라서 우리는 원초적 비극이라 할 비극 합창

1   아리스토텔레스, 『시학』 1449a 이하. 〈아무튼 비극은 처음에는 즉흥
적인 것으로부터 발생했다. 희극도 마찬가지였다. 비극은 디튀람보스의 선
창자(先唱者)로부터 유래했고, 희극은 아직도 많은 도시에 관습으로 남아
있는 남근 찬가의 선창자로부터 유래했다. 그 후 비극은 그때까지 알려져
있던 여러 가지 요소들을 계속해서 개량함으로써 점진적으로 발전했다. 그

대를 보다 자세히 살펴보아야 한다. 나는 오늘날 유행하는 말장난 — 합창대는 이상적 관객이다, 합창대는 무대라는 왕의 영역에 맞선 인민 대표다 — 에 전혀 만족할 수 없다. 마지막에 언급된 것은 몇몇 정치가들에게는 숭고하게 들릴 만한 설명 — 마치 합창대는 민주 아테네가 가진 확고부동의 윤리 덕목을 대표하며 왕권이 저지르는 무도한 행동에도 언제나 올바른 자세를 견지한다는 듯한 — 은 아리스토텔레스의 말 한마디 때문에 유발된 것 같기는 하다.[2] 하지만 비극의 기원을 밝히는 데 이런 주장은 도움이 안 되는바, 왕권과 인민의 대립 등 정치 사회적 설명 일반은 순수 종교적 근원을 도외시하기 때문이다. 우리가 아는 고전적인 아이스

리고 많은 변화를 거쳐 본연의 형식을 갖추게 된 뒤에야 비로소 비극의 발전이 정지되었다.〉 디오게네스 라에르티오스Diogenes Laertios, 『유명한 철학자들의 생애와 사상』(김주일 외 옮김, 출간 예정) 제3권 56 이하. 〈예전에는 비극에서 가무단(합창대)이 홀로 연극을 이끌고 가는 것이 최초의 형태였지만, 나중에 테스피스가 합창단이 숨 돌리라고 한 명의 배우를 고안했고 두 번째 배우는 아이스퀼로스가, 세 번째 배우는 소포클레스가 고안하여 비극을 완성했듯이.〉 한편 비극이 영웅 숭배와 관련되어 있다는 전거로 헤로도토스 『역사』 제5권 67 이하가 있다. 〈시퀴온인들은 아드라스토스를 각별히 존중했는데, 시퀴온의 왕 폴뤼보스가 후계자 없이 죽게 되자 외손자인 아드라스토스에게 왕국을 물려주었기 때문이다. 시퀴온인들이 아드라스토스에게 경의를 표하는 한 가지 방법은 비극의 합창 가무단들이 그의 수난을 기리게 하는 것이었다. 비극의 합창 가무단은 대개 디오뉘소스를 찬양하지만 시퀴온에서는 아드라스토스를 찬양했다.〉

　2　위(僞) 아리스토텔레스, 『자연 과학의 문제들』 922b18 이하. 〈다시 말해 그들은 영웅들을 재현하는 자들이며, 중심 인물들은 과거에 오로지 영웅들이었다. 인민은 합창대를 구성하는 사람들이었다. [……] 합창대는 극에 개입하지 않는 관찰자였다. 다시 말해 합창대는 다만 지금 상연되고 있는 인물들에게 선의를 보여 줄 뿐이었다.〉

퀼로스와 소포클레스의 합창대를 보고 〈헌법적 인민 대표〉의 예감을 운운하는 것은 가히 신성 모독이라 하겠다. 사람들은 이런 신성 모독을 저지르는 데 주저하지 않는다. 헌법적 인민 대표라는 것은 고대 국가들이 실제 알지 못했으며 그들의 비극 작품에서 전혀 〈예감〉조차 못 했던 것이었다.[3]

02   합창대에 관한 정치적 설명보다 유명한 것은 슐레겔의 설명이다. 그는 합창대를 관객의 총화이며 요체로, 〈이상적 관객〉으로 생각하도록 권했다. 하지만 비극이 뿌리에 있어 다만 합창대였을 뿐이라는 역사적 전승에 비추어 보면, 그의 주장은 조악하고 비과학적이긴 하지만 매력적인 억지일 뿐이다. 매력적으로 보이는 것도 다만 그의 설명이 가진 간결한 형식 때문이며, 〈이상적(理想的)〉이라는 단어에 관해 게르만 민족이 갖고 있는 선입견 때문이며, 짧은 순간 우리가 느낀 경이로움 때문이다. 우리가 잘 알고 있는 극장 관객을 비극 합창대와 비교하며 오늘날의 관객에서 비극 합창대와 유사한 이상적 무엇을 찾아낼 수 있지 않을까 물었을 때, 실로 짧은 순간 그것은 우리에게 경이로움이었다. 하지만 가만히 생각해 보면 이런 일은 도저히 불가능한 것인바 우리는 희랍 관객의 판이한 성격만큼이나 슐레겔의 무모한 억지 주장에 경악한다. 우리는 올바른 관객이란 관객인 한에서

3   J. L. Klein, *Geschichte des Dramas*, Bd. 1(Leipzig, 1865), 162면 이하. 〈고대 국가 체제는 그들에게 불행과 심지어 몰락을 가져온 원인인바 인민 대표를 알지 못했다. 그러나 희랍 희곡은 이를 예감했으며 이를, 비록 역사 철학적 의식이 아니라 다만 예술적 의식과 예술적 본능에 의한 것이었지만, 연극의 요소이자 법률의 수호자인 합창대 속에서 구현했다〉(Schmidt).

경험적 현실이 아니라 예술 작품이 눈앞에 펼쳐진다는 것을 늘 의식하는 관객이라고 생각해 왔다. 그런데 희랍 인민의 비극 합창대는 무대 위의 인물들을 생생한 실존으로 보도록 강요받았다. 오케아노스의 딸들로 이루어진 합창대는 실제 프로메테우스를 보고 있다고 믿었으며, 무대 위에 프로메테우스를 현실로 받아들이는 것처럼 자기 자신도 실제 오케아노스의 딸들이라 생각했던 것이다.[4] 과연 오케아노스의 딸들처럼 프로메테우스가 눈앞에 숨 쉬고 있는 현실이라고 생각하는 관객이 최고의 순수한 관객이 될 수 있을까? 무대 위로 달려 나가 프로메테우스를 고역으로부터 해방시키는 것이 과연 이상적 관객의 지표가 될 수 있을까? 우리는 미학적 관객이 존재할 거라 믿어 왔으며 예술 작품을 예술로, 다시 말해 미학적으로 받아들이면 받아들일수록 그만큼 더 탁월한 관객이라고 생각해 왔다. 그런데 슐레겔의 말대로라면 저 완벽하고 이상적인 관객은 무대 위의 세계를 전혀 미학적으로 받아들이지 않고 오히려 생생한 경험적 현실로 받아들이고 있지 않는가! 우리는 희랍 인민들 때문에 한숨짓노라! 우리의 미학은 전복되었도다. 하지만 이에 익숙한 우리는 합창대를 이야기할 때마다 슐레겔의 억지를 반복하고 있다.

03   전승은 이와 같이 명백히 슐레겔을 반대하고 있다. 무대

---

4   아이스퀼로스, 『결박된 프로메테우스』 397행 이하 정립가에서 오케아노스의 딸들로 분장한 합창대가 노래 부른다. 〈내 그대의 비참한 운명을 탄식하오. 프로메테우스여. 부드러운 눈에서 방울방울 눈물을 흘리며, 내 볼을 젖은 물줄기로 적셨소. 제우스가 자의적인 법에 따라 이렇듯 아무 제약 없이 통치하며 옛 신들에게 오만한 창끝을 드러내기 때문이오.〉

없는 원초적 비극으로서의 합창대와 이상적 관객으로서의
합창대는 전혀 양립할 수 없다. 도대체 본래적 형태가 다른
무엇도 아닌 오로지 〈관객일 뿐인 것〉으로부터 무슨 예술
장르가 생겨날 수 있단 말인가? 무대극 없이 관객만 존재한
다니 그 자체가 어불성설이다. 비극의 탄생은 대중의 도덕
적 지성을 지극히 높게 받들어 모시는 해석으로도, 다른 한
편 무대극 없는 관객이라는 개념으로도 밝혀질 수 없었다.
비극의 기원은 그런 겉핥기식의 고찰로 도저히 밝혀낼 수
없을 만큼 심오한 문제다.

04　　비극 합창대에 대한 이런 해석들보다 훨씬 가치 있는 통찰
을 실러는 「메시나 신부」의 유명한 서언에서 벌써 보여 주었
다. 실러는 합창대를 살아 있는 장벽이라 생각한바 비극은
장벽으로 주변을 둘러싸며 이로써 스스로를 현실 세계로부
터 철저히 고립시키고 스스로의 이상적 토대와 스스로의 시
적 자유를 지키고 있다고 말했다.[5]

5　실러, 「메시나 신부」(1803) 서언은 〈비극에서의 합창대 사용에 관하
여〉라는 제목이 붙은 글이다. 〈하지만 어떻게 예술이 아주 이상적이면서도
동시에 깊은 의미에서 실제적일 수 있을까, 어떻게 예술이 현실을 완전히 벗
어나서 자연과 완벽하게 조화를 이룰 수 있을까, 또 그래야 할까. [……] 코
로스의 도입이 유일하게 결정적인 해결 방법이 될 것이다. 그러니까 이런
코로스가 예술에서 자연주의에 공개적이고 솔직하게 전쟁을 선포하는 데
한몫을 했지만, 코로스는 우리에게 살아 있는 장벽이 되어 주어야 할 것이
다. 이 벽은 현실 세계에서 격리해 자신의 상상의 세계, 창조적 자유를 지켜
주기 위해 비극을 둘러싸고 있어야 한다. [……] 그러므로 코로스는 고대 시
인들의 경우보다 현대 비극 작가에게 훨씬 더 본질적인 기여를 하는 셈이
다. 이는 코로스가 현대의 세속적인 세계를 옛날의 시적인 세계로 변신시켜
주기 때문에 그렇다. 코로스가 시 문학에 거슬리는 것은 모두 작가에게 불

실러는 이를 주요 무기로 자연적이라는 저열한 개념에 맞서, 극예술에서 일반적으로 요구되던 망상에 맞서 싸웠다. 무대 위에서라면 빛나는 하늘도 다만 가공적인 것이며, 웅장한 건축물도 다만 상징적인 것이며, 또 운율을 가진 언어는 다만 이상적인 것이니 결국 무대 위의 모든 것은 늘 오류다. 이것이 시 문학의 본질임에도 불구하고 **이를** 다만 시적 자유로 용납해 달라는 식은 충분하지 않았다. 합창대의 도입은 자연주의에 맞선 결정적인 진보요, 예술 영역에서 행해진 공개적이고 진지한 선전 포고다. 이런 생각은 오늘날 저 잘난 맛에 사는 인사들이 〈사이비 이상주의〉라고 시비조의 별명을 붙인 바로 그것이다. 나는 오늘날 우리 시대가 자연주의와 현실주의를 숭상하고 이상주의를 완전히 반대한 나머지 오히려 결국 밀랍 인형들의 영역에 도달한 것은 아닐까 두렵다. 물론 이런 영역에도 오늘날 인기 높은 소설들처럼 무언가 예술이 깃들어 있다. 하지만 이런 밀랍 인형의 예술로 실러-괴테의 〈사이비 이상주의〉가 극복되었다고 주장하며 우리를 괴롭히지 말라.

06 실러의 통찰에 따르면 시원적 비극인 합창대, 희랍 사튀로스 합창대[6]가 거닐던 곳은 인간들이 걷는 현실의 길보다 높

필요한 것으로 만들어 주고 작가를 가장 단순하고 원초적이고 가장 순박한 동기를 갖도록 끌어올려 주기 때문에 더욱 그렇다〉(이재진 옮김, 지식을만드는지식, 2011, 7~12면).

6 아리스토텔레스, 『시학』 1449a19 이하. 〈비극은 또한 그 길이가 길어졌다. 비극은 사튀로스 극으로부터 탈피함으로써 짧은 스토리와 우스꽝스러운 조사(措辭)를 버리고 위엄을 갖추게 되었는데, 이는 다 후기에 일어난 일들이다.〉

은 곳에 위치한 〈이상적〉 대지였다.[7] 희랍 인민은 이 합창대를 위해 가공의 **자연**이라는 무대 장치를 설치했고 여기에 가공의 **자연 존재들**을 올려놓았다. 비극은 이 무대 위에 높게 솟아 있었고, 그런 이유에서 애초부터 이미 현실 세계의 조악한 모방을 벗어나 있었던 것은 두말할 나위가 없다. 하지만 무대는 하늘과 땅 사이 그 어딘가 중간에 임의로 아무렇게나 자리 잡은 세계는 아니었다. 믿음을 가진 희랍 인민에게 올림포스 산과 거기 사는 신들이 현실이며 실재인 것처럼 무대는 그들에게 현실이며 실재였다. 디오뉘소스를 찬양하는 합창대인 **사튀로스**는 신화와 예배의 신성함 속에 종교적 현실로 살아 있었다. 사튀로스로 비극이 시작한다는 점, 사튀로스가 비극의 디오뉘소스적 지혜를 말한다는 점은 비극이 합창대로부터 발생했다는 것만큼이나 언뜻 납득하기 어려운 일일 것이다. 아마도 상상된 자연 존재 사튀로스와 문명인의 관계는 디오뉘소스적 음악과 문명이 갖는 관계와 같다는 주장에서 우리는 해결의 실마리를 찾을 수 있을지 모른다. 리하르트 바그너는 음악 앞에 문명이란 태양 앞에 밝혀 놓은 등잔불과 같다고 말했다.[8] 이와 흡사하게 합창대 사튀로스 앞에서 희랍 문명인은 자신이 다만 하찮은 존재로

---

7 「메시나 신부」 서언 어디에서도 사튀로스 합창대가 원초적 비극의 합창대라고 실러는 주장하지 않았다. 또 합창대에 대한 실러의 생각은 희랍 비극이 아니라 자신의 비극에서 그런 역할을 한다는 것이다. 〈그에 따라 코러스는 고대 비극에서는 훨씬 자연적인 실체가 된다. 실제 삶을 예술적으로 표현해 낸 형태에서 코러스는 파생했다.〉

8 바그너, 『베토벤』.

소멸되는 것을 느꼈을 것이라고 나는 믿는다. 디오뉘소스적 비극의 첫 번째 작용은 자연의 심연에 닿아 있는 일체감으로 국가와 공동체, 인간과 인간 사이의 분열을 모두 소멸시키는 데 있다. 사물의 근거에 닿은 삶은 모든 현상적 변화에도 불구하고 일체 파괴될 수 없을 만큼 강력할 뿐 아니라 즐거움으로 가득하다는 형이상학적 위안이 — 내가 이미 앞서 암시했던바 진정한 비극은 형이상학적 위안을 통해 우리를 해방시킨다 — 아주 선명하게 합창대 사튀로스의 모습으로 나타난다. 이런 위안이 모든 문명의 배후에서 결코 사멸되지 않고 살아 있으며 세대가 바뀌고 민족 역사가 변모함에도 불구하고 늘 같은 모습으로 남아 있는 자연 존재의 모습으로 나타난다.

07   극히 섬세하고 지독한 감수성의 유일무이한 능력을 지닌 심오한 희랍 인민은 합창대의 등장과 함께 위안을 얻는다. 면도날 같은 눈빛으로 소위 세계 역사의 끔찍한 파괴 본능 그리고 자연의 야만성을 직시한 이후 불교적 〈의지의 부정〉[9]을 염원할 뻔했던 희랍 인민, 그를 예술이 구원한다. 예술을 통하여 그를 품에 안는다 — 삶이.

08   존재로 하여금 일상적 제약과 한계를 벗어나게 하는 디오

9   제3장에서 다루었던 미다스와 실레노스의 일화에서 실레노스의 대답을 보라. 〈가련한 하루살이 인생아, 우연과 고통의 자식아, 왜 나를 억지로 말하게끔 하느냐? 정녕코 듣지 않는 것이 네게 가장 이로운 것이라. 네가 가장 훌륭한 것을 얻는다는 것은 어림도 없는 일인즉, 그것은 바로 태어나지 않는 것, 존재하지 않는 것, 애초의 허무 그대로 있는 것. 하지만 네게 차선은 있으니 그것은 당장 죽어 버리는 것이라.〉

뉘소스적 도취가 지속되는 동안 도취는 망각 상태를 포함하는바, 과거에 겪은 개인적인 모든 것은 **망각의 강물**[10] 속에 잠겨 버린다. 망각의 심연에 의해 세계는 갈라져 일상적 현실과 디오뉘소스적 현실로 나뉜다.[11] 그러나 일상적 현실이 다시 의식되는 순간 그것은 역겨움 그 자체로 다가온다. 이어 찾아온 금욕적, 의지 부정적 태도는 그 결과라 하겠다. 이런 의미에서 디오뉘소스적 인간은 햄릿과 닮아 있다. 둘은 언젠가 한번 사물의 본질을 진실로 들여다보았으며 **깨달았다**. 하지만 행동하는 데 역겨움을 느낀다. 왜냐하면 행동한다손 사물의 영원한 본질을 조금도 바꿀 수 없으므로 탈구된 세계[12]를 다시 이어 붙이라는 요구는 그들이 느끼기에 우습고 모욕적이기 때문이다. 인식은 행동을 사멸시킨즉, 환상을 너울 쓸 때나 행동하게 되는 것이다 ─ 이것이 햄릿의 가르침이다. 어리석은 몽상가 아무개처럼 생각을 너무 많이 하다 보니 너무나 많은 가능성 때문에 결국 어떻게도 행동

10 원문 〈*lethargisch*〉는 어원적으로 희랍 신화에 등장하는 레테 강과 연관되어 있다. 베르길리우스, 『아이네이스』 제6권 714행 이하. 〈저 혼백들에게 다른 운명의 육신이 주어질 것인즉 레테 강변에서 강물을, 근심을 없애 줄 음료, 오랜 망각을 들이켠다.〉

11 에우리피데스, 『박코스의 여신도들』 277행 이하. 〈그다음에 오신 분이 세멜레의 아드님이신데, 그분께서는 그와 균형을 맞추고자 포도 음료를 생각해 내시어 인간들에게 가져다주셨고, 그것은 가련한 인간들을 고통에서 풀어 주지요. 그들이 포도의 액즙을 실컷 마시고 나면, 그것은 또 잠을 가져다주고 그날그날의 고생을 잊게 해주니 어떤 다른 약도 그처럼 노고를 치료해 주지는 못하오.〉

12 「햄릿」 제1막 제5장 끝의 햄릿의 대사 〈out of joint〉를 반영한다.

하지 못하는 것이 아니다.[13] 생각 때문이 아니다 — 참된 인식, 소름 끼치는 진실에 대한 통찰이 햄릿에게서 그리고 디오뉘소스적 인간에게서 행동의 동기를 압도한 것이다. 더이상 어떤 위안도 소용없으니 염원은 신들을 넘어 죽음 이후의 세계를 향하며 신 혹은 불멸의 피안이라는 찬연한 신기루와 더불어 삶은 부정된다. 단 한 번 보았던 진리를 의식하며 이제 인간은 도처에서 오로지 존재의 끔찍함 혹은 부조리만을 발견한다. 이제 인간은 오필리아의 운명[14]에 나타난 상징성을 이해하고, 이제 인간은 숲의 정령 실레노스가 말해 준 지혜를 깨닫는다. 그는 역겨움을 느낀다.

09   이 순간, 의지가 이렇게 큰 위험에 처한 순간 그에게 구원하는 마법의 치료사 **예술**이 다가온다. 예술만이 끔찍함 혹

13   셰익스피어William Shakespeare, 「햄릿Hamlet」(김종환 옮김, 지식을만드는지식, 2012) 제2막 제2장 햄릿의 독백. 〈그런데, 나는 둔하고 미련스러운 인간, 말 한마디 제대로 하지 못하고, 몽상가처럼 백일몽에 사로잡혀 서성대고만 있지 않는가? 자신이 가진 모든 것과 소중한 생명마저 빼앗겨 버린 선왕을 위해 나는 대체 무얼 하고 있단 말인가?〉니체는 〈John-a-Dreams〉를 〈Hans der Träumer(몽상가 한스)〉로 번역한 슐레겔August Wilhelm von Schlegel을 따르고 있다.

14   햄릿이 아버지를 살해했다는 것을 알게 된 오필리아는 실성하여 자살을 택한다. 니체에게 오필리아는 삶의 부조리함을 상징한다(Schmidt). 괴테, 『빌헬름 마이스터의 수업시대』제4권 제14장. 〈그런데 이제 그녀는 버림받고 거부와 멸시를 당하게 된 자신을 보게 되고, 그녀의 미친 듯한 애인의 영혼 속에서 지금까지 가장 고귀하던 것이 갑자기 가장 비천한 것으로 뒤바뀌게 되고, 그가 사랑의 감미로운 잔 대신에 고통의 쓰디쓴 잔을 그녀에게 내밀게 되자 ─ 「그녀의 가슴은 터지고 마는 것입니다」하고 빌헬름이 말했다. 「그녀의 현존재의 모든 기둥의 이음새가 어긋나게 되고 아버지의 죽음까지 들이닥치자, 그 아름다운 건물은 완전히 폭삭 주저앉고 말았지요.」〉

은 부조리의 역겨움을 삶을 살게 할 표상들로 수정할 수 있다. 이 표상들은 끔찍함에 예술적 족쇄를 씌우는 **숭고함**이며 부조리의 역겨움을 예술적으로 방출시키는 **희극**이다. 디튀람보스의 사튀로스 합창대는 희랍 예술이 이룩한 구원의 위업이다. 앞서 기술한 끔찍함과 부조리는 디오뉘소스를 모시는 시종들의 중간 세계를 통해 사라진다.

그림 7. 사튀로스와 마이나데스

제8장

01   사튀로스와 우리 근대의 평화로운 목동은 모두 시원과 자연을 향해 뻗어 나간 염원의 소산이다. 희랍 인민은 얼마나 확고하고 대담한 손놀림으로 그들의 숲 속 인간을 포착했던가! 피리 부는 가냘프고 여린 목동의 장난스러운 그림을 그린 근대인들은 얼마나 수줍고 유약했던가! 아직 인식이 개입하지 않았으며 아직 문명의 빗장이 잠겨 있던 때의 자연 — 그것을 희랍 인민은 그들의 사튀로스에서 보았다. 하지만 사튀로스를 그저 흡사 유인원과 동일시한 것은 아니다.[1] 그 반대였다. 사튀로스는 인간 원형으로 지고하고 강렬한 충동의 표현이며, 신이 다가옴에 환희하고 열광하는 추종자며, 신의 고통을 되풀이하며 함께 겪는 동반자며, 자연의 깊은 곳에서 솟아나는 지혜를 외치는 포고자이며, 희랍

    1   다윈Charles Darwin, 『종의 기원On the Origin of Species』은 1859년 11월 24일 발표되었다. 또 그는 『인간의 유래와 성 선택』을 1871년 2월 24일에 발표했다. 인간의 조상이 유인원이라는 주장은 당시 유럽 사회에 큰 충격을 주었다(Schmidt).

인민이 늘 경외심을 갖고 바라보았던바 자연이 가진 압도적 생식 능력의 상징이었다.[2] 사튀로스는 숭고한 신적인 존재였으며, 특히 고통으로 일그러진 디오뉘소스적 인간의 눈에게 그렇게 보였음이 틀림없다. 말끔하게 꾸며 놓은 양치기였다면 그는 모욕을 느꼈을 것이다. 감춘 것이라고는 없고 위축된 것이라고는 없이 웅장한 자연의 필체 위에 숭고한 만족의 눈동자가 고정된다. 이 순간 문명이라는 허상은 인간의 본모습 앞에서 자취를 감춘다. 이 순간 진정한 인간, 수염을 기른 사튀로스가 신을 위하여 환호하며 모습을 드러낸다. 그 앞에 문명인들은 쪼그라들며 거짓된 우스개가 된다. 비극의 연원을 이렇게 생각한 실러는 옳았다. 합창대는 몰려드는 현실을 막아선 살아 있는 장벽이다. 왜냐하면 합창대 — 사튀로스 합창대 — 는 현실을, 딴에는 스스로가 유일한 현실이라 믿는 문명인들보다 참되고 진솔하고 완벽

2 『희랍 문학사』(김남우 옮김, 작은이야기, 2005) 151면 이하. 〈사튀로스들은 신격화 내지 정령화된 자연 형상으로서 종종 디오뉘소스를 쫓아다니는 〈열광하는 여인들 *Mainades*〉과 함께 그림 속에 등장한다. 이들은 거의 옷을 벗은 모습으로 속옷(염소 가죽으로 만든)같은 것을 걸치고 성기를 드러내 놓고 있으며 말총과 같은 꼬리를 갖고 있다. 또 대머리에 턱수염을 길렀으며 납작코에 길고 뾰족한 귀를 가지고 있는 형상이다. 이 사튀로스들을 이끄는 인물은 세일레노스 Seilenos라는 노인인데, 그는 늙고 흰 수염을 기르고 있는 모습으로 형상화되어 있으며 종종 사튀로스의 아버지라고 여겨진다. 사튀로스극의 특징은 합창대가 언제나 사튀로스의 모습을 한다는 것이다. 좀 더 강조해서 말하자면 그 자체로는 진지한 신화 내용에 세이레노스 노인이 이끄는 사튀로스의 합창대가 나타난 것이다. 음주벽을 가졌으며 음탕하고 겁 많은 사튀로스의 성격이 작품에 어떤 유쾌함을 부여한다고 할 수도 있다.〉

하게 반영하기 때문이다. 시의 공간은 시인의 뇌수가 자아낸 허무맹랑한 환상, 세상 밖의 몽상이 아니다. 시의 공간은 정반대이고자 하며 참된 현실의 꾸밈없는 표현이고자 한다. 그것은 문명인들이 현실이라 잘못 생각하고 있는 거짓된 치장을 걷어 내야만 한다. 본래적 자연 진리와, 유일한 실재인 척하는 문명 거짓을 대비시키는 것은 흡사 사물의 영원한 핵심인 물자체(物自體)와 현상 세계 전체를 대비시키는 일과 같다. 형이상학적 위안의 비극이 끊임없이 소멸하는 현상 세계 가운데 존재 핵심의 영원한 생명을 상징한다면, 사튀로스 합창대라는 상징은 이미 물자체와 현상의 근원 관계를 비유적으로 표현하고 있다. 근대인의 평화로운 양치기는 다만 근대인이 자연이라고 여기는 교육 허상 총체의 모조품이다. 디오뉘소스적 희랍 인민은 진리, 있는 그대로 솟구치는 자연을 원한다. 그는 사튀로스로 변신하는 자신을 지켜본다.

02   이런 느낌과 인식 아래 디오뉘소스의 열광적 숭배자들은 환호하며, 그 힘은 그들을 그들 눈앞에서 변신시킨다. 그들은 스스로를 부활한 자연 존재 사튀로스라고 생각한다. 이런 자연 현상을 예술적으로 모방한 것이 훗날 비극 합창대의 구성이다. 물론 훗날의 모방에서는 디오뉘소스적 관객과 디오뉘소스적 열광자의 구분이 필요하게 되었다. 하지만 아티카 비극의 관객들은 오케스트라[3]에 위치한 합창대에서 스

3 극장의 구조에 관해 『희랍 문학사』 145면 이하. 〈극이 공연되는 무대는 4층으로 이루어졌다. 우선 오케스트라, 즉 합창대가 율동을 하며 서 있는 곳으로 극 공연의 중심이 되는 곳이다. [······] 이 오케스트라 뒤에는 이보다 조금(대략 80센티미터 정도) 높게 두 번째 층인 무대가 위치한다. 또

스로를 재발견했으며, 그런 뜻에서 근본적으로 합창대와 관중 사이에는 어떤 구분도 존재하지 않았다는 점 또한 명심할 일이다. 그들 모두가 다만 춤추고 노래하는 사튀로스들, 혹은 사튀로스를 통해 스스로를 표출하고자 하는 사람들로 구성된 하나의 거대한 합창대일 뿐이었다. 우리는 앞서 슐레겔의 말을 이런 심오한 의미에서 다시 받아들일 수 있는 바 합창대는 무대에 펼쳐진 환영 세계를 보는 유일한 **견자** (見者)라는 의미에서 〈이상적 관객〉이다.[4] 사실 우리가 생각하는 관객은 희랍 인민에게 없었다. 반원형으로 높게 지어진 계단식 관람석에 앉은 사람은 누구나 자신을 둘러싸고 있는 문명 세계 전체를 잊고 흠뻑 극에 몰입하여 자신을 합창대로 생각할 수 있었다. 이런 시각에서 우리는 원시 비극에서 원시적 단계의 합창대를 디오뉘소스적 인간의 자기 투

그 뒤쪽에는 세 개의 문이 달린 무대집(희랍어로 *Skene*)이 있다. 이 집의 지붕에서 공연이 이루어지며 이곳이 세 번째 층이 된다. 이곳에서 종종 신들이 등장하는 장면이 연출되었기에 〈신의 연단*Theologeion*〉이라고 불린다. 여기에 덧붙여 무대장치를 모아놓은 곳으로부터 〈기중기*geranos*〉가 팔을 무대로 뻗쳐 내밀었고, 하늘을 날아가는 장면을 연출하기 위해 바구니같이 생긴 것을 여기에 매달기도 했으며 이것이 네 번째 층이 된다. 희랍의 극은 무대집 앞에서 연출되었으며 이 집은 비극에서는 왕궁, 동굴, 군 진지 또는 농가, 희극에서는 흔히 보는 집 또는 널리 잘 알려진 공공장소가 되기도 했다. 집 안의 장면은 흔하지 않았다. 하지만 때로 기중기와 함께 두 번째 기계 장치라 할 수 있는 〈굴림 무대*ekkyklema*〉, 즉 굴러다니는 무대를 이용하여 집 안의 장면을 〈끌어내곤〉 했다.〉

4 비교(秘敎)에 입문한 사람을 〈견자ἐπόπτης〉라고 하는데, 니체는 디오뉘소스 비교에 입문한 사람들이란 의미에서 〈보는 사람〉 혹은 〈본 사람〉이라고 슐레겔August Wilhelm Schlegel의 〈이상적 관객〉을 재해석하고 있다(Schmidt).

영이라고 부를 수 있다. 이 현상을 배우에게서 가장 명확히 확인할 수 있는바 진정 재능을 가진 배우는 자신이 연기할 극중 인물을 손에 잡힐 듯 눈앞에 보면서 등장한다.[5] 사튀로스 합창대는 디오뉘소스적 대중이 보는 환영이며, 다시 무대 위의 세계는 사튀로스의 환영이다. 환영의 압도적 위력은 각인된 〈현실〉에 대항하여, 빙 둘러 좌석에 자리한 교육된 인간들에 대항하여 그들의 시선을 마비시키고 흐리게 만든다. 희랍 극장의 구조는 고독한 계곡을 연상시킨다. 무대 건축은 마치 밝게 조명을 받은 구름과 같다. 산으로 여기저기 몰려다니는 박코스의 신도들이 높은 곳에서 내려다보며 장엄하게 둘러선 가운데, 그 한가운데 그들에게 디오뉘소스의 영상이 나타난다.

03   비극 합창대를 설명하기 위해 여기서 내가 언급한 예술적 근원 현상은 예술 출현의 기초에 관한 오늘날 학자적 식견에게는 불쾌하게 보일 것이다. 하지만 한 가지 아주 분명한 것은 자신을 에워싸고 있는, 제 앞에서 살아 움직이는 형상들을 보고 그것들의 가장 내밀한 본질을 감지함으로써만 시인은 시인일 수 있다는 사실이다. 근대인의 천박한 재능으로 인해 우리는 미학적 근원 현상을 상당히 복잡하고 상당히 추상적으로 생각했다. 진정한 시인에게 은유란 수사학적 어법이 아니라 개념의 대체물로서 실제로 아른거리는 영

----

5   원문 〈Prozess des Schauspielers〉는 라티움어 〈procedere〉라는 어원을 감안하여 〈무대 위에 등장하다〉라고 풀었다(Schmidt). 이하에서는 〈출현〉 혹은 〈도약〉이라고 번역했다.

상이다. 진정한 시인에게 극중 인물이란 여기저기서 몇 가지 특징을 모아 놓은 총합이 아니라 시인의 눈앞에 나타나는 살아 숨 쉬는 개인인바 동일인을 놓고 화가가 그린 영상과의 차이라면 시인의 영상은 살아 움직이고 있다는 것뿐이다. 호메로스가 여타 시인보다 탁월하게 눈앞에 보듯이 묘사할 수 있었던 것은 도대체 무엇 때문이었을까? 그것은 그가 그만큼 탁월하게 눈앞에서 그것을 보았기 때문이다. 오늘날 우리는 시에 관해 상당히 추상적으로 이야기한다. 왜냐하면 우리는 모두 형편없는 시인이기 때문이다. 근본적으로 미학적 현상은 단순하다. 살아 있는 움직임을 끊임없이 볼 수 있고 주변에 맴도는 환영들을 계속 경험할 수 있다면 그가 곧 시인이다. 자신을 변신시켜 다른 육체와 정신을 얻어 이야기하려는 충동을 느낀다면 그가 곧 극작가다.

04   군중 전체에게 예술적 능력을 전수하여 주변을 맴도는 환영들을 보고 그들과 하나가 되도록 만들 수 있는 것이 디오뉘소스적 흥분이다. 저 자신이 변하는 것을 보며 마치 실제로 다른 사람의 육신으로, 다른 인물로 들어간 듯 행동하는 것, 비극 합창대의 이런 도약이 **연극의** 근원 현상이다. 이런 도약이 연극 발전의 초기에 있었다. 이때 자신이 보는 영상 속으로 녹아들어 가지 않으며 흡사 화가처럼 자신 밖 영상들을 관찰자의 눈으로 보는 서사시 소리꾼들과는 다른 일이 발생한다. 타인의 본성으로 들어가며 개인은 사라진다. 그리고 이는 마치 전염병처럼 번져 간다. 군중 전체가 이렇게 마술처럼 자신들이 변했음을 느낀다. 때문에 디튀람보스

는 여타의 합창대들과 크게 구별된다. 아폴론 찬가에서 처녀들은 손에 월계수 가지를 들고 아폴론의 신전으로 흥겹게 행진한다. 행진하며 길 노래를 부른다. 처녀들은 저 자신을 유지하며 제 시민 이름을 간직한다.[6] 반면 디튀람보스 합창대는 변신하는 합창대다. 그들에게 시민이었음은 과거일 뿐이다. 그들의 사회적 지위는 철저히 망각된다. 그들은 시간을 초월하고 모든 사회적 공간을 초월하여 존재하는 디오뉘소스의 시종들이다. 다른 모든 희랍의 합창시가 다만 아폴론적 시인이 겪는 커다란 흥취라면, 디튀람보스에는 다른 사람들과 어울리는 가운데 스스로가 변신하는 걸 보는 배우 집단이 망아(忘我)의 상태로 우리 앞에 서있다.

05 망아 도취는 모든 극예술의 전제다. 이런 도취를 통해 디오뉘소스의 열광자는 자신을 사튀로스라고 여긴다. 그리고 **사튀로스로서 열광자는 디오뉘소스를 본다.** 다시 말해, 변신한 열광자는 자신 밖에서 새로운 영상, 열광적 도취의 아폴론적 완성이라 할 영상을 본다. 새로운 영상과 함께 극이 완성된다.

6 『초기 희랍의 문학과 철학』 제1권 298면. 〈100년 전(1863년)에 이루어진 파피루스 발굴 덕분에 알크만이 지은 소녀 합창시들 가운데 하나를 상당 부분 볼 수 있게 되었다. 이 단편의 처음은, 신화시대에 헤라클레스 그리고 카스토르와 폴뤼데우케스 쌍둥이 형제와 싸움을 벌이다 죽은 자기 고향의 영웅 형제들을 노래하고 있다. 알크만은 전쟁 과정을 이야기하지 않고, 그냥 지나칠 수 없는 영웅들 모두를 다만 열거하고 있다. 여기서 우리는 또 다시 계속 이어지는 이름들을 듣게 되는바, 짧막짧막한 11행에 11명의 이름이 언급된다.〉 니체가 언급하는 것은 알크만이 지은 「처녀 합창시」이며 노래를 부르는 11명의 소녀들은 노래 가운데 자신들의 이름을 부른다.

06   이런 통찰에 따라 우리는 희랍 비극을 거듭해서 새롭게 아폴론적 영상 세계에 자신을 발산하는 디오뉘소스적 합창대로 이해해야 한다. 따라서 비극을 구성하는 합창 부분들은 전체 대화 부분[7]의 모태이며, 다시 말해 전체 무대 세계의 모태이며, 본격 극 진행[8]의 모태다. 비극의 이 연원은 극 중에서 여러 번 순서대로 극의 영상을 표출한다. 이때 영상은 근본적으로는 꿈의 현상이며 그런 의미에서 서사시적 성질을 가지지만, 다른 한편 디오뉘소스적 도취의 객관물이기 때문에 가상을 통한 아폴론적 구원이 아니라 반대로 개별의 파괴와 근원적 존재와의 혼연일체를 표현한다. 따라서 극은 디오뉘소스적 인식과 작용이 산출한 아폴론적 구체물이며 그런 이유에서 서사시와 커다란 차이를 갖는다.

7   원문 〈Dialog〉를 〈대화 부분〉이라고 번역했는데 비극의 구성 가운데 흔히 〈에페이소디온epeisodion〉이라고 불리는 부분이다. 희랍 비극은 보통 프롤로고스prologos, 파로도스parodos, 에페이소디온, 스타시몬stasimon, 엑소도스eksodos로 구성된다. 프롤로고스는 합창대 등장 직전에 전개되는 것으로 여러 가지 형태를 가진다. 프롤로고스에 이어 합창대가 등장하는 파로도스가 이어진다. 파로도스에서 합창대는 움직이며 오케스트라로 이동하여 자리를 잡는다. 파로도스에 이어 에페이소디온과 스타시몬이 짝을 이루며 반복된다. 에페이소디온은 극의 주인공들이 서로 대화를 나누며 극 진행을 실현시키는 부분이며, 스타시몬은 오케스트라의 합창대가 노래하는 부분이다. 보통 네 개의 에페이소디온이 이어진다. 엑소도스는 퇴장가다. 극이 끝나면 합창대는 퇴장가를 부르며 오케스트라에서 물러난다. 이로써 극이 끝난다.

8   원문 〈Drama〉는 희랍어 어원에 비추어 〈행위〉을 의미하는데 니체는 아래에서 이를 〈Action〉이라고도 말한다. 흔히 극의 〈줄거리〉 혹은 소위 〈플롯〉라고 번역되는데 여기서는 〈극 진행〉 내지 단순히 〈극〉이라고 번역했다.

07   희랍 비극의 **합창대**가 디오뉘소스적 광기에 젖은 군중 전체를 상징한다고 이해하려는 우리의 작업을 통해 합창대가 완전히 해명되었다. 오늘날의 무대극, 특히 오페라에서 합창대가 점하는 위치에 익숙한 우리는 희랍인들의 비극 합창대가 본격 〈극〉보다 훨씬 오래되고 훨씬 근원적이고 훨씬 중요하다는 것을 이해할 수 없었다. 나아가 이것이 분명한 전승임에도 그러했다.[9] 또 전승된 중요성과 근원성이 인정됨에도 왜 합창대가 처음에는 오로지 저급한 짐승들만으로, 산양을 닮은 사튀로스들만으로 구성되었는가를 이해할 수 없었다. 무대 앞에 자리한 오케스트라는 늘 의문투성이였다. 그러나 이제 우리는 분명하게 인식하게 되었다. 극 진행이 펼쳐지는 무대는 근본적으로 그리고 근원적으로 다만 **영상**일 뿐이며, 유일한 〈현실〉은 영상을 스스로 만들어 내며 춤과 노래와 말 등의 상징을 통해 영상을 이야기하는 합창대다. 이 합창대는 자신의 영상에서 주인이자 선생인 디오뉘소스를 본다. 때문에 늘 이 합창대는 **경배하는** 합창대다. 합창대는 디오뉘소스가 무슨 고통을 겪으며 어떤 영광을 얻었는가를 볼 뿐 극 진행에 **개입하지** 않는다.[10] 디오뉘

----

9   역사적 전승 어디에도 합창 부분이 극 진행보다 더 중요하다고 말해주는 것은 없다. 오히려 그 반대다. 아리스토텔레스, 『시학』1450a15. 〈이 여섯 가지 가운데 가장 중요한 것은 사건의 결합, 즉 플롯이다. 비극은 인간을 모방하는 것이 아니라 인간의 행동과 생활과 행복과 불행을 모방한다. [……] 따라서 사건의 결합, 즉 플롯이 비극의 목적이며 목적은 모든 것 중에서 가중 중요한 것이다.〉

10   실제로 현재 남아 있는 비극들을 보건대 (약간의 예외가 있지만) 대체로 합창대는 사건에 개입하지 않고 극 진행의 사이사이에서 노래함으로

소스에게 내내 경배하는 위치에서 합창대는 **자연**의 가장 숭고한 표현, 다시 말해 디오뉘소스적 표현이다. 합창대는 자연처럼 도취 상태에서 신탁과 지혜의 말씀을 전한다. 합창대는 **고통을 함께하는** 존재이며[11] 동시에 세상의 심장으로부터 지혜를 선포하는 **현자**다. 그리하여 디오뉘소스에 비하면 〈어리석은 인간〉이로되 지혜롭고 도취된 사튀로스의 기괴하고 거북살스러운 모습이, 자연과 그 강력한 본능의 모상이며 자연의 상징이며 자연의 지혜와 예술을 선포하는 자가, 음악가이자 시인이며 무용수이자 예언자를 하나로 통합한 자가 생겨났다.

08 우리의 통찰에 기대고 전승에 비추어 볼 때 무대의 본래 주인공, 영상의 중심 **디오뉘소스**는 비극 초창기에 실제 무대에 등장하지 않았으며 다만 등장한다고 생각되었을 뿐이다. 근원적으로 비극은 〈극〉이 아니라 다만 〈합창대〉였을 뿐이다. 나중에 디오뉘소스를 실제로 제시하고 그 영상을 변용의 틀과 함께 누구나 눈으로 볼 수 있게 표현하려는 시도가 생겨났다. 이로써 좁은 의미의 〈극〉이 시작되었다. 이제 디튀람보스의 합창대는 관객을 디오뉘소스적 도취에 흥분시켜 관객으로 하여금 무대 위로 올라온 비극 주인공을 볼품없는 가면[12]을 쓴 인간이 아니라 그들 도취에서 방

써 일종의 막간(幕間)으로 기능한다.

11 〈고통을 함께하는〉과 관련하여 제7장 각주 1번에서 언급한 헤로도토스의 관련 부분을 참고하라.

12 제크G. A. Seeck, 『희랍 비극 입문*Die griechische Tragödie*』(Reclam, 2000) 80면 이하. 흔히 비극 가면은 디오뉘소스 숭배로부터 유래한다

금 태어난 영상으로 여기게끔 만드는 일을 맡게 되었다. 얼마 전 사별한 아내 알케스티스[13]를 사무쳐 그리워하고 그녀의 모습을 떠올리며 시름시름 앓는 아드메토스를 생각해 보자. 만약 갑자기 닮은 자태와 닮은 걸음걸이로 부인의 모습을 닮은 가면이 앞으로 다가온다고 생각해 보자. 그가 취할 갑작스러운 동요, 폭풍 같은 비교(比較), 본능적 확신을 생각해 보자.[14] 디오뉘소스적 도취에 빠진 관객도 이미 디오뉘소스의 시련과 하나 되어, 무대 위로 걸어 나오는 디오뉘소스를 보았을 때 유사한 감정을 느꼈을 것이다. 어느새 자신도 모르게 관객은 마법처럼 자신의 영혼 앞에 어른거리던 디오뉘소스의 영상을 가면의 등장인물로 전이시키며, 환영의 비

고 한다. 가면을 쓰는 신으로서 디오뉘소스의 모습을 우리는 아직도 여러 도기화에서 볼 수 있기 때문이다. 기원전 544년 테스피스가 비극 가면을 처음 도입했다고 전하는데 당시는 얼굴에 화장을 하는 식이었다. 테스피스보다 한 세대 후의 비극시인 코이릴로스가 배역을 한눈에 확인할 수 있는 가면을 만들었다. 로마 시인 호라티우스에 따르면 본격적인 도입은 아이스퀼로스로부터라고 한다.

13 아폴론의 도움으로 아드메토스는 대신 죽어 줄 사람만 있다면 죽지 않을 수 있었다. 하지만 대신 죽어 줄 사람을 찾지 못했고 노령의 부모조차 그의 청을 거절했다. 그러자 그의 아내 알케스티스가 그를 대신하여 죽기로 한다. 하지만 나중에 죽었던 알케스티스가 헤라클레스에 의해 아드메토스에게 돌아온다. 에우리피데스, 『알케스티스』 282행 이하. 〈나는 그대를 누구보다도 존중하여 그대에게 내 목숨 대신에 햇빛을 주려고 그대를 위하여 죽는 거예요. 비록 나는 살 수가 있고 내가 원하는 테살리아인과 결혼하여 여기 이 부잣집에서 살 수 있는데도 말예요.〉

14 에우리피데스, 『알케스티스』 1123행 이하. 〈오오 신들이여, 무슨 말을 할 수 있겠소? 생각지도 않았던 이 기적! 내가 과연 진실로 내 아내를 보고 있는 것이오? 아니면 어떤 신이 얼을 빼놓으려고 내게 기만적인 기쁨을 보내신 것이오?〉

실재성으로 가면의 현실성을 소멸시킨다. 이것이 아폴론적 꿈의 상태다. 태양이 빛나던 세상은 너울로 가려지고, 새로운 세계가 세상보다 훨씬 더 확연하고 선명하고 또렷하게, 하지만 동시에 한층 더 그림자 같은 모습으로 끊임없이 변모하며 우리 눈앞에 나타난다. 여기서 우리는 비극을 관통하고 있는 대립을 보게 된다. 대사의 노랫말, 분위기, 비장함, 역동성은 한편으로 합창대의 디오뉘소스적 서정시에서, 다른 한편 아폴론적 꿈의 세계가 펼쳐지는 무대에서 완전히 상이한 표현의 영역으로 나타난다. 디오뉘소스의 객관물인 아폴론적 영상은 더 이상 〈영원한 바다, 교차되는 직조(織造), 타오르는 생명〉[15]이, 합창대의 음악이 아니다. 더 이상 디오뉘소스의 시종들에게 신의 근접을 느끼게 하던 힘이, 영상으로 응집되지 않던 힘이 아니다. 이제 서사시적 선명함과 확고함이 무대로부터 합창대에게 말을 건넨다. 이 순간 디오뉘소스는 더 이상 힘으로써 말하지 않으며 다만 서사시적 주인공처럼 거의 호메로스의 언어로 말을 건넨다.

15　『파우스트』 1, 505~507행.

그림 8. 가면을 들고 있는 합창대

제9장

01   희랍 비극의 아폴론적 부분인 대화 부분에 표면적으로 드러난 모든 것들은 단순하고 명료하고 아름답게 보인다. 이런 의미에서 대화 부분은 희랍 인민을 닮았다. 그들의 춤에서 우리는 희랍 인민의 본성을 간파할 수 있는바 유연하고 풍부한 춤사위는 아주 강한 힘이 감춰져 있음을 드러낸다. 소포클레스 극의 주인공들이 행하는 언어는 아폴론적 명료함과 투명함으로 우리를 탄복시킨다. 그래서 우리는 그 언어가 감추고 있는 아주 내밀한 근저까지 훤히 들여다보고 있다고 착각하며 근저에 이르는 길이 이렇게 짧을 수 있다니 하고 놀라기까지 한다. 그러나 겉으로 드러나 눈에 보이는 주인공의 성격에서 시선을 돌려 신화를 들여다보면 — 사실 주인공은 고작 어두운 동굴 벽[1]에 투사된 영상, 철두철

---

1   플라톤, 『국가』 514a 이하에서 소크라테스는 〈동굴과 죄수〉의 비유를 만들어 낸다. 동굴 벽을 보고 앉아 있을 수밖에 없이 결박된 죄수, 그의 등 위에서 비추는 불빛, 죄수와 불빛 사이로 지나가는 물건들, 동굴 벽에 투영된 물건의 그림자 등이 동굴 비유의 골간이다.

미 현상일 뿐이다 ── 이런 영상을 매개로 자신을 투영하는 근원은 신화인바 갑자기 우리는 알려진 광학적 현상의 정반대를 경험하게 된다. 태양을 억지로 바라보면 눈이 부셔 순간적으로 눈을 돌리게 되고 무슨 치료제인 양 검은 반점이 눈앞에 어른거리게 된다. 이와 반대로 소포클레스 극의 찬란한 주인공 영상들은, 간단히 말해 가면이라는 아폴론적 요소는 자연의 끔찍한 공포를 목격한 눈에 어른거리는 밝은 반점, 소름 끼치는 암흑에 상처 입은 눈을 치료하는 밝은 반점이다. 이와 같이 〈희랍적 명랑성〉 개념을 이해할 때 우리는 진지하고도 심오한 이 개념을 제대로 이해할 수 있다고 믿는다. 그렇지 못하고 명랑성이란 개념을 그저 걱정 없는 즐거움으로 잘못 이해하는 오늘날의 경향을 곳곳에서 우리는 마주친다.

02   희랍의 무대에서 가장 고통받은 인물, 불행한 **오이디푸스**를 소포클레스는 고귀한 인간으로 이해했다. 오이디푸스는 지혜에도 불구하고 실수를 저지르고 가련한 삶을 살 수밖에 없었던 인물로서 비참한 시련을 겪었지만 말년에는 축복 가득한 마법적 힘을 주변에 뿜어냈는데 이 힘은 그가 죽어서도 여전히 사라지지 않았다는 것이다. 저 고귀한 인간은 죄를 범하지 않았다, 우리의 사려 깊은 시인이 우리에게 하고 싶던 말이다. 어떤 행위로 인해 모든 법, 모든 자연적 질서, 모든 윤리적 세계가 붕괴되었지만, 다른 한편 그 행위로 인해 마법과도 같이 숭고한 일련의 결과가 얻어졌나니, 옛 폐허 위에 새로운 세계가 세워졌다. 이것이 종교적 사상

가이자 시인인 소포클레스가 우리에게 말하고 싶었던 것이다. 시인은 먼저 교묘하게 뒤엉킨 매듭을 제시한다. 재판관[2]은 한 토막 한 토막 천천히 매듭을 풀어 마침내 자기 파멸에 이른다.[3] 대화 부분의[4] 이런 해소에서 얻어지는 희랍적 희열은 진정 상당하고, 이로써 탁월한 명랑성의 기운이 작품 전체를 관통하며 진행 과정에서 드러난 사건 전모의 끔찍한 신랄함을 온통 무디게 한다. 『콜로노스의 오이디푸스』[5]

2 오이디푸스는 왕으로서 테베에 닥친 불행을 물리치기 위해 불행의 원인자를 찾아 그를 심판하고자 한다. 헤시오도스, 『신들의 계보』 85행 이하. 〈그러면 그가 곧은 판결들로 시비를 가릴 때 만백성이 그를 우러러본다. 그는 동요함이 없이 말하고, 큰 분쟁도 능숙하게 금세 해결한다. 현명한 왕들이 존재하는 까닭은, 백성들이 거래에서 손해를 보았을 때 그들이 부드러운 말로 설득하여 힘들이지 않고 이들에게 손해 배상이 이루어지게 해주기 때문이다.〉

3 아리스토텔레스, 『시학』 1455b24 이하. 〈모든 비극은 분규 부분과 해결 부분으로 양분된다. 드라마 밖의 사건과 그리고 종종 드라마 안의 사건 가운데 일부가 분규를 구성하고 나머지는 해결을 구성한다. 나는 스토리의 시초부터 주인공의 운명에 전환이 일어나기 직전까지를 분규라고 부르고, 운명의 전환이 시작된 뒤부터 마지막까지를 해결이라고 부른다.〉

4 원문 ⟨dialektisch⟩은 희랍어 어원에 비추어 ⟨대화하다διαλέγεσθαι⟩와 같다. 니체가 사용하는 ⟨dialektisch⟩와 ⟨Dialektik⟩ 등을 ⟨대화⟩ 혹은 ⟨문답⟩ 혹은 ⟨문답 논증⟩으로 번역했다. 비극의 구성 요소 중 에페이소디온이라고 불리는 대화 부분(Dialog)을 함의하기도 한다. 또 크세노폰 Xenophon이 전하는 문답 논증의 의미에 주목할 필요가 있다. 크세노폰 『소크라테스의 회상』 4, 5, 11 이하에 관해 제15장 각주 14번을 보라.

5 소포클레스가 죽기 직전에 쓴 작품으로 사후에 공연되었다. 테베에서 추방된 눈먼 오이디푸스는 아폴론에게서 아테네 근교 콜로노스에 있는 복수의 여신들 성역에 이르러서야 마침내 평화를 얻고 고통스러운 생을 마감하게 될 것이라는 신탁을 받는다. 이러한 구원이 이루어지기 위해서는 우선 콜로노스의 주민들과 그들의 왕인 테세우스에게 망명자로 인정받아야 하며, 또 자신을 잡아가려는 테베 사람들의 위협에도 대처해야 한다. 신은

에서 우리는 전과 똑같이 명랑성을 만난다. 하지만 이번에는 무한한 변용에로 승화된 명랑성이다. 비참한 시련을 견뎌 낼 수 없을 만큼 무참히 겪은 노인, 처한 모든 것에 다만 **고통받는** 자신을 내맡길 뿐인 그에게 신적 영역에서 내려온 천상의 명랑성이 서린다. 그리고 살아생전 의식적으로 행한 모든 노력은 주인공을 다만 수동성으로 이끌었을 뿐이지만, 순전히 수동적 자세를 취한 주인공은 이제 삶을 초월하여 최고의 능동성에 이르게 되었음을 우리에게 말해 준다. 이리하여 인간의 눈에 풀릴 수 없을 것같이 뒤엉킨 오이디푸스 신화의 매듭이 풀리면서, 대화 부분의 이런 신적인 응답을 보는 우리에게 깊은 인간적 희열이 찾아온다. 우리가 이러한 설명으로 소포클레스를 제대로 이해한 것이라면 다음과 같이 물을 수도 있을 것이다. 이로써 과연 신화의 내용 전부가 이야기된 것인가? 그리고 여기서 분명한 것은, 시인이 파악한 내용은 전적으로, 심연의 어둠을 본 우리 눈을 치료하려 자연이 보여 준 영상이라는 점이다. 부친 살해자 오이디푸스여! 제 어미의 지아비여! 스핑크스의 수수께끼를 풀어낸 이여! 운명에 이끌린 행위랄밖에 달리 무어라 할 수 없는 이런 행위들의 삼위일체는 우리에게 무엇을 이야기하는 것일까? 아주 오래된, 특히 페르시아 사람들의 믿음에 따르면 지혜로운 마법사는 오로지 근친상간을 통해서만 태어

수많은 시련을 겪게 한 뒤에 인간을 긍휼히 여기고 죽음을 일종의 은총으로서 내려 준다(천병희, 『콜로노스의 오이디푸스』 요약).

날 수 있다.⁶ 수수께끼를 풀고 어머니와 혼인한 오이디푸스와 관련하여 이 믿음을 다음과 같이 해석할 수 있다. 지혜로운 마법의 힘을 통해 현재와 미래의 구속, 개별화의 엄격한 규칙, 자연의 신비로운 법칙 일반이 깨질 때 필연적으로 그 원인이 되는 커다란 반(反)자연적 행위 — 예를 들어 여기서 근친상간과 같이 — 가 선행한다는 것이다. 짐짓 정복자로 스스로 자연을 어기지 않고서야, 반자연을 통하지 않고서야 어떻게 자연으로 하여금 비밀을 내놓으라고 강제할 수 있겠는가? 내 보기에 이런 인식이 오이디푸스가 가진 끔찍한 운명의 삼위일체 안에 각인되어 있다. 자연이 제시하는, 반인반수의 스핑크스가 제기하는 수수께끼를 푼 사람은 또한 아비의 살해자이자 어미의 지아비로서 이렇게 신성한 자연 질서를 깨뜨린 자다. 신화가 우리에게 들려주고 싶은 것은 지혜, 그러니까 디오뉘소스적 의미에서 지혜는 반자연적 만행이라는 것이며, 지혜로써 자연을 파멸의 구렁텅이에 몰아넣은 장본인도 결국 저 스스로 자연의 파괴를 경험해야 한다는 것이다. 〈지혜의 창끝은 거꾸로 현자 자신을 향한다. 지혜는 자연을 향한 범죄다.〉 이렇게 무시무시한 말을 신화는 우리에게 노래한다. 시인이 아침 햇살처럼 신화라는 멤논 석상(石像)⁷을 스쳐 지나가자, 신화는 우리에게 노래하

---

6 카툴루스Gaius Valerius Catullus의 단편 90, 1~4행. 〈겔리우스의 저주받은 결혼, 어미와의 혼인에서 태어나며, 페르시아의 내장점을 배우길! 왜냐하면 페르시아의 불경한 믿음이 사실이라면 마법사는 어미와 아들에게서 태어나야 한다.〉

7 이집트의 〈왕들의 계곡〉에 세워져 있는 거상으로 이집트 왕 아메노

기 시작한다 — 소포클레스의 선율로.

03   수동성의 승리에 이어 능동성의 승리를 살펴보자. 아이스
킬로스의 **프로메테우스**[8]는 이를 보여 주고 있다. 아이스킬
로스가 사상가였다면 말로써 논했을 것이나 시인이었던 그
가 다만 비유를 통해 막연하게 보여 주었던 것을 청년 괴테
는 프로메테우스로 하여금 과감하게 노래하게 했다.[9]

피스 3세(기원전 14세기)가 세웠다고 한다. 트로이아 전쟁에 참가한 멤논
Memnon의 이름을 따서 고대로부터 이렇게 불린다. 멤논은 희랍 신화에 따
르면 검은 피부를 가진 아이티오피아의 왕으로 새벽의 여신의 아들이다. 그
는 트로이아 전쟁의 끝, 헥토르가 아킬레우스에게 죽은 이후에 트로이아를
돕기 위해 참전했다가 아킬레우스에게 죽음을 당한다. 그의 참전으로부터
아킬레우스의 죽음에 이르는 이야기를 소위 〈아이티오피스〉라고 한다. 기
원전 4세기 말 이집트를 지배하던 프톨레마이오스 왕가에 의해 멤논의 고
향이 이집트로 옮겨진다. 멤논의 석상은 두 개가 한 쌍을 이루고 있는데, 이
중 북쪽에 위치한 석상이 지진에 손상을 입은 직후부터, 새벽 첫 햇살이 닿
으면 소리를 냈다고 한다. 사람들은 멤논이 자신의 어머니 새벽의 여신과
인사하는 것이라는 해석을 내렸다. 셉티미우스 세베루스 황제(193~211)
가 이 석상을 수리한 이후부터 소리가 나지 않는다고 한다(H. Hunger,
Lexikon der griechischen und römischen Mythologie, Wien, 1988).

    8   아이스킬로스, 『결박된 프로메테우스』는 위작의 가능성이 학자들 사
이에서 논의되는 작품이다. 프로메테우스는 전에 제우스를 도와 티탄족을
이기고 올륌포스 신들의 시대를 열게 해주었다. 그러나 불을 주고 기술을
가르쳐 주는 등 인간들을 편들다가 제우스의 미움을 사 헤파이스토스 등에
의해 카우카소스 산의 높은 암벽에 결박당한다. 프로메테우스는 제우스의
몰락을 예언한다. 제우스는 헤르메스를 통해 자신의 몰락에 대해 자세히 알
고 싶어 하지만 끝내 프로메테우스는 이를 알려 주지 않는다. 제우스의 벼
락으로 암벽이 산산조각 나면서 프로메테우스는 심연 속으로 떨어진다.

    9   괴테, 『프로메테우스』 51행 이하. 빌라모비츠도 지적하고 있는 것처
럼 사실 아이스킬로스의 프로메테우스는 인간을 만들지 않았다(*Der Streit
um Nietzsches Geburt der Tragödie*, 54면 이하). 헤시오도스에 따르면 모
든 인간 여인들의 어머니 판도라를 만든 것은 헤파이스토스였다(『일들과
날들』 59행 이하). 인간에게 불을 가져다주었다는 점, 인간을 사랑했다는

여기 앉아 나는 인간을 빚는다.
나의 형상에 따라
인간 종족을 나와 똑같이
고통받고 슬퍼하고
즐기며 그리고 기뻐할
그리고 당신의 말을 따르지 않을.
내가 그랬듯이.

인간은 티탄처럼 몸을 일으켜 문화를 쟁취했으며 스스로 얻어 낸 지혜로 신들에게 그 존재와 한계를 지시함으로써 신들로 하여금 자신과 화해하게 만들었다. 근본적으로 불경의 찬가라 할 프로메테우스의 노래에서 가장 놀라운 것은 **정의(正義)**를 향한 아이스퀼로스의 지향이다. 한쪽에 측량할 수 없는 아픔을 겪는 용감한 〈개별자〉 그리고 다른 한쪽에 신들의 비상사태라 할 바로 코앞에 닥친 신들의 황혼,[10] 제 나름의 고통을 가진 이 두 세계를 화해와 형이상학적 화합으로 이끄는 힘, 이 모든 것들은 아이스퀼로스적 세계관의 핵심과 진면목을 아주 강하게 상기시키는바 그는 신들과 인간들 위에 모이라가 영원한 정의로서 군림한다고 보았던 것이다. 올림포스 신들을 정의의 저울 위에 올려놓은 놀

점, 그리고 제우스도 굴복할 수밖에 없는 운명이 존재함을 알고 있었다는 점 등에서는 괴테의 프로메테우스와 아이스퀼로스의 프로메테우스가 일치한다(Schmidt).

10 바그너, 『니벨룽겐의 반지』의 마지막 네 번째 부분이다. 〈신들의 황혼〉은 신들마저 모두 파멸을 맞는 세상의 종말을 상징한다(Schmidt).

라운 용기를 보면서 우리는 이 심오한 희랍인이 자신의 비의(秘儀)에 확고부동한 형이상학적 토대를 갖고 있었음과, 그의 모든 회의주의적 발작이 올림포스 신들을 향해 발산될 수 있었음을 생각해야 한다. 이 희랍 예술가는 올림포스 신들을 보며 그들과 자신의 상호 의존에 대한 어렴풋한 느낌을 받았다. 이것은 『프로메테우스』를 통해 상징적으로 표현되었다. 티탄족 예술가는 인간을 만들면 혹 올림포스 신들이 파멸에 이를지도 모른다는 반역의 신앙을 예감하면서도 탁월한 지혜로써 이를 관철시켰다. 물론 그는 영원한 고통으로 지혜의 대가를 치러야 했다. 소포클레스는 오이디푸스에서 **신령한 자**의 승전가를 연주하는 데 반해, 아이스퀼로스 비극의 정수는 위대한 예술가가 가진 놀라운 〈능력〉, 영원한 고통을 지불하더라도 아깝지 않은 능력, **예술가로서의** 신랄한 자긍심이다. 그러나 아이스퀼로스가 행한 신화 해석으로도 놀라울 만큼 끔찍하게 심오한 신화는 여전히 그 깊이를 측량할 수 없다. 예술가를 생성하는 즐거움,[11] 어떤 시련에도 굴복하지 않는 예술 창조의 명랑성도 다만 어두운 고통의 바다에 어린 구름과 하늘의 영상일 뿐이다. 프로메테우스 신화는 모든 아리아 계통 공동체들의 근원적 자산으로 그들이 심오하고 비극적인 것에 타고났다는 증거다. 죄와 타락의 신화가 셈족의 본성을 대표할 때, 아리아족의 본성은 프로메테우스 신화에 자리한다는 주장과, 두 신화가 오누이 정도의 친근성을 가진다는 주장에는 개연성이 없지

11 『파우스트』1, 788행.

않다.[12] 프로메테우스 신화의 배경은 인간이 순진하게도 불에 모든 성숙한 문명의 진정한 팔라디움[13] 이라는 넘치는 가치를 부여한 것이며, 화재를 야기하는 벼락 또는 뜨거운 태양열 등 하늘의 선물만이 아니라 마음대로 불을 다스리게 되자 이런 불의 획득을 통찰력을 가진 옛사람은 범죄, 신이 지배하는 자연으로부터의 절도로 여긴 것이다. 그리하여 인간과 신 사이에 풀리지 않는 고통스러운 갈등이 최초의 철학적 문제가 되었으며, 갈등은 바윗덩어리처럼 문명의 입구에 자리 잡았다. 인간이 얻을 수 있는 지고지선(至高至善)의 것을 인간은 범죄를 통해 얻었으며 이제 범죄의 결과를 받아들여야 한다. 승리한 인간은 모욕당한 신들이 내린 고통과 시련의 대홍수를 감내해야 한다.[14] 호기심, 속임수, 유혹, 탐욕 등 특히 여성적 격정들이 죄악의 근원이라고 여긴 셈

12　실제로 희랍 문명에 깊은 영향을 미친 것 가운데 하나는 셈족 계통의 페니키아 사람들이다. 무엇보다 희랍 알파벳이 기원전 8세기경에 페니키아에서 유래되었다는 점을 고려해야 한다. 또 상징적으로 유럽이라는 명칭은 페니키아 공주 에우로파Europa에서 비롯되었다(Schmidt).

13　*Palladium* 혹은 *Palladion*. 팔라스 아테네 여신의 목상을 가리킨다. 트로이아의 건설자 일루스에 의해 팔라디움은 도시의 수호상으로 트로이아에 모셔졌으나 트로이아 전쟁 이후 오뒷세우스와 디오메데스의 손을 거쳐 희랍 땅으로 옮겨졌다가 궁극적으로 아이네아스에 의해 로마로 옮겨져 로마 광장의 베스타 신전에 모셔졌다.

14　헤시오도스, 『일들과 날들』 47행 이하. 〈하나 제우스께서는 음모를 꾸미는 프로메테우스가 당신을 속인 것에 마음속으로 화가 나시어 양식을 감춰 버리셨소. 그분께서는 바로 그 때문에 인간들에게 안겨 줄 고통스러운 근심을 생각해 내셨으니, 불을 감춰 버리셨던 것이오. [……] (판도라 신화) [……] 하나 그 밖의 무수히 많은 고통들은 인간들 사이를 떠돌고 있소. 그리하여 육지도 재앙으로 가득 찼고 바다도 재앙으로 가득 찼소.〉

족의 죄-타락 신화와 달리 자신의 범죄에 **위엄**을 부여한다
는 점에서 이 얼마나 신랄한 사상인가! 아리아족의 사상을
탁월하게 만든 것은 **능동적 죄악**을 본래적 프로메테우스
덕목으로 해석하는 혜안이다. 이에 염세주의적 비극의 도덕
적 토대가 발견되는바 그것은 인간 범죄의 그리고 그 때문
에 겪는 시련의 **정당화**다. 사물 본질에 자리한 시련은 — 통
찰력을 가진 아리아족은 억지로 무시할 수 없었다 — 세상
중심에 자리한 모순은 아리아족이 보기에 상이한, 예를 들
어 신 세계와 인간 세계의 혼란, 각자 나름대로 존재할 정당
성을 가지며 동시에 상대방에 맞서 자기 개별성을 유지하기
위해 고통을 겪어야 하는 두 세계의 혼란이었다. 개별자의
한계를 넘어 **하나의** 세계적 존재가 되려는 시도에서, 보편을
향한 개별자의 영웅적 도전에서 인간은 근원적 모순을 감내
한다. 즉 인간은 범죄를 저지르고 고통을 받는다. 아리아족
은 범죄를 남성으로 여겼다면 셈족은 죄악을 여성으로 이해
했다. 근원적 범죄는 남성이 저질렀으며 근원적 죄악은 여성
이 저질렀다. 마녀 합창대는 이렇게 노래한다.[15]

> 여자들이 천 걸음쯤 앞서 가는 것,
> 우리는 그런 따위 상관치 않네.
> 그것들이 제아무리 서둔다 해도,
> 사나이 한 걸음으로 따라가니까.

15 『파우스트』 1, 3982행 이하.

04   프로메테우스 신화의 핵심 — 무언가를 추구하는 티탄에게 주어진 범죄의 필연성 — 을 이해한 사람은 동시에 이런 염세주의적 표상이 비(非)아폴론적인 것을 분명히 감지했을 것이다. 아폴론은 개별 존재들에게 경계선을 명백히 그어 줄 뿐만 아니라 각 존재들에게 자기 한계의 인식과 절제를 권고함으로써 마치 신성한 법칙인 양 경계선을 상기시키고 있으며 이로써 개별자들의 준동을 막고 있다. 그러나 아폴론적 경향이 이집트식으로 형식을 차갑게 경직시키지 않도록, 각각의 파도에게 방향과 한계를 지정하는 노력이 오히려 호수 전체의 운동을 얼어붙게 만들지 않도록, 희랍 문명을 옥죄려 했던 아폴론적 〈의지〉의 작은 울타리들을 거듭해서 디오뉘소스적 해일이 수시로 파괴했다. 갑자기 몰아친 디오뉘소스적 해일은 그때마다 마치 프로메테우스의 형제 아틀라스가 지구를 짊어지듯 개별자라는 작은 파도들을 어깨에 태웠다. 개별자들의 아틀라스가 되어 개별자들을 넓은 어깨에 태우고 점점 더 높고 넓은 곳으로 데려가는 티탄적 격량은 프로메테우스와 디오뉘소스의 공통점이다. 아이스퀼로스의 프로메테우스는 이런 점에서 디오뉘소스적 가면이다. 물론 앞서 언급한바 정의를 향한 심오한 추구를 통해 아이스퀼로스는 그 부계가, 개별과 정의를 구획하는 아폴론임을 현명한 이에게 알려 준다. 따라서 아이스퀼로스의 프로메테우스가 가진 이중성, 디오뉘소스적이면서 동시에 아폴론적인 성격을 다음과 같이 표현할 수 있다. 〈모든 존재는 정당하다. 모든 존재는 부당하다. 그리고 이것들은

둘 다 옳다.〉[16]

05   이것이 너의 세계라니! 이것도 하나의 세계란 말인가![17] —

16   헤라클레이토스 단편 22B102(=74정암)을 모방하고 있다. 〈신에 게는 모든 것이 아름답고 좋고 정의롭지만 인간들은 어떤 것들은 정의롭지 않다고 생각하고, 또 어떤 것들은 정의롭다고 생각한다.〉

17   『파우스트』 1, 409행.

제10장

01   논란의 여지가 없는 전승인바[1] 초기 형태의 희랍 비극은
디오뉘소스의 수난을 대상으로 삼았으며 오랜 시간 계속해
서 디오뉘소스는 무대 위의 유일한 주인공이었다. 덧붙여
전승만큼이나 확실하게 주장할 수 있는 것은 에우리피데스
까지 디오뉘소스가 주인공이 아닌 때가 전혀 없었으며 프
로메테우스와 오이디푸스 등 희랍 비극의 유명한 인물들은
근원적 주인공이라 할 디오뉘소스가 쓴 가면이었다는 점이
다.[2] 가면 뒤에 오로지 하나의 신이 숨어 있다는 사실은 예의

---

1   앞서 언급한 헤로도토스의 『역사』 제5권 67 이하를 가리킨다.
2   빌라모비츠의 반박을 들어 보자. 〈논란의 여지가 없는 전승인바 오
랜 시간 계속해서 디오뉘소스가 무대 위의 유일한 주인공이었으며 에우리
피데스까지 디오뉘소스가 주인공이 아닌 때는 없었다는 주장은 또 어떠한
가? 니체 선생은 이번 여름 학기 강의 주제로 『제주를 바치는 여인들』을 공
지하였다. 그가 이 비극을 한 번이라도 읽어 보았는지 의심스럽다. 『제주
를 바치는 여인들』에서 도대체 누가, 『탄원하는 여인들』, 『자비로운 여신
들』, 『페르시아 사람들』, 『아약스』, 『엘렉트라』, 『필록테테스』에서 도대체 누
가 부활하는 디오뉘소스의 분신이란 말인가?〉(Der Streit um Nietzsches

137

인물들이 보여 주는 왕왕 놀랄 만큼 전형적인 〈이상(理想)〉을 설명해 준다. 출처는 알 수 없으나[3] 개별자는 개별인 한에서 희극적인지라 비극적이지 않다는 말이 있다. 이로부터 이렇게 추론할 수 있을지 모른다. 희랍 인민은 비극 무대 위에 개별자가 오르는 것을 도저히 감내할 수 없었다. 실제로 이렇게 희랍 인민은 생각했던 것으로 보이는바 〈이데아〉를 〈우상〉 내지 모사와 구분하고 〈이데아〉에 가치를 부여한 플라톤의 성향은 희랍 인민의 본성에 깊이 자리 잡고 있던 것이다. 플라톤의 용어를 빌어 희랍 무대의 비극 인물들을 풀어 말하자면, 진정한 실재인 디오뉘소스가 투쟁하는 개별 주인공의 가면을 쓰고 개별 의지의 그물에 걸린 채 다양한 인물의 모습으로 나타난다고 하겠다. 이제 무대 위에 등장한 디오뉘소스가 말하고 행동할 때 그는 방황하고 추구하고 수난당하는 개별자를 닮았다. 그가 이러한 서사시적 명확성과 선명성을 갖고 등장하는 것은 꿈의 해석자 아폴론의 작용이며, 아폴론은 합창대에게 그들의 디오뉘소스적 도취

Geburt der Tragödie, 46면).

3 쇼펜하우어, 『의지와 표상으로의 세계』 제4권 58. 〈모든 개인의 삶은, 그것을 전체적이고 일반적으로 개괄하고 가장 의미심장한 특징만을 끄집어내서 보면, 본래 언제나 하나의 비극이다. 그런데 하나하나를 면밀하게 살펴보면, 개인의 삶은 희극의 성격을 지니고 있다. 하루하루의 활동과 골칫거리, 순간순간의 그칠 새 없는 조롱, 매주의 소망이나 두려움, 매시간의 사고들은 항시 짓궂은 장난을 치려고 생각하는 우연을 수단으로 한 순전히 희극적인 장면에 불과하다. 그러나 결코 성취되지 않는 소망, 수포로 돌아간 노력, 운명에 의해 무자비하게 짓밟힌 희망, 전체 삶의 불운한 오류는, 고뇌가 커지다가 끝내 죽음에 이르는 것을 보면, 언제나 비극적이다.〉

상태를 비유적 영상으로 풀어 준다. 그러나 진정한 주인공은 고통받은 비교(秘敎)의 신, 개별화의 수난을 몸소 겪은 디오뉘소스다. 어린 디오뉘소스를 티탄족이 갈기갈기 찢었으며 이런 처지의 신이 자그레우스[4]라는 이름으로 경배되었다는 놀라운 일을 신화는 전해 주고 있다. 여기에 암시된 바는 갈기갈기 찢기는 디오뉘소스 수난이 곧 지수화풍(地水火風)으로의 변화[5]라는 것, 따라서 우리는 이런 개별화를 모든 고

4 시킬리아의 디오도로스Diodoros Sikulos, 『역사』 5, 75, 4 이하. 〈이 신(자그레우스)은 크레타 섬에서 제우스와 페르세포네 사이에서 태어났다. 오르페우스는 비교(秘敎) 의식 가운데, 자그레우스가 티탄족에 의해 갈기갈기 찢겨 죽었다는 전승을 남겼다. 디오뉘소스 이름을 가진 여러 신들이 존재한다는 것도 사실이다.〉 Karl Kerényi, *Dionysos — Urbild des unzerstörbaren Lebens*(Stuttgart, 1994) 63~68면. 〈동물을 생포하는 사냥꾼을 그리스어로 《자그레우스zagreus》라고 한다. 후일 한 그리스 학자는 《대단히 신적인》 것을 뜻하는 그리스어 《지테오스zytheos》와의 유사성을 들어 이 어휘를 《위대한 사냥꾼》으로 해석했다. 한편 이오니아어권에서 《살아 있는 동물을 포획하기 위한 구덩이》를 의미하는 《자그레zagre》라는 단어는 자그레우스라는 이름 속에 zoe와 zoon, 즉 《삶》과 《생명체》라는 어근이 간소화된 단계가 포함되어 있음을 증명한다. 자그레우스의 정확한 번역은 《야생 동물 포획자》일 것이다. [……] 나중에 이 신은 《날고기를 먹는 자》라는 의미의 오메스테스Omestes와 오마디오스Omadios와 같은 또 다른 별칭을 갖게 된다. 에우리피데스는 그의 비극 『크레타인』의 합창대 노래에서 날고기를 먹었던 비밀 제의가 이다 산의 동굴에서 있었다고 입증하고 있다. 《산 채로 잡는다》의 의미는 포획된 짐승을 찢어발기고 날고기를 삼킨다는 것을 뜻함이 분명하다〉(김기영 옮김, 출간 예정).

5 플루타르코스, 『델포이 신전의 엡실론에 관하여』 389a 이하. 〈신이 바람과 물과 흙과 별, 식물과 동물의 종족으로 바뀌고 변하는 것을 보고 신학자들은 찢기고 나뉘며 겪는 변화와 고난을 떠올렸고 신을 디오뉘소스 혹은 자그레우스 혹은 뉘크텔리우스nyktelius 혹은 이포다이테스ifodaites라고 불렀다. 또한 죽음과 소멸, 사멸과 부활 등 앞서 언급된 변화에 부합하는 수수께끼와 이야기를 만들어 냈다.〉

난의 근원으로, 그 자체로 혐오스러운 것으로 생각해야 한다는 것이다. 디오뉘소스의 웃음으로부터 올륌포스 신들이, 디오뉘소스의 눈물로부터 인간이 생겨났다. 갈기갈기 찢긴 신 디오뉘소스는 야만적이고 사나운 정령이면서 동시에 부드럽고 온화한 지배자라는 이중성[6]을 가지고 있다. 견자(見者)[7]들의 염원은 디오뉘소스의 부활이니 여기서 우리는 부활로써 개별화가 마감됨을 예감해야 한다. 이제 나타날 세 번째 디오뉘소스[8]를 향해 견자들이 외치는 환희의 노래가 울려 퍼진다. 염원 가운데 산산이 개별자들로 깨어졌던 세계의 얼굴에는 기쁨의 빛이 스민다. 영원한 슬픔에 잠긴 대지의 여신은 자신이 디오뉘소스를 **다시** 부활시킬 수 있다는 말을 듣자 비로소 다시 **기쁨을 찾는다**고 신화는 그려 놓았다. 이런 설명 가운데 우리는 이미 심오하고 염세적인 세계관의 모든 구성 요소들을, 그리고 동시에 **비극이 가진 비교**

   6   에우리피데스 『박코스의 여신도들』 859행 이하 〈그러면 그자는 알게 될 것입니다. 제우스의 아들 디오뉘소스가 인간들에게 가장 무서운 신이자 가장 온유한 신이시라는 것을.〉

   7   견자ἐπόπτης는 엘레시우스의 데메테르 비교에 참여하는 자로서 최고 단계의 봉헌에 참여할 수 있는 자격, 그러니까 비교(秘敎)의 비밀을 **볼 수 있는** 자격을 얻은 자를 가리킨다. 전승에 따르면 데메테르를 모시는 엘레시우스 비교가 아테네의 디오뉘소스 숭배와 연관이 있으며, 이미 오래전부터 오르페우스 비교와 연결된 디오뉘소스 비교가 널리 펴져 있었다고 한다.

   8   디오뉘소스는 세 번 태어났다. 우선 불타는 세멜레의 몸에서 디오뉘소스를 제우스가 꺼내 자신의 허벅지에 넣었으며, 다음으로 제우스의 허벅지에서 나머지 달을 채우고 태어났다. 마지막이자 세 번째로 헤라에게 사주받은 티탄족이 어린 디오뉘소스를 갈기갈기 찢었으나 대지의 여신은 찢긴 사지를 모아 부활시킨다.

(秘教)적 가르침을 보았다. 모든 존재자의 단일성에 관한 근본 사상을, 개별화를 모든 악의 근원으로 보는 인식을, 개별화의 속박이 파괴되리라는 기쁨의 염원인 동시에 단일성이 부활하리라는 예감인 예술을.

02   앞서 약술한바 호메로스의 서사시는 올림포스 문화가 낳은 문학이며 이로써 올림포스 문화가 티탄족의 공포를 물리치고 승전가를 부른다. 이제 비극의 강력한 영향 아래 호메로스적 신화는 새롭게 탈바꿈하며 이런 윤회 과정[9]에서 올림포스 문화도 더욱 심오한 세계관에게 굴복한다. 불굴의 티탄 프로메테우스는 자신을 고문하는 올림포스 신에게, 만약 제때에 자신과 화해하지 않으면 올림포스 신의 지배는 굉장한 위험에 처하게 될 것이라고 통보한다.[10] 아이스퀼로스에서 벼랑에 몰린 제우스가 저 티탄족과 화해하는 것을 우리는 경악하며 보았다.[11] 이리하여 티탄족의 옛 세대가 한

9   원문 〈Metempsychosis〉는 원래 영혼의 윤회를 가리킨다. 오비디우스Publius Ovidius Naso, 『변신 이야기』 제15권 60행 이하에서 퓌타고라스 Pythagoras의 영혼 윤회가 설명된다. 특히 252행 이하. 〈자연은 끊임없이 다른 형상에서 새 형상을 만들어 내오. 그대들은 내 말을 들으시오. 온 세상에 소멸하는 것은 아무것도 없소. 단지 그것이 변하고 모습을 바꿀 뿐이오. 태어난다 함은 이전과는 다른 것으로 존재하기 시작한다는 것이고, 죽는다 함은 같은 것이기를 그만둔다는 것이오.〉

10   『결박된 프로메테우스』 993행 이하. 〈점잖으면서도 불손하기 짝이 없는 그 말투. 과연 신들의 종다운 말투로다. 그대들 신출내기들은 통치한 지가 얼마 안 되거늘 벌써 고통을 모르는 성채에서 살고 있는 줄 아는가? 그곳에서 나는 폭군이 벌써 둘이나 떨어지는 것을 보았네. 지금 통치하고 있는 세 번째 폭군도 더없이 수치스럽게 금세 떨어지는 것을 나는 보게 될 것이오. 자네는 내가 겁먹고 새 신들 앞에 굽실댈 줄 알았나?〉

11   『결박된 프로메테우스』 190행 이하. 〈그때는 양보할 줄 모르는 그

참을 지나 다시 타르타로스로부터 세상 밖으로 나온다.[12] 거칠고 적나라한 자연의 철학이 춤추며 지나가는 호메로스 세계의 신화들을 숨김없는 진리의 표정으로 쳐다본다. 이 여신의 벽력 같은 눈빛에 신화들은 벌벌 떨며 창백해진다. 마침내 디오뉘소스적 예술가의 억센 주먹은 새로운 신을 섬기도록 신화들을 강제한다. 디오뉘소스적 진리는 신화 전체를 자기 세계관의 상징으로 수용하고 자기 세계관을 때로는 비극이라는 공개된 경배를 통해, 때로는 비교(秘敎)의 극적 축제라는 비밀스러운 경배를 통해, 하지만 늘 신화적 허울을 씌워 이야기한다. 프로메테우스를 독수리들로부터 해방시키고 신화를 디오니소스적 지혜의 전달자로 변모시킬 수 있었던 것은 어떤 힘이었을까? 그것은 바로 음악이라는 헤라클레스적인 힘이었다.[13] 비극에서 절정에 이른 음악은 신화를 보다 새롭고 심오하게 해석할 수 있었다. 이를 음악이 가진 가장 강력한 능력이라고 진작 규정했어야 했다. 소위 역사적 현실이라는 좁은 틈으로 기어들어 와서는 나중에는 역사적 권리를 갖는 일회적 사건으로 취급되는 것이 모든 신화의 운명이다. 희랍 인민은 벌써 기발하게 그리고 임의대로 그들 유년의 꿈인 신화 전체를 그들의 역사적이고 실용

의 성질도 누그러져, 그는 나와 동맹을 맺고 친구가 되려고 그러잖아도 그러기를 바라는 나를 서둘러 찾아올 것이오.〉

12 프로메테우스 삼부작 가운데 『해방된 프로메테우스』의 단편이 남아 있는데 여기서 타르타로스로부터 해방된 티탄족들이 합창대로 등장한다.

13 『해방된 프로메테우스』에서 헤라클레스는 프로메테우스의 간을 쪼아 먹던 독수리를 화살로 쏘아 처치하고 프로메테우스를 해방시킨다.

적인 **유년사**로 바꾸려 했다. 이것이 종교가 사멸하는 과정이 아니던가? 종교가 가진 신화적 전제들을 엄격한 교리학이 엄밀한 이성적 안목을 가지고 역사적 사건의 완벽한 총체로 체계화하며 신화를 방어하는 데 주저하고 신화의 부활과 새 생명에 거부감을 가질 때, 신화에 대한 호감은 메마르고 대신 종교를 역사적 근거 위에 세우도록 요구할 때, 그것이 바로 종교의 사멸 과정이다.[14] 그런데 사멸하는 신화를 이제 디오뉘소스적 음악의 새로 태어난 예술가가 붙잡는다. 그의 손에서 신화는 다시 한 번 꽃을 피운다. 예전에는 한 번도 가져 본 적 없는 색채, 형이상학적 세계를 향한 그리움을 일깨우는 향기를 가진 꽃을 피운다. 이렇게 마지막으로 화려하게 꽃피고 나서 신화는 사라진다. 고대의 조소(嘲笑)적 루키아노스[15]들은 시들고 퇴색하고 말라비틀어져 바람에 실려 간 꽃들을 그리워했다. 비극을 통해 신화는 가장 심

14   예를 들어 크세노파네스Xenophanes(기원전 6세기)에게서 시작된 호메로스와 헤시오도스 신화에 대한 비판이 있다. 『초기 희랍의 문학과 철학』 제2권 612면 이하. 〈오래된 많은 수의 신화들은 단지 선조들이 꾸며 낸 허구에 지나지 않기 때문에 낭송 대상에서 제외시켜야 할 것이라고 크세노파네스는 말하고 있다. 이로써 우리의 방랑 시인은 태곳적부터 자신과 같은 방랑 시인들이 시 창작의 근거로 삼았던 전통을 쓰레기 더미 속으로 던져 버리는 혁명적인 주장을 내세운다. 크세노파네스가 보기에 전승되는 것이 엄청나게 오래된 것이라고 해서 정당성을 얻는 것이 아니라, 오히려 그 반대로 가치를 상실하게 된다.〉 희랍의 역사가 헤로도토스와 투퀴디데스도 신화에 대한 역사적 재해석으로 자신들의 역사책을 시작하고 있다.

15   Lucianos(120~180). 쉬리아 사람으로 사모사타Samosata라는 도시 출신이다. 로마 제국, 특히 갈리아 지방을 여행하며 수많은 연설을 선보였다. 풍자적인 글을 많이 남겼다고 한다.

오한 내용과 가장 풍부한 표현 방식에 이르렀다. 다시 한 번 신화는 살아났다. 신화는 마치 상처 입은 영웅처럼 몸을 일으킨다. 남은 힘 전부는 죽어 가는 자의 지혜로운 평온 속에 마지막이나마 강력한 눈빛으로 불탄다.

03 오만한 에우리피데스여, 당신이 죽어 가는 신화로 하여금 당신을 위해 강제 노역토록 명할 맡에 당신은 뭘 바랐던가? 신화는 당신의 무자비한 손 아래 죽었다. 당신은 가면 쓴 사이비 신화를 사용했다. 헤라클레스를 흉내 내는 원숭이처럼 낡은 의상으로 겨우 분장을 한 것이 당신의 신화다.[16] 당신에게서 신화가 죽었고 또한 당신에게서 음악의 예술가가 죽었다. 당신은 음악의 정원 전체를 탐욕스러운 손짓으로 움켜쥐었지만 그것을 겨우 가면 쓴 사이비 음악을 위해 사용했다.[17] 당신이 디오뉘소스를 버렸기 때문에 아폴론도 당신을 떠났다. 당신은 모든 격정을 제자리에서 쫓아내어 당신의 울타리에 가두려무나. 당신은 당신의 주인공을 위해 소피스트 대화법을 가다듬고 다듬으려무나 — 하지만 당신의 주인공들은 가면 쓴 사이비 격정만을 가질 뿐이고 가면 쓴 거짓말만을 내놓을 뿐이다.

16 루키아노스는 「어부 혹은 다시 살아난 철학자들」이라는 풍자에서 진정한 철학자를 헤라클레스에, 거짓된 철학자를 헤라클레스의 사자 가죽을 뒤집어쓴 원숭이에 비유하고 있다.
17 에우리피데스의 비극에서 사용된 합창은 선율이 풍부한 것으로 유명하다(Schmidt).

제11장

01   희랍 비극은 이전의 자매 예술 장르들과 전혀 다른 방식
으로 소멸했다. 희랍 비극은 자살로 끝을 맺었다. 다른 예술
장르들이 고령에 이르러 아름답고 고요한 죽음을 맞은 것
과 달리 비극은 풀리지 않는 갈등으로 인해 비극적으로 끝
을 맺었다. 아름다운 자손을 남기고 갈등 없이 생을 마감하
는 것이 말하자면 일종의 행복한 자연 상태라고 할 때 비극
이전의 예술 장르들이 맞은 죽음은 행복한 자연 상태에 상
응하는바 그들은 서서히 수평선 너머로 사라졌다. 소멸해
가는 그들의 눈앞에 이미 그들보다 아름다운 후손이 안달
하며 벌써 힘차게 고개를 치켜들고 있었다. 하지만 희랍 비
극의 죽음 앞에는 도대체 깊이를 가늠할 수 없는 거대한 공
허가 서 있었다. 희랍 선원들이 티베리우스 황제 때 외딴섬
을 지나가다 〈위대한 판[1]이 죽었다〉[2]라고 외치는 끔찍한 비

---

1   Pan. 아르카디아 지방의 염소 신을 가리킨다. 나중에는 사튀로스 내
지 실레노스와 비슷한 모습으로 그려졌으며 디오뉘소스를 쫓아다니는 무

명을 들은 것처럼 애절한 통곡이 희랍 세계 전체에 울렸다. 〈비극은 죽었다. 이로써 문학은 소멸했다. 사라져라! 없어져 버려라! 너희 구부정하고 앙상한 아류들아! 하데스로 꺼져라! 그곳에서라면 옛날 위대했던 시인들이 떨어뜨린 빵 부스러기를 배불리 먹을 수 있으리라!〉

02   비극을 어미요 스승으로 경배하는 새로운 예술 장르가 꽃피었다. 놀라운 것은 오랜 사투를 벌였던 시기의 어미가 보여 준 모습을 고스란히 간직한 예술 장르라는 사실이다. 비극이 사투를 벌인 시기는 **에우리피데스 당시**[3]였고 새로운

리의 일원이라고 여겨졌다.
    2   플루타르코스, 『신탁의 몰락에 관하여』 419b 이하. 〈어두워질 무렵 그들은, 그가 말하길 조용히 에키나데스 섬 옆을 지나고 있었다. 바로 그때 파도에 그들의 배가 휘말려 팍사이 제도 근처로 밀려가게 되었다. 대부분의 승객들이 깨어 있었고, 많은 사람들은 저녁 식사 이후 아직도 술을 마시고 있었다. 그런데 그때 팍사이 제도의 어떤 섬으로부터 놀랍게도 목소리가 들렸는데, 타무스를 큰 소리로 부르고 있었다. 우리 여행객 가운데는 그런 사람이 없었지만 한 사람이 놀라 겁을 먹었다. 타무스라는 사람은 선원으로 이집트 사람이었다. 하지만 그는 배에 탄 사람들 누구에게도 그 이름으로 알려져 있지 않았던 것이다. 처음 두 번의 부름에 그는 대답하지 않았다. 세 번째 부름에 그는 목소리에 복종하여 〈제가 여기 있습니다〉라고 대답했다. 목소리가 대답을 듣고 그에게 말했다. 〈팔로데스에 네가 도착하면 이 말을 공개적으로 사람들에게 알려라. 위대한 판이 죽었다고.〉 [······] 아무튼 그들이 팔로데스 앞까지 왔을 때 바람이 잦아들고 바다가 고요해졌는데 파도가 전혀 없이 잔잔했다. 뱃전에서 뭍을 향하여 큰 목소리로 앞서 들었던 소리를 외쳤다. 〈위대한 판이 죽었다.〉 그가 그렇게 말하자마자 커다란 소리를 들었는데 한 사람이 아니라 여러 사람의 비탄과 통곡이었다. 이 소문이 지금처럼 널리 알려졌을 때 소식은 널리 퍼져 마침내 로마에까지 닿았고 황제 티베리우스 카이사르는 타무스를 소환했다. 티베리우스는 그의 말을 아주 신뢰하여 그 판이라는 것이 누구인지 매우 주의 깊게 조사했다.〉
    3   소포클레스와 에우리피데스는 비슷한 시기에 사망했는데 소포클레

예술 장르는 **아티카 신희극**(新喜劇)⁴이라 알려졌다. 아티카 신희극에는 고통스럽고 끔찍했던 비극의 죽음을 기념하며 변종 비극이 살아 있다.

03   이렇게 보면 신희극 작가들이 에우리피데스를 향해 가졌던 뜨거운 애정을 이해할 수 있을 것 같다. 망자도 여전히 이성을 가지고 있다는 확신만 주어진다면⁵ 저승의 에우리피데스를 방문할 수 있도록 목을 맬 수도 있다던 필레몬⁶의 소망도 과히 놀랄 일은 아니다. 에우리피데스와 메

스가 약간 나중에 죽음을 맞이했다. 『개구리』 868행 이하에서 아이스퀼로스는 에우리피데스를 가리키며 말한다. 〈내 시(詩)는 나와 함께 죽지 않았으나, 그의 시는 그와 함께 죽어 그가 그것을 가져왔기 때문이오.〉 사실 비극의 몰락은 펠로폰네소스 전쟁 이후 아테네의 몰락에서 그 원인을 찾아야 할 것이다.

4 아리스토파네스(B.C. 450~B.C. 385) 당시의 희극을 구희극(舊喜劇)이라 부르며, 메난드로스Menandros(B.C. 342~B.C. 291) 당시의 희극을 신희극(新喜劇)이라고 부른다. 이렇게 부르게 된 것은 아리스토파네스와 메난드로스의 활동 시기 중간에 커다란 단절이 있기 때문이다. 수많은 희극 작품들이 오늘날까지 전승되지 못하고 중간에 사라져 버렸다. 그러니까 기원전 380년에서 기원전 320년 사이에 만들어진 희극으로 오늘날까지 온전하게 전하는 희극은 없다. 메난드로스를 대표로 하는 신희극은 극의 구성 등에 있어 고전기의 비극을 닮았다. 프롤로고스의 사용 방법, 주인공들의 사회적 신분, 일상의 문제, 일상어의 등장 등에서 유사성을 보인다.

5 빌라모비츠는 니체가 관련 일화를 전하면서 필레몬의 어의를 왜곡했다고 비판한다. 〈필레몬이 에우리피데스를 만나기 위해 스스로 목숨을 끊고자 하는 대목에서 교묘하게 이중적 의미를 갖는 《만약 사람이 죽어서도 참된 감각을 가진다면》의 구절을 《망자도 여전히 이성을 가지고 있다》로 번역한 것은 또한 왜곡이 아니겠는가?〉(*Der Streit um Nietzsches Geburt der Tragödie*, 48면 이하). 니체는 〈망자〉로써 에우리피데스를 지목하고 있지만 실제 원문은 필레몬 자신을 포함하여 〈망자들〉이다.

6 Philemon(B.C. 362~B.C. 262). 쉬라쿠사이에서 태어난 희랍 신희극 작가로서 메난드로스와 동시대 사람이자 맞수였다. 필레몬의 작품은 97편

난드로스와 필레몬에게 공통된 것으로서 에우리피데스가 두 사람들을 그렇게 흥분시킨 것은, 간결하게 핵심만을 말하자면, **관객**을 무대로 끌어들였다는 점이다.[7] 에우리피데스 이전 프로메테우스적 비극 작가들이 영웅을 주인공으로 형상화했다는 점과, 일상을 그대로 반영하는 가면을 무대에 올리려 하지 않았다는 점을 파악한 사람이라면 또한 어떤 파격을 에우리피데스가 보여 주는지 분명히 인식하리라. 에우리피데스는 일상적 인물을 관람석에서 무대로 끌어올렸다. 이전에는 대범하고 굵직한 선들만을 표현하던 거울이 이제 망가진 자연의 선들을 보기에도 고통스러울 정도로 적나라하게 보여 주었다. 서사시의 전형적 희랍인 오뒷세우스는 새로운 시인들에 의해 사라지고 이제 희랍 촌놈이 싹싹하고 약삭빠른 하인으로 극적 흥미의 중앙을 차지하게 되었다. 아리스토파네스의 『개구리』에서 에우리피데스의 공적으로 치부된바[8] 비극의 과도한 비만을 집안에 내려온 비

인데 현재 64편의 제목만이 전하며 일부 단편들이 남아 있다.

7 아리스토파네스, 『개구리』 1011행 이하에서 아이스퀼로스는 에우리피데스의 주인공과 자신의 주인공들을 비교한다. 〈쓸모 있고 점잖은 사람들을 사악한 자들로 만들어 놓았다면, 그대는 자신이 어떤 일을 당해 마땅하다고 생각하시오? [……] 이번에는 그가 나한테서 어떤 종류의 사람들을 인수했는지 살펴보시오. 그들은 신장이 여덟 척이나 되는 점잖은 사람들이고, 시민으로서의 의무를 기피하는 자들도, 요즘처럼 아고라에서 빈둥대는 자들도, 익살꾼도, 악당도 아니었소. 천만의 말씀! 그들은 창자루, 창, 투구의 흰 깃털 장식, 투구, 정강이받이, 쇠가죽 일곱 겹의 용기를 숨 쉬는 자들이었소.〉

8 『개구리』 937행 이하. 〈제우스에 맹세코, 나는 그대처럼 말 수탉이나 염소 수사슴을 끌어들이지는 않았소. 그런 것들은 페르시아의 벽걸이에서

법으로 치료한 성과는 특히 에우리피데스의 주인공들을 보면 분명히 드러난다. 이제 근본적으로 관객은 또 다른 자신이 에우리피데스의 무대에서 거니는 것을 보고 들으며 주인공이 말을 좀 할 줄 안다고 좋아한다. 이렇게 좋아하는 데서 멈추지 않고 관객은 에우리피데스에게 말하는 법을 배웠다. 이런 사실은 아이스퀼로스와의 경연에서 에우리피데스가 스스로 떠벌리지 않았던가? 사람들이 자신을 통해 소피스트 논법에 따라 솜씨 있게 착안하고 논쟁하고 결론을 이끌어 내는 법을 배웠노라 말이다.[9] 무대 언어의 이런 혁신을 통해 에우리피데스는 신희극의 출현을 가능하게 만들었다. 왜냐하면 어떻게 어떤 경구로 일상을 무대에 올려놓을 수 있는지가 분명해졌기 때문이다. 그때까지 비극에서는 반인반신(半人半神)이, 희극에서는 술에 취한 사튀로스나 반인반수(半人半獸)가 언어 특징을 규정했다면 이제 에우리피데스가 정치적 희망을 걸었던 서민층[10]의 일상성이 무대에 올

나 볼 수 있는 것들이죠. 내가 처음에 그대한테서 비극을 인수했을 때, 비극은 허풍과 혐오스러운 표현들로 부어 있었소. 그래서 나는 먼저 짧은 시구들과 산책(散策)과 흰 무로 비극의 체중부터 줄이고 나서 책에서 짜낸 잡담의 액즙을 주었지요. 그런 다음 나는 독창가들로 비극을 키웠지요〉

9 『개구리』 956행 이하. 〈섬세한 규칙들을 도입하고, 시행을 네모반듯하게 다듬고, 이해하고, 보고, 생각하고, 몸을 비틀고, 사랑하고, 계획하고, 의심하고, 매사에 영리하게 처신하는 법도 가르쳤지요.〉

10 에우리피데스, 『탄원하는 여인들』 238행 이하에서 테세우스의 연설을 보라. 〈시민들은 세 부류로 나뉜다오. 그중 부자들은 아무 쓸모없고, 재산을 늘리는 데만 관심이 있지요. 그리고 생필품이 부족한 빈민들이 있는데, 그들은 위험한 존재들이오. 그들은 시기심이 너무 많아 가진 자들에게 가시 돋친 독설을 퍼부어 대고 사악한 선동가들의 혀에 쉬이 농락당하기 때

랐다. 아리스토파네스의 『개구리』에 등장한 에우리피데스는 자신이 보편적이며 누구나 알 수 있는 일상생활을 무대에 올렸으며 그래서 누구나 이에 관해 판단할 수 있도록 만들었다는 점을 자랑스레 내세운다.[11] 인민 대중 모두가 철학하게 되었으며 전대미문의 지혜로써 부동산과 동산을 관리하고 소송 사건을 감행하게 되었으니[12] 이것이 자신의 공헌이자 자신이 인민 대중에게 주입한 지혜가 일궈 낸 성공이라 말한다.[13]

04   훈련되고 계몽된 인민 대중에게 이제 신희극이 나타날 수 있었는바 신희극에 에우리피데스는 말하자면 합창대 지휘

문이오. 세 부류 가운데 도시를 지키고, 어떤 것이든 도시가 정한 규범을 수호하는 것은 중산층뿐이오.〉

11   『개구리』 959행 이하. 〈우리에게 유용한 일상사를 무대에 올려놓음으로써. 그래서 나는 늘 논박의 대상이 되었소. 이들은 알고서 내 기술을 논박했으니까요.〉

12   『개구리』 971행 이하. 〈나는 실제로 그런 지혜를 여기 이들에게 가르쳤지요. 내 기술에 논리와 고찰을 도입함으로써. 그래서 지금은 누구나 다 철저히 알고 있지요. 특히 가사(家事)에 관해서는. 그들은 전보다 가사를 더 잘 돌보며, 세심하게 살피지요.〉

13   퀸틸리아누스Marcus Fabius Quintilianus(35~100)는 자신의 저서 『수사학 입문』 제10권 67~68 이하에서 에우리피데스에 대한 호평과 그 이유를 전한다. 〈그러나 이것은 아주 확실하며 논쟁의 여지가 전혀 없는바 에우리피데스는 법정에서 변호하는 일을 배우는 사람들에게 훨씬 더 유용할 것이다. 왜냐하면 그의 언어는 연설의 언어에 아주 가깝기 때문이다. 물론 그를 실제로 비판하는 사람들은 소포클레스가 보여 주는 품위, 웅장한 걸음과 풍성한 소리를 최고라고 하겠지만 말이다. 에우리피데스는 놀라운 성찰이 풍부한데 이는 철학자들의 영역이라 하겠지만 그는 철학자들과 겨눌 만하다. 변호와 공격에 있어서는 법정에서 명성을 떨치는 변호사에 비견된다. 마지막으로 감정에의 모든 호소가 다 감탄스럽지만 특히 동정심을 유발하는 데 있어 에우리피데스는 타의 추종을 불허한다.〉

자였던 셈이다. 다만 이번에는 관객이라는 합창대를 연습시켜야 했다. 합창대가 에우리피데스의 음악을 연습하여 노래할 수 있게 되었을 맡에 장기에서처럼 영리하고 교활하게 승전을 이어 갈 신희극 장르가 등장했다. 에우리피데스 — 합창 지휘자 — 는 끊임없이 인기를 유지했는바 비극과 마찬가지로 비극 작가도 한물 지나갔음을 모른 채 에우리피데스로부터 좀 더 배우기 위해 죽음을 불사할 사람이 나올 정도였다. 비극의 종말과 더불어 희랍 인민에게 불멸에 대한 신앙도, 이상향으로서의 과거도, 이상향으로서의 미래도 사멸했다. 〈노인이 되자 경박하고 변덕스러운〉[14]이라는 유명한 묘비명이야말로 백발의 희랍 인민에 어울릴 법하다. 찰나, 재치, 경박, 변덕은 희랍 최고의 신들이 되었으며 이어 적어도 생각의 모양새만 놓고 보면 다섯 번째 서열인 노예근성이 통치자가 되었다. 여기서 〈희랍적 명랑성〉을 운운한다면 그것은 아마도 노예적 명랑성일 것이다. 어려운 것은 책임지지 않는다거나, 커다란 것은 추구하지 않는다거나, 옛것이나 앞날의 것을 높이 평가하지 않으며 오로지 현재만을 주목한다거나 등의 노예적 명랑성 말이다. 이런 사이비 명랑성을 보며 끔찍할 정도로 진지한 기독교인은 초기 4백 년 동안 격앙된 분노를 표했다. 어렵고 겁나는 일을 피하려는 여성적 도주나, 안락함에 겁쟁이처럼 만족하는 행동은 비난의 대상일 뿐만 아니라 기독교인이 보기에 본질적으로 비기독교적 성향이었기 때문이다. 이후 기독교의 영향 아래 수

14 괴테, 『격언시풍』 II 「묘비명」.

세기 동안 지속해서 고대 희랍의 세계에 사이비 명랑성의 물
감이 악착같이 눌어붙게 되었다 — 마치 비극의 탄생, 비교
(秘敎), 피타고라스와 헤라클레이토스 등의 기원전 6세기는
전혀 존재한 적 없는 것처럼, 마치 위대했던 세기의 위대했
던 예술 작품들은 전혀 존재한 적 없는 것처럼. 하지만 이것
들은 — 하나하나 각각은 — 전혀 다른 세계관에 기반하고
있는 것으로 노회한 노예적 쾌락과 노예적 명랑성을 통해서
는 도무지 어느 것 하나도 설명되지 않는다.

05 에우리피데스가 관객을 무대에 올려놓음으로써 관객으
로 하여금 비로소 제대로 극에 관해 판단할 수 있도록 만들
었다는 주장으로 인해 그렇다면 이전의 비극은 관객과의 상
호 부조응을 벗어나지 못했다는 잘못된 생각을 초래할지도
모르겠다. 또 관객과 극의 상호 조응을 끌어내리려는 에우리
피데스의 급진적 경향이야말로 소포클레스를 넘어선 진보
라고 치켜세우려는 시도가 생겨날지도 모를 일이다. 여기서
〈관객〉이란 그저 말일 뿐 수적으로 일정한 동질적 무엇이
아니다. 단지 숫자로 세력을 유지하는 힘에 복무할 의무를
도대체 누가 예술가에게 강요하겠는가? 재능과 안목에 있
어 관객 누구보다 탁월하다고 생각하는 예술가가 상대적으
로 뛰어난 몇몇 관객이면 모를까 어떻게 저열한 대중의 범
속한 의견을 따르겠는가? 실로 에우리피데스만큼 평생 동
안 오만과 자기만족에 젖어 관객을 푸대접한 희랍 예술가는
없다. 대중이 그의 발아래 엎드릴 때조차, 대중을 굴복시킨
자신의 경향을 꺾지 않는 도도한 자세로 에우리피데스는 공

개적으로 대중을 모독했다. 그가 대중이라는 악당들을 조금이라도 두려워했다면 아마도 실패의 뭇매를 맞았을 때 극작가의 경력을 벌써 포기했을지도 모른다.[15] 관객을 무대로 끌어올려 관객으로 하여금 진실로 판단 능력을 갖추게 만들었다는 생각은 이제 다만 가설적인 고로 분명 우리는 보다 깊게 에우리피데스의 경향을 조사해 보아야 한다. 아이스퀼로스[16]와 소포클레스[17]가 그들 살아생전 그리고 죽어서까지 대중의 인기를 만끽하고 있었다는 것, 따라서 에우리피데스의 선배들에게서 작품과 관객의 상호 부조응을 논할 수 없다는 것은 모두에게 분명하다. 재능이 풍부하며 끊임없이 창작에 몰두했던 에우리피데스를 무엇이, 위대한 시인이라는 명성의 태양이 뜨겁고 관객의 사랑이라는 맑은 하늘이 빛나던 곳으로부터 도망치게 만들었던가?[18] 관객에 대한

15 에우리피데스는 기원전 455년부터 비극 경연에 참가하여 기원전 441년 첫 우승을 차지한다. 모두 90편의 작품을 썼으며 참가한 수십 년 동안 겨우 네 번 우승했을 뿐이다. 에우리피데스는 은둔자였는데 전하는 바에 따르면 살라미스의 외딴 동굴 속에 살며 사람들과의 접촉을 피했다고 한다 (제크, 『희랍 비극 입문』 120면 이하).

16 아이스퀼로스는 기원전 500년 내지 기원전 499년부터 경연에 참가했으며 기원전 484년에 첫 우승을 차지한다. 우승을 하는 데는 무려 14년이 걸렸다. 80편의 비극을 만들었는데 이 중 최소 12편이 우승한다. 공연을 위해 여러 번 시킬리아를 방문했으며 그는 아테네를 떠나 시킬리아에서 생을 마감했다(『희랍 비극 입문』 85면 이하).

17 소포클레스는 기원전 468년 첫 번째 경연 참가에서 우승을 차지했다. 전부 120편의 작품을 만들었는데 총 스무 번의 우승을 거두었다(제크, 『희랍 비극 입문』 101면 이하).

18 소크라테스의 마지막 변론과 사형이 있고 몇 년 후에 에우리피데스는 아테네를 떠나 마케도니아의 왕실로 망명을 떠난다. 그의 사후에 공연된

어떤 특별한 고려가 그로 하여금 관객과 맞서게 만들었는
가? 관객을 지나치게 신경 씀으로써 그가 관객을 무시하게
된 것은 어찌 된 일인가?

06   에우리피데스는 시인으로서 자신이 관객보다 잘났다고
생각했으며 다만 두 명의 관객에게는 그렇다고 생각하지 않
았다. 이것이 방금 제시한 수수께끼의 해답이다. 관객을 무
대로 끌어 올렸으나 두 명의 관객은 자신의 모든 기량을 평
가할 능력을 갖춘 유일한 심판이자 선생으로 모셨다. 저들
의 지시와 훈계에 따라 에우리피데스는 그때까지 공연마다
눈에 보이지 않는 합창대로서 객석에서 호응하던 감정–격
정–경험 세계를 온통 비극 주인공의 영혼에 혼입시켰다. 여
기 새로운 인물을 위해 새로운 말과 새로운 음악을 찾을 때
도 저들의 지시에 복종한바 그는 관객의 법정에서 유죄 판
결을 받을 때면 자기 창작에 대한 합당한 판결이라 믿는 저
들의 목소리에만, 승리를 약속하는 저들의 격려에만 귀를
기울였다.

07   두 명의 관객 가운데 하나는 에우리피데스 자신이다. 물
론 시인 에우리피데스가 아니라 **사상가** 에우리피데스다. 비
판적 재능이 워낙 특출했던 에우리피데스는 레싱과 마찬가
지로[19] 부업인 예술 활동에서 성공적 결과물을 낳지 못하면

『박코스의 여신도들』을 보면 에우리피데스는 자신의 계몽주의적 경향을 철
회하고 있는 듯 보인다(Schmidt).

    19   레싱Gotthold Ephraim Lessing, 『함부르크 연극론』(윤도중 옮김,
지식을만드는지식, 2009) 136면 이하. 〈나는 배우도 작가도 아니다. 그런
데 사람들은 나를 작가로 인정하려고 한다. 하지만 그것은 나를 모르는 탓

서도 끊임없이 배태(胚胎)하기는 했다. 선명하고 기민한 비판적 사고력의 재능을 가진 에우리피데스는 극장에 앉아 위대한 선배들의 걸작을 보면서 마치 희미해져 버린 그림에서 획 하나 선 하나를 다시 찾으려는 듯 온 신경을 곤두세웠다. 그리고 이제 아이스퀼로스 비극의 비법을 전수받은 사람에게는 전혀 이상할 것 없는 것을 에우리피데스는 발견한다. 그는 모든 획과 선에서 무언가 불가해한 것을 보았다. 무언가 가상의 명확성, 그와 동시에 수수께끼 같은 깊이, 배경의 무한성을 보았다. 아주 명확한 인물도 항상 무언가 불확실한 것, 밝혀낼 수 없는 것, 말하자면 혜성의 꼬리를 달고 있었다. 마찬가지로 희미한 여명이 극의 구성, 특히 합창대의 의미에 드리워져 있었다. 그래서 이전 비극 작가들이 제시한 도덕적 문제들의 해결, 신화를 다루는 방식은 늘 의문투성이로 남았고, 행운과 불행의 분배는 늘 공평치 않은 것으로 보였다. 이전 비극의 언어 자체가 그에게 상당히 거슬렸고, 최소한 이해되지 않았다. 특히 그는 관계가 단순하지 않고 지나치게 과장되었다 생각했고, 평범한 인물이 지나치게

이다. 내가 시도한 희곡 몇 편을 근거로 나를 극작가로 인정하는 것은 과분하다. 붓을 잡고 물감을 칠하는 사람이라고 모두 화가는 아니다. [……] 나는 내 내부에 자력으로 솟아나게 하며 풍부하고 신선하고 맑은 물줄기를 뿜어내는 생동하는 샘이 있다고 느끼지 않는다. 나는 압력 기관과 관을 통해서 모든 것을 끌어 올려야 한다. 겸손하게 남의 재화를 빌리고 남의 불에 내 가슴을 덥히며 예술의 안경을 통해 내 눈을 예리하게 만드는 법을 어느 정도 배우지 않았더라면, 나는 아주 빈약하고 차갑고 근시안적인 글쟁이가 되었으리라.〉

괴이한 수사(修辭)를 사용한다고 생각했다.[20] 에우리피데스는 골똘히 생각하며 극장에 앉아 있었다. 관객이 되어 그는 자신의 선배들을 전혀 이해하지 못하겠노라 고백했다. 그에게는 합리성이 모든 오락과 창작의 근본적 뿌리였기 때문에 그는 다음과 같이 물으며 사방을 돌아보아야 했다. 행여 나 혼자만이 이렇게 생각하고 나 혼자만이 저것들을 이해하지 못하는 것은 아닐까? 그러나 대중은, 그리고 대중뿐만 아니라 탁월한 소수도 그에게 오로지 뜻 모를 미소만 보냈다. 나의 문제 제기와 이의 제기에도 불구하고 저 거장들은 왜 여전히 유효할까? 아무도 그에게 설명해 주는 사람이 없었다. 그리고 이런 고통스러운 상황에서 그는 역시 비극을 이해하지 못하고, 그래서 관심을 두지 않는 **두 번째 관객**을 찾았다. 이 사람과 연합하여 에우리피데스는 고립을 떨치고 아이스퀼로스와 소포클레스의 예술 작품에 대항하는 거대한 투쟁을 과감히 시작했다 ─ 고발 논설이 아니라 전통에 대립되는 **자신**의 생각을 무기 삼아 극작가로 나서게 되었다.

---

20 아리스토파네스, 『개구리』 909행 이하. 〈그가 허풍선이 사기꾼이었음을, 그리고 프뤼니코스에 의해 어리석게 양육된 관객들을 그가 어떤 수단으로 속이곤 했는지. 극이 시작되면 그는 아킬레우스나 니오베 같은 인물을 복면한 채 얼굴도 보여 주지 않고 무대에 앉히는데, 그들은 비극의 겉치레에 불과할 뿐 이렇게 입도 떼지 않아요. [……] 이렇게 속임수를 쓰는 사이 극이 절반 이상 진행되면, 그는 열두 마리의 황소와도 같은 눈썹과 볏이 달린 말[語]을, 도깨비 얼굴을 한 끔찍한 말을 내뱉곤 하는데, 관객들은 아무도 알아듣지 못해요.〉

제12장

01   두 번째 관객의 이름을 언급하기 전에 잠깐 시간을 갖고 앞서 말한 아이스퀼로스 비극의 모순적이고 불가해한 점을 상기해 보자. 우리의 관례와 전통에서 보면 생소할 수밖에 없는 **비극 합창대**와 **비극 주인공**을 상기해 보자. 생소함은 희랍 비극의 근원이자 본질인 이중성, **아폴론적인 것과 디오뉘소스적인 것**이라는 서로 얽힌 두 가지 예술적 본능들을 다시 발견하면서 해소되었다.

02   근원적이고 전능한 디오뉘소스적 요소를 비극에서 제거하고 비극을 새롭게 비(非)디오뉘소스적 예술-관습-세계관 위에 다시 세우는 일 — 이것이 지금 우리에게 분명하게 모습을 드러낸 에우리피데스의 경향이다.

03   에우리피데스조차 말년에는 신화를 통해 이런 경향의 가치와 의미에 대한 의문을 동시대인들에게 또렷이 각인시켰다. 도대체 디오뉘소스적인 것을 용납해도 좋은가? 폭력을 가해서라도 희랍 땅에서 씨를 말릴 수 없을까? 시인은 우

리에게 말한다. 가능하다면 당연히 그래야 한다. 그러나 디오뉘소스는 너무 강하다. 제아무리 이성적인 적수일지라도 ─ 예를 들어 『박코스의 여신도들』에 나온 펜테우스 ─ 디오뉘소스 앞에서는 무력하게 마법에 홀려 나중에는 마법으로 인해 파멸에 이른다. 이때 카드모스와 테이레시아스, 두 노인네가 내린 판단은 노회한 시인의 판단을 반영한 듯 보인다. 제아무리 현명한 이들이 심사숙고하더라도 오래된 민족 풍습, 계속 이어져 온 디오뉘소스 숭배를 뒤집을 수 없으며 또 그렇게 굉장한 힘에는 최소한 외교적 신중함으로 존경을 표하는 것이 현명하다.[1] 물론 신이 그런 미적지근한 존경에 불쾌감을 느끼고 외교관을 ─ 여기서는 카드모스를 ─ 마침내 용으로 변신시키는 것도 가능한 일이다.[2] 영웅적 힘으로 평생 디오뉘소스에게 저항해 온 시인이 이런 말을 우리에게 들려준다. 그리고 마침내 시인은 자신의 적에게 승리를 돌리고 현기증 환자가 더 이상 견딜 수 없는 현기증

1 말년에 마케도니아로 떠나 406년 겨울 생을 마감하면서 에우리피데스는 그의 마지막 작품 『박코스의 여신도들』을 남겼다. 『박코스의 여신도들』 200행 이하에서 테이레시아스의 대사. 〈나는 결코 신들과 다투지 않을 것이오. 우리가 선조들로부터 물려받은, 그 세월만큼이나 오래된 전통들은 어떤 논리로도 뒤엎지 못하지요. 설사 심오한 지혜가 오묘한 것을 찾아낸다 하더라도 말이오.〉

2 『박코스의 여신도들』 1330행 이하. 〈그대는 용으로 변할 것이며, 인간인 그대가 아내로 삼은, 아레스의 딸 하르모니아도 모습이 바뀌어 뱀이 될 것이다. [……] 인간의 아버지가 아니라 제우스에게서 태어난 나 디오뉘소스가 그대들에게 이렇게 말하는 것이다. 그대들이 그러기를 원치 않았던 때에 지혜로운 줄 알았더라면, 그대들은 지금쯤 제우스의 아들을 동맹자로 삼고 행복을 누리고 있을 텐데!〉

을 벗어나기 위해 탑 위에서 몸을 던지듯 자살로써 생을 마감한다.[3] 비극 『박코스의 여신도들』은 에우리피데스의 경향이 과연 실현 가능한가라는 문제에 대한 부정적 답변이다. 그런데 이를 어쩌란 말인가? 그의 의도는 벌써 실현되었다. 기적은 이미 일어났다. 시인이 자기 경향을 철회했을 때 이미 그의 경향은 승리를 구가하고 있었다. 디오뉘소스는 에우리피데스를 통해 말하고 있는 초인적 힘에 의해 이미 무대에서 쫓겨났다. 에우리피데스도 어떤 의미에서 단지 가면일 뿐이며[4] 에우리피데스를 통해 말하고 있는 신은 디오뉘소스도 아폴론도 아닌 아주 생경한 정령인바 **소크라테스**라

3 에우리피데스가 자살했다는 전거는 없다.

4 빌라모비츠의 반박을 보자. 〈이제 다시 소크라테스의 가면으로 화제를 돌리자. 희곡 작가의 아무것도 증명하지 못하는 몇 시행에 근거한 이런 조합은, 다만 문학계의 뒷이야기를 탐구하는 문학사가 외에는 아무도 관심을 갖지 않는 사적 객담에 근거하여 만들어진 전승이며, 궁극적으로 기껏해야 멋대로 지어낸 신탁일 뿐이다. 내가 아는 한 누구도 이런 조합을 공연히 힘들여 조목조목 반박하려 들지 않는다는 것은 너무도 당연하다. 소피스트적 비극 작가를 위대한 소피스트와 짝을 짓는 것은 너무도 자연스러운 일이었다. 당대 최고 인기를 누린 두 인물이 한 도시에 살았다는 이유에서 개인적으로 서로 교류하였다고 생각하는 일은 후세의 입장에서 충분히 가능하다. 하물며 희곡 작가의 전승이 이에 증인으로 나서고 있을 바에야 말해 무엇하겠는가? 그러나 이런 오류를 간파하는 일은 그리 어렵지 않다. 에우리피데스가 그의 첫 번째 작품을 무대에 올렸을 때, 소크라테스는 겨우 마흔 살이었다. 또한 『펠리아스의 딸들』의 단편이 작으나마 보여 주고 있는 한, 『펠리아스의 딸들』의 문제는 『메데이아』의 문제와 유사하며, 또 『페니키아의 여인들』의 문제와 유사하다. 소크라테스의 영향력은 페리클레스가 죽기 전에는 그리 눈에 띄지 않았고, 에우리피데스의 위대하고 중요한 창작물, 『메데이아』와 『히폴뤼토스』, 『아이올로스』와 『벨레르폰데스』, 『이노』와 『텔레포스』는 이미 그 이전에 만들어졌다.〉(*Der Streit um Nietzsches Geburt der Tragödie*, 49면).

고 불렀다.[5] 디오뉘소스적인 것과 소크라테스적인 것, 이것
은 새로운 대립이었다. 그리고 예술 작품 희랍 비극은 이런
대립 가운데 몰락했다. 에우리피데스가 제아무리 의도를 철
회하며 우리를 위로한다 말해도 소용없었다. 이미 위대한
신전은 먼지 속에 처박혔다. 파괴의 장본인이 통곡하며 그
래도 그것이 가장 아름다운 신전이었다고 고백한들 이제 와
서 무슨 소용이란 말인가? 에우리피데스가 만고(萬古)의 예
술 법정에서 벌을 받아 용으로 변한다 한들 누가 이런 하찮
은 보상에 만족할 것인가?

04   에우리피데스가 아이스퀼로스의 비극과 싸워 이를 물리
칠 때 가지고 있었던 **소크라테스적** 경향을 살펴보자.

05   비극을 오로지 비(非)디오뉘소스적 토대 위에 세우려는 것
이 에우리피데스의 의도라면 — 우리는 이제 이렇게 물어
야 한다 — 이를 가장 숭고한 이상적 차원에서 실현함으로
써 얻으려 했던 것은 도대체 무엇인가? 음악이라는 태반(胎
盤)에서 나온 것도 안 된다, 디오뉘소스라는 신비의 박명(薄
明)에서 나온 것도 안 된다고 하면 도대체 또 어떤 극 형식이
아직 남아 있을까? 이제 남은 것이라고는 오직 **극화(劇化)된
서사시뿐이다.** 하지만 이런 아폴론적 예술 장르에서 **비극**

---

5   플라톤, 『변명』(최명관 옮김, 종로서적, 1981) 31c 이하. 〈저에게는
무엇인가 신의 음성 혹은 다이몬의 음성이 들린다는 것입니다. 멜레토스는
이것을 그 고소장에서 희극화하여 썼습니다. 하지만 저에게는 이것이 아이
때부터 시작된 것이요, 어떤 음성으로 나타나는데, 그것이 나타날 때에는
언제나, 제가 무엇을 하려 할 때 그 일을 하지 못하게 만류하지만, 어떤 일을
하라고 재촉하는 일은 절대로 없습니다.〉

적 효과는 성취될 수 없다. 비극적 효과는 사건 내용의 전달에 달린 것이 아니기 때문이다. 괴테가 기획한 『나우시카』에서 전원적 존재의 자살 ─ 제5막에 예정되어 있었다 ─ 을 비극적으로 만들라고 요구한다면 감히 주장하노니 그것은 괴테라도 불가능했을 것이다. 서사시적-아폴론적인 것이 가진 힘은 참으로 위대하여 가득한 공포를 다만 가상이 주는 쾌락과 가상을 통한 구원으로써 눈앞에서 숨겨 버린다. 그런데 극화된 서사시 시인은 서사시 소리꾼과 마찬가지로 자신의 영상들과 완전히 하나가 될 수 없다. 그는 눈을 크게 뜨고 제 **앞의** 영상들을 바라보면서 언제나처럼 늘 고요히 관조하며 동요하지 않는다. 극화된 서사시의 배우는 근본적으로 항상 서사시 소리꾼이다. 내면적 꿈의 축복이 그의 모든 행동에 내리고 그리하여 그는 온전한 의미에서 배우는 결코 아닌 것이다.

06   그럼 아폴론적 극의 이상을 추구한 에우리피데스의 극은 어떻게 되었을까? 상고 시대의 엄숙한 서사시 소리꾼을 추구했으되 플라톤의 『이온』에 등장하는 젊은 소리꾼으로 전락했다고 할까? 〈무언가 슬픈 것을 이야기하면 내 눈망울은 눈물로 가득하고, 무언가 내가 이야기하는 것이 끔찍하고 놀랄 일이라면 머리털이 쭈뼛 서고 심장은 마구 쿵쾅거린다.〉[6] 진정한 배우라면 연기의 절정에서 가상 자체여야 할

6   소크라테스는 젊은 소리꾼에게 맑은 의식을 갖고 공연하는지 아니면 어떤 영감에 사로잡혀 공연하는지를 묻는다. 하지만 결국엔 젊은 소리꾼이 맑은 의식을 갖고 하는 것도 영감을 받은 것도 아니며 다만 격정을 표현하고 있음을 시인한다. 『이온』(김인곤 옮김, 출간 예정) 535b 이하. 〈잠깐만

것이고 가상을 통해 얻어지는 즐거움 자체여야 할 것이나 여기서 우리는 가상의 서사시적 몰아, 무격정의 차분함을 더 이상 확인할 수 없다. 에우리피데스는 머리털이 쭈뼛 서고 심장이 마구 쿵쾅거리는 배우다. 소크라테스적 철학자로서 그는 계획을 세우고 격정적 배우로서 계획을 수행한다. 계획하고 수행하는 어디에도 순수한 예술가로서의 에우리피데스는 없다. 따라서 에우리피데스의 극은 차가우면서 뜨거운 것이며, 얼어붙게 하는 동시에 불타오르게 만든다. 서사시가 가진 아폴론적 효과에 도달하는 것은 에우리피데스에게는 불가능하다. 더군다나 디오뉘소스적 요소를 가능한 한 제거했으니 결국 이제 무언가 효과를 얻기 위해 그는 두 개뿐인 예술적 본능 외부에서, 즉 아폴론적인 것도 아니며 디오뉘소스적인 것도 아닌 것에서 유래하는 새로운 수단이 필요했다. 냉정한 역설적 사고 — 아폴론적 직관을 대신

이온, 내게 이걸 말해 주게. 내가 자네에게 무슨 질문을 하든 숨김없이 대답하게. 자네가 서사시를 훌륭하게 낭송하여 관객들을 아주 넋 나가게 만들 때, 그러니까 문지방에 뛰어올라 구혼자들에게 자신을 드러내며 자신의 발 앞으로 화살들을 쏟아붓는 오뒷세우스를 자네가 노래할 때라든가, 헥토르를 향해 내닫는 아킬레우스를 노래할 때, 또는 안드로마케나 헤카베나 프리아모스에 대해 연민을 자아내는 어떤 대목을 노래할 때, 자네는 온전한 정신 상태에 있는가, 아니면 자네의 혼은 영감을 받고 자네 자신을 벗어나서 자네가 이야기하는 대상들 곁에 — 그것들이 이타케에 있든, 트로이아에 있든 혹은 서사시가 어떻게 이야기하든 — 있다고 생각하나?〉 이런 소크라테스의 질문에 이온은 다음과 같이 대답한다. 〈그러니까 제가 뭔가 연민을 불러일으키는 것을 이야기할 때는 저의 두 눈은 눈물로 가득합니다. 그리고 공포를 불러일으키는 것이나 무시무시한 것을 이야기할 때는 두려움으로 머리털이 쭈뼛 서고 심장이 쿵쾅거립니다.〉

해서 — 와 불같은 **격정** — 디오뉘소스적 도취를 대신해서
— 이 그 수단이었다. 사실 이런 사고와 격정은 기껏해야 사
실적으로 모방된 것에 불과할 뿐 결코 예술의 창공에 도달
하지 못한 것들이었다.

07   우리가 대체로 확인한바 극을 오로지 아폴론적인 것 위에
서 세우는 일에 에우리피데스는 전혀 성공하지 못했으며 그
의 탈(脫)디오뉘소스적 의도는 거꾸로 자연주의적이며 비
(非)예술적인 것으로 전락했다. 여기서 우리는 **미학적 소크
라테스주의**에 좀 더 가까이 다가갈 수 있게 되었다. 소크라
테스주의가 가진 최고 강령은 다음과 같다. 〈모든 것은 이
성적이어야만 한다. 그럼으로써 아름다울 수 있다.〉 이것과
나란히 또 다른 강령이 있다. 〈오로지 아는 자만이 덕을 실
천한다.〉 이런 잣대를 손에 쥐고 에우리피데스는 모든 것을
측정하고 규격에 맞추어 언어, 인물 성격, 줄거리, 합창대 음
악 등 모든 것을 교정했다.[7] 비판 과정을 통해 관철된 무모
한 합리성은 소포클레스의 비극과 비교하여 자주 에우리피

---

7   빌라모비츠의 반박을 보자. 〈에우리피데스도 [……] 누구나 변화 불
가능한 천성을 타고난다고 생각한다는 것이다. 이렇게 앞서 결정된 개인성
격들의 충돌로부터 필연적으로 비극적 사건이 전개될 수밖에 없다. 개인 성
격의 선결정성으로 인해 인간의 노력과 방황, 잘못과 속죄가 무망하고 쓸
모없는 것으로 에우리피데스는 보았다. 따라서 소크라테스의 명제와 관련
해 에우리피데스는 정반대 명제를 주장하고 있다. 그의 여주인공 파이드라
는 깊은 번민에 사로잡혀 말하는바, 이승의 고통이 그녀에게 찾아오는 것은
무엇이 올바른지를 알면서도 이를 행하지 못하기 때문이라고, 기독교적으
로 해석하자면 《정신은 이를 바라지만, 육신은 유약하기 때문이다》.〉(*Der
Streit um Nietzsches Geburt der Tragödie*, 50면 이하).

데스의 시적 빈곤 내지 퇴보라고 지적되곤 한다. 에우리피데스의 **프롤로고스**는 그런 합리주의의 소산이다.[8] 에우리피데스 비극의 프롤로고스만큼 무대 기법에 반하는 것도 드물다. 초입에 한 인물이 무대 위에 나타나 자신이 누구이며, 극이전에 무슨 사건이 있었으며, 지금까지 진행된 일은 무엇이며, 앞으로 극이 진행되면서 전개될 일은 무엇인지 이야기한다. 오늘날의 극작가라면 이런 프롤로고스를 긴장 효과를 포기하는 무모하며 도저히 용납될 수 없는 일이라고 생각할 것이다.[9] 앞으로 무슨 일이 있을지 모두 알려졌다. 설명 그대로 사건이 실제 전개되나 안 되나 보겠다는 사람이 도대체 어디 있는가? 미래를 예언한 꿈과 나중에 다가오는 현실 사이에 사람을 초조하게 만드는 무언가가 결여되기 때문이다. 그런데 에우리피데스는 전혀 다르게 생각했다. 비

8   아리스토텔레스, 『시학』 1452b15 이하. 〈그러나 양적인 관점에서 본다면 비극은 프롤로고스와 삽화와 엑소도스와 코로스의 노래로 구분되며, 코로스의 노래는 다시 등장가와 정립가로 구분된다.〉

9   에들랭F. Hédelin(1604~1676)의 비판과 같은 맥락이다(레싱, 『함부르크 연극론』 61면 이하에서 재인용). 〈에우리피데스는 대부분의 작품에서 사건 진행이 시작되기 전에 일어난 일을 모두 한 주인공을 통해 청중에게 이야기해 준다. 이런 방식으로 앞으로 진행될 사건을 관객에게 알려 주기 위해서다. [……] 따라서 우리는 시작하자마자 사건의 전개와 대단원을 알게 되고, 재앙이 멀리서 오고 있음을 미리 보게 된다. 이것은 아주 명백한 잘못으로 끊임없이 무대를 지배해야 할 불확실성과 기대에 전적으로 반하고, 새로운 일과 뜻밖의 놀라움에 근거하는 작품의 매력을 모두 파괴한다.〉레싱은 에들랭의 에우리피데스 비판이 잘못되었음을 지적하기 위해 에들랭의 주장을 길게 인용하였다. 하지만 에우리피데스는 호기심을 충족시키는 것 이상의 무엇을 추구했다는 레싱의 논조는 니체의 에우리피데스 해석에 반영되어 있다.

극의 효과는 서사시적 긴장, 지금과 이후에 무슨 일이 벌어질지 전혀 모르는 유혹적 무지에 기반을 두지 않는다는 것이다. 비극은 오히려 주인공이 겪는 고통과 그가 나눈 그런 대화가 격동하며 불어난 강물처럼 가득 들어찬 장면들, 무대에서 이를 전달하는 수사학적-서정시적 장면들에 기반을 둔다는 것이다. 행동을 위해서가 아니라 격정을 위해 모든 것이 마련되었다.[10] 격정을 위한 것이 아니라면 버려야 했다. 그런데 무대를 즐기며 몰입하는 것을 가장 크게 방해하는 것이 있었는바 그것은 청중에게 결여된 요소, 극 이전 사건에 대한 이야기 공백이었다. 청중이 내내 이러저런 인물은 무슨 의미인지, 이렇게 저렇게 얽히고 갈등하는 성향과 의향은 어떤 사연을 갖는지 등을 고민해야만 한다면, 주인공의 수난과 행동에 완전히 잠겨 가슴을 조이며 연민과 공포를 같이 하기란 도저히 불가능할 것이다. 아이스퀼로스와 소포클레스의 비극은 재기 발랄한 장치를 사용하여 관객이 첫 장면에서 말하자면 우연히 극 전체를 이해하기 위해 필요한 모든 실마리를 손에 쥐도록 했다. **필수 극적 형식을 감추고 우연히 드러나게 만드는 것이 저 귀족적 장인들의 특징이다.** 반면 에우리피데스는 첫 장면이 진행되는 동안 관객이 극 이전 사건이라는 수학 문제를 푸느라 불안에 빠지면 도입부의 시적 아름다움과 격정은 놓쳐 버리기 일쑤라는 사실을 자신이

---

10 아리스토텔레스, 『시학』 1449b35 이하. 〈비극은 행동의 모방이고 행동은 행동자에 의하여 행해지는바 행동자는 필연적으로 성격과 사상에 있어 일정한 성질을 가지기 마련이다. [......] 그런데 행동의 모방이 플롯이다.〉

간파했다고 믿었다. 그래서 그는 도입부 앞에 프롤로고스를
두고 관객을 안심시킬 수 있는 인물을 등장시킨다. 이를테면
신은 비극 진행을 관객에게 보장해 주고 신화적 실재와 관련
된 모든 불안을 제거해 주어야 했던 것이다.[11] 이것은 데카르
트가 경험적 세계의 실재성을 다만 신의 진실성과 무오류성
에 호소하여 증명하려던 것과 흡사하다. 에우리피데스는 신
의 진실성을 다시 한 번 극의 결말에 사용한다. 이로써 그는
주인공의 미래를 관객에게 보증해 주었다. 이것이 저토록 말
많은 기계 장치의 신deus ex machina에게 맡겨진 임무였다.
따라서 이런 서사시적 과거 보기와 미래 보기 사이에 극적-
서정시적 현재, 본래의 〈극〉은 놓여 있었다.

08   시인 에우리피데스는 그가 가진 의식된 앎의 반향이다.
바로 이것이 희랍 예술사에서 그에게 중요한 위치를 부여
한다. 그의 비판적-생산적 창작을 보면 종종 그는 틀림없이
마치 아낙사고라스 글의 시작 부분을 비극 작품에서 실천하
는 것과 같은 기분을 가지고 있었다. 아낙사고라스 글의 시
작은 다음과 같다. 〈처음에는 모든 것이 한데 엉켜 있었다.
그때 이성[12]이 나타나 질서를 만들었다.〉 술 취한 사람들 가

---

11   에우리피데스의 비극 중 17편이 전해지는데 이 가운데 프롤로고스
에 신이 등장하는 작품은 다섯 작품에 지나지 않는다. 『알케스티스』에서 아
폴론, 『히폴리토스』에서 아프로디테, 『이온』에서 헤르메스, 『트로이아의 여
인들』에서 포세이돈, 『박코스의 여신도들』에서 디오뉘소스가 등장한다.

12   원문 〈Nous〉는 흔히 〈세계 이성〉 혹은 〈지성〉이라고 번역한다. 니
체는 디오게네스 라에르티오스의 『유명한 철학자들의 생애와 사상』 제1권
4 이하, 제2권 6 이하. 〈모든 사물은 함께 있었지만 지성이 와서 그것들을
질서 지웠다.〉 아낙사고라스 단편 DK59A58(=35정암). 〈따라서 누군가 지

운데 유일하게 처음으로 맑은 정신의 소유자가 등장한 것
처럼 아낙사고라스가 〈이성〉으로 무장하고 철학계에 등장
했다면[13] 에우리피데스는 비극계에 그렇게 등장했다. 만유
의 유일한 지배자이며 주재자로서 이성이 예술 창작에서 도
외시되어 있던 동안 예술에서의 만물은 여전히 혼돈의 덩
어리로 남아 있노라 에우리피데스는 판단했음이 틀림없으
며, 〈술 취한〉 시인들에게 최초의 〈맑은 정신을 가진〉 시인
의 자격으로 유죄를 언도했음이 틀림없다. 소포클레스가 아
이스퀼로스를 두고 그는 비록 스스로 의식하지는 않았지만
옳은 일을 했다[14]고 말했다면, 에우리피데스는 분명 이와 달
리 십중팔구 아이스퀼로스는 의식하지 못했으므로 잘못된
일을 했다고 선언했을 것이다. 저 신적인 플라톤도 대체로
의식된 앎이 아닌 시인의 창조적 능력을 두고 크게 조롱했
으며 이를 무슨 예언자나 점쟁이와 흡사한 재능이라고 치부

성이 동물들 속에 들어 있는 것과 꼭 마찬가지로 자연 속에도 들어 있으며,
질서와 모든 배열의 원인이라고 말했을 때, 그는 아무렇게나 말한 그 이전
사람들에 비해서 지각 있는 사람으로 보였다. 아낙사고라스가 이러한 견해
를 주장했다는 것을 우리는 분명히 알고 있다.〉

13 『유명한 철학자들의 생애와 사상』 제2권 12 이하. 〈아낙사고라스
의 재판에 대해서는 여러 가지 이야기들이 있다. 소티온은 자신의 『철학자
들의 계보』에서 아낙사고라스는 불경죄로 클레온에게 고발당했는데, 그 까
닭은 태양을 시뻘겋게 단 금속(또는 돌) 덩어리라고 주장했기 때문이며, 제
자인 페리클레스가 그를 변호했지만 그는 벌금 다섯 탈란톤을 물고 추방되
었다고 말한다.〉

14 아테나이오스, 『현자들의 저녁 식사』 제10권 428 이하. 〈아이스퀼
로스는 술에 취해 자신의 비극 작품들을 집필했다. 이 때문에 소포클레스는
아이스퀼로스를 비난했다. 아이스퀼로스여, 그대는 시인으로서 올바른 일
을 했지만 전혀 의식하지 못했구나.〉

했다.[15] 시인은 오히려 의식이 없거나 더 이상 이성적이지 않을 때 시적 능력을 발휘한다고 그는 말한다. 에우리피데스는 플라톤과 똑같은 일을 행한바 〈비이성적〉 시인의 대립물을 세상에 내놓았다. 〈모든 것은 의식되어야 한다. 그래야만 아름다울 수 있다.〉 에우리피데스의 미학적 원칙은 앞서 내가 언급했던바 〈모든 것은 의식되어야 한다. 그래야만 선할 수 있다〉라는 소크라테스의 강령과 똑같은 원칙이다. 따라서 에우리피데스를 미학적 소크라테스주의를 주창한 시인이라고 부를 수 있다. 그런데 소크라테스가 바로 그 두 **번째** 관객이다. 그는 비극을 이해하지 못했고 그래서 이에 주목하지 않았다. 이 사람과 함께 에우리피데스는 새로운 예술적 창작의 포고자이고자 했다. 에우리피데스에서 과거의 비

---

15 플라톤, 『변명』 22b~c. 〈정치가 다음으로 제가 찾아간 것은 시인들, 즉 비극 작가, 디튀람보스 작가, 이 밖의 온갖 시인입니다. 그들에게서는 제가 그들보다 무식하다는 것이 당장 드러나리라 생각했습니다. 그래서 저는 그들이 가장 힘들여 완성했다고 여겨지는 작품들을 들어, 그것들의 의미하는 바가 무엇인가 하고 물었습니다. [……] 그래서 저는 아주 잠깐 동안에 시인들에 관해서 그들이 시를 짓는 것은 지혜에 의해서가 아니라 예언자나 점쟁이처럼 타고난 자질과 신으로부터의 영감에 의한 것임을 알았습니다.〉『이온』 534a 이하. 〈마치 박코스 신도들이 광기에 사로잡혀 제정신이 아닌 상태로 강에서 꿀과 젖을 길어 올리는 것처럼, 서정시인들의 혼도, 자신들이 말하고 있듯이, 그렇게 작업을 하네. 분명히 시인들이 우리에게 그렇게 말하고 있는 것 같으니까. 자신들은 뮤즈들의 어떤 정원들과 계곡들에서 꿀이 흐르는 샘들로부터 노래들을, 벌들이 꿀을 따듯, 따서 가져온다고, 자신들도 벌들처럼 날아서 말일세. 그리고 그들은 맞는 말을 하고 있네. 시인은 가볍고 날개가 달렸으며 신성한 존재일 뿐 아니라 영감을 받고 제정신이 아닌 상태가 되어 더 이상 지성이 자신 속에 들어 있지 않을 때까지는 시를 지을 수 없기 때문이지.〉

극이 죽음을 맞았다면 미학적 소크라테스주의는 죽음의 원리다. 과거 예술에 담긴 디오뉘소스적인 것과의 전쟁을 감행하는 소크라테스는 디오뉘소스의 적이며 새로운 오르페우스다.[16] 아테네의 법정에서 박코스의 여인들에 의해 갈기갈기 찢겨 죽게 될 운명의 오르페우스[17]는 디오뉘소스에 결연히 항거하여 마침내 저 막강한 신에게 망명을 강요했다. 디오뉘소스는 트라키아의 에도네스 사람들을 다스리던 왕 뤼쿠르고스에게서 쫓겨날 때처럼[18] 바다의 심연으로, 세계를 서서히 뒤덮는 비교(秘敎)의 신비스러운 격랑 속으로 도망쳐 피신했다.

16 『변신 이야기』 제11권 1행 이하. 〈그래도 그들의 모든 무기들이 그의 노래의 마력 앞에 무력해졌을 것이나, 엄청난 소음과 구부정한 뿔이 달린 베레퀸테스족의 피리 소리와, 북소리와, 박수 소리와, 박쿠스 신도들의 울부짖는 소리가 키타라 소리를 압도해 버렸다. 그리하여 결국 더 이상 그 목소리를 들을 수 없게 된 가인의 피로 돌멩이들이 붉게 물들었다. [……] 난폭한 여인들은 농기구를 집어 들고 우선 뿔로 자신들을 위협하는 소들을 갈기갈기 찢고 나서 가인을 죽이러 갔다. 두 손을 내밀며 그는 살려 달라고 애원해 보았지만, 난생처음으로 그의 말은 아무 소용 없었고, 그의 목소리는 누구도 움직이지 못했다.〉
17 소크라테스.
18 『일리아스』 제6권 120행 이하. 〈드뤼아스의 아들 강력한 뤼쿠르고스조차도 하늘의 신들과 싸우고는 오래가지 못했으니까요. 그는 일찍이 신성한 뉘사 산에서 열광한 디오뉘소스의 유모들을 모두 내쫓았소. 남자를 죽이는 뤼쿠르고스가 소몰이 막대기로 그들을 치자 그들은 모두 지팡이를 땅에 내던졌고 디오뉘소스도 겁에 질려 바다의 물결 속으로 뛰어들었소. 그래서 테티스가 겁에 질린 그를 품 안에 받아 주었지요. 그의 적의 위협에 벌벌 떨고 있었으니까요. 그런 일이 있은 뒤로 안락한 삶을 누리는 신들은 뤼쿠르고스에게 크게 노했고, 크로노스의 아드님께서는 그를 눈멀게 하셨소.〉

그림 9. 소크라테스

제13장

01 소크라테스가 에우리피데스에 가까운 경향임을 동시대인들은 놓치지 않았다. 이들의 탁월한 직감을 가장 잘 표현한 말은 아테네에 떠돌던 소문이다. 소크라테스가 에우리피데스의 작업을 도왔다.[1] 〈좋았던 옛날〉을 그리워하던 이들은 당대의 민중 선동가를 열거할 때 두 사람의 이름을 한꺼번에 언급했다. 이들은 과거 마라톤 들판에서 보여 주었던 영육의 강건함이 두 사람의 영향 아래 지속적으로 육체적 그

---

1 『유명한 철학자들의 생애와 사상』 제2권 18 이하. 〈소크라테스는 조각가인 소프로니스코스와, 플라톤이 『테아이테토스』에서 말하는 바에 따르면, 산파인 파이나레테의 아들이며, 아테네 사람이고 알로페케 구민이었다. 그는 에우리피데스의 작품 활동을 도왔던 것으로 여겨졌다. 그 때문에 므네시마코스는 다음과 같이 말한다. 《에우리피데스의 이 새로운 희곡은 「프뤼기아인들」이다, 그리고 소크라테스는 그에게 장작을 제공한다.》 그리고 다시 그는 《소크라테스적으로 짜 맞추어진 에우리피데스》라고 말한다. 그리고 칼리아스는 『포로들』에서 말한다. 《— 어째서 당신은 그렇게 존엄하고 고매한가? — 내가 그럴 수 있는 건 소크라테스 탓이오.》 아리스토파네스는 『구름』에서 《그는 에우리피데스를 위해 수다꾼들과 소피스트들로 가득한 비극들을 지은 자이다》라고 말한다.〉

리고 정신적 힘이 위축되면서 미심적은 계몽에 희생되었다고 말했다. 이런 목소리로 반쯤 분노와 반쯤 조롱을 섞어 아리스토파네스의 희극은 두 사람의 이름을 언급한다.[2] 에우리피데스는 그렇다고 하더라도 소크라테스마저 아리스토파네스 희극에서 최초 최고의 **소피스트**며 모든 소피스트 운동의 거울이자 총화로 등장하는 것에 대해 근대인들은 놀라움을 금치 못했다. 아리스토파네스를 더러운 거짓말쟁이, 문단(文壇)의 알키비아데스[3]라고 공개적으로 낙인찍는 것이

2   아리스토파네스의 희극 『구름』은 소크라테스를, 『개구리』는 에우리피데스를 다루고 있다. 『유명한 철학자들의 생애와 사상』 제2권 38 이하. 〈실제로 아뉘토스는 소크라테스의 조롱을 참지 못하고 먼저 아리스토파네스와 그의 측근들을 부추겨 그를 공격하게 했다. 그런 다음에 멜레토스를 설득해서 불경하다는 것과 젊은이들을 타락시킨다는 혐의로 그를 고발하게 했다. 안티스테네스Antisthenes는 『철학자들의 계보』에서, 그리고 플라톤은 『소크라테스의 변명』에서 아뉘토스, 뤼콘, 멜레토스 이 세 사람이 소크라테스를 고발한 자들이라고 말한다. 아뉘토스는 장인들과 정치가들을 대신해서 분노했고, 뤼콘은 수사가들을 대신해서, 그리고 멜레토스는 시인들을 대신해서 분노했는데, 이들을 모두 소크라테스가 조롱했던 것이다.〉

3   알키비아데스Alkibiades라는 이름은 배신자의 대명사로 쓰인다. 그는 아테네의 귀족으로 플라톤의 『향연』에서는 소크라테스의 찬미자로 등장한다. 그는 펠로폰네소스 전쟁 당시 정치가로 활약하며 아테네 제국주의를 대표했다. 시킬리아 원정을 도모하여 함대를 이끌고 쉬라쿠사이로 떠나게 되었을 때 아테네 법정에 회부되자 적국인 스파르타로 도망하여 스파르타 군대를 설득하여 이번에는 쉬라쿠사이를 돕도록 했으며, 그의 도움으로 스파르타는 아테네의 시킬리아 원정군을 섬멸했다. 스파르타에 머무는 동안 다시 왕 아기스와 적대적 관계에 놓이자 이번에는 페르시아로 도망했다. 다시 아테네로 돌아와 아테네 함대의 지휘권을 얻어 승리했으며 아테네 사람들이 그를 국민적 영웅으로 추대했으나 곧 시민들의 인기를 상실하고 트라키아로 망명했다. 아테네 패망 후 페르시아의 태수가 그를 살해했다. 알키비아데스는 육체적으로나 지적으로 매우 아름답고 훌륭한 사람이었다고 전하는 한편, 매우 명예욕에 불타는 야심찬 젊은이였다고 한다. 그의 파란

근대인들에게 유일한 위안이었다. 비난에 마주 선 아리스토파네스의 탁월한 감각을 옹호하는 대신 나는 소크라테스와 에우리피데스의 동질성을 고대적 정서에 기초하여 증명하고자 한다. 비극의 적대자로서 비극 관람을 그만두었던 소크라테스가 오로지 에우리피데스의 새로운 작품이 상연될 때만은 관객에 합류했다는 것이 어떤 의미를 갖는가를 밝혀보고자 한다. 델포이 신탁이 두 사람의 이름을 나란히 언급한 것은 아주 유명하다.[4] 델포이 신탁은 소크라테스를 가장 현명한 사람이라고 했으며, 동시에 에우리피데스는 지혜의 경쟁에서 두 번째 자리를 차지할 만하다 했다.

02   소포클레스는 이런 석차 매김에서 세 번째로 언급되었다.[5] 소포클레스는 아이스퀼로스와 달리 자신은 올바른 것을 행했으며, 올바른 것이 무엇인지를 **알고** 올바른 것을 행했다고 자랑했다. **앎**의 선명도가 바로 이 세 사람을 당대 〈현자〉 삼인방으로 부르게 만든 요인임은 명백하다.

03   소크라테스가 자신을 가리켜 **아무것도 모름**을 고백한 유

만장한 삶은 이런 그의 성격에 기인한 것으로 보인다. 그에 대한 악평은 그의 정치적 여정으로부터 생겨난 것이다.

4   플라톤, 『변명』 20e 이하에서 소크라테스는 제자 카이레폰이 델포이에 신탁을 물으러 간 일화를 전해 준다. 카이레폰은 소크라테스보다 지혜로운 사람이 있는가라고 물었는데 〈여기에 대해 무녀는 더 지혜 있는 자는 하나도 없다〉고 대답했다고 한다.

5   아리스토파네스, 『구름』 144행의 난외 주석에 희랍어로 〈소포클레스는 현명하다. 에우리피데스는 좀 더 현명하다. 모든 사람들 가운데 제일 현명한 사람은 소크라테스다〉라고 적혀 있는 것을 니체가 〈플라톤 이전의 철학자들〉(1869/1870년 겨울 학기)이라는 강의에서 인용하였다 (Schmidt).

일한 사람이라고 말했을 때 그 말은 앎과 통찰을 숭상하는 전대미문의 비수였다. 그가 사람들을 평가하며 아테네를 여기저기 돌아다녀 본 결과, 위대한 정치가나 연설가나 시인이나 예술가 등은 하나같이 자신이 지혜롭다고 착각하고 있었다. 이름깨나 알려진 인사들이 제 직업에 관해 제대로 정확한 통찰을 가지고 있지 않았으며, 오로지 본능적으로 활동하고 있다는 것에 소크라테스는 적이 놀랐다.[6] 〈오로지 본능적으로〉라는 말에서 우리는 소크라테스의 의중을 간파할 수 있다. 이런 말을 가지고 소크라테스주의는 당시의 예술과 당시의 윤리를 단죄하였다. 의심의 눈초리를 보내는 곳마다 소크라테스주의는 통찰의 빈곤과 망상의 풍요를 보았고 이런 결여를 근거로 심사 대상의 정신적 도착과 왜곡을 추론했다.[7] 소크라테스는 이 한 가지에 있어 삶을 바로잡아야 한다고 믿었다. 경멸과 우월감에 젖은 얼굴을 하고 소크라테스는 단독으로 전혀 다른 종류의 문화와 예술과 윤리의 선구자로서 어떤 세계로, 그 끝자락이나마 황송하게도 잡을

6   플라톤, 『변명』 22b 이하. 〈그들이 시를 짓는 것은 지혜에 의해서가 아니라, 예언자나 점쟁이처럼 타고난 자질과 신으로부터의 영감에 의한 것임을 알았습니다.〉

7   『변명』 23b 이하. 〈마치 《오오 인간들이여, 너희들 가운데 누구든지 가장 지혜 있는 자는 소크라테스처럼 자기가 지혜에 있어서 사실은 보잘것없다는 것을 안 자다》라고 말씀하신 것이 아닌가 합니다. 그래서 저는 지금도 여기저기 돌아다니면서 우리 나라 사람이건, 딴 나라 사람이건, 누구든 지자라고 생각되면 신의 명령을 따라 그 사람을 찾아내어 헤아려 보고 있는 것입니다. 그리고 지혜가 있다고 생각되지 않을 때에는 신을 도와 드리면서 그가 지자가 아님을 밝혀 주고 있는 것입니다.〉

수 있다면 아주 큰 행운이라 여길 그런 세계로 들어섰다.

04 　소크라테스를 볼 때마다 고대의 의문투성이 사건이 가진 의미와 의도를 파악하는 일은 거듭 우리를 엄습하고 점점 더 크게 우리를 자극하는 커다란 고민거리다. 호메로스, 핀다로스, 아이스퀼로스, 페이디아스,[8] 페리클레스, 퓌티아[9]와 디오뉘소스, 가장 깊은 심연과 가장 높은 숭고 등 우리 경탄의 숭배를 받는 희랍적 본질을 감히 단독으로 부정할 수 있는 자란 도대체 누구인가? 마법의 음료를 땅바닥에 감히 쏟아 버릴 수 있는 것은 어떤 정령의 힘이란 말인가? 인류가 낳은 가장 고귀한 영혼들로 이루어진 합창대가 〈슬프도다! 슬프도다! 그대는 아름다운 세계를, 그 억센 주먹으로, 산산이 부수었구나! 세상은 허물어져 쓰러지누나!〉[10]라고 외치는 원망을 들어야 할 저 반인반신은 도대체 누구란 말이냐?

05 　소크라테스의 본질을 파악하는 열쇠는 〈소크라테스의 정령〉이라고 불리는 기현상이다. 거대한 이성이 혼란에 빠지는 특별한 바로 그 순간 소크라테스는 신적인 목소리를 통해 확실한 발판을 얻는다. 이 목소리는 나타날 때마다 늘 하지 못하게 말린다. 본능적 지혜가 기이하게도 의식적 분별을 이리저리 **가로막기 위해** 나타난다. 생산 활동에 종사하

8　페이디아스Pheidias는 아테네의 유명한 조각가다. 아테네의 정치가 페리클레스의 주도하에 아크로폴리스의 파르테논 신전이 건설될 때 파르테논 신전의 유명한 박공을 조각한 사람이다. 또 파르테논 신전에 모셔진 아테네 여신상을 조각하였는바 기원전 438년에 이를 완성하였다.

9　아폴론의 신탁소 델포이를 가리키는 말이다.

10　『파우스트』 1, 1607행 이하.

는 모든 사람들에게 본능이 창조-확신의 힘으로 작용하고 의식이 비판적이며 부정적으로 작용하는 것과는 달리 소크라테스에게는 본능이 비판자이고 의식이 창조자였다. 실로 완전무결하게 망가진 상태가 아닌가! 우리는 그에게서 신비적 본성의 완전한 훼손을 목도한다. 마치 신비주의자에게서 본능적 지혜가 과도하게 발달하는 것처럼 소크라테스는 논리적 본성이 이상 발육되어 지나치게 발달한 **비(非)신비주의자**라고 부를 수 있을지도 모른다. 소크라테스의 논리적 본능은 전혀 자신을 돌아보는 일이 없었으며, 앞을 향해 돌진하는 고삐 풀린 논리적 본능은 오로지 소름 끼칠 정도로 놀랍고 거대한 본능에서나 만날 수 있는 파괴력을 보여주었다. 플라톤의 저작으로부터 소크라테스의 신적인 소박함과 확신을 조금이나마 접한 사람이라면 아울러 논리적 소크라테스주의라는 거대한 추진 바퀴가 말하자면 소크라테스 **뒤에서** 움직이고 있음을, 그리고 이것을 들여다보기 위해서는 그림자처럼 어른거리는 소크라테스를 거쳐야 함을 간파했을 것이다. 소크라테스 본인이 이를 약간은 의식하고 있었음은 가는 곳마다, 특히 재판관들 앞에서 자신의 신적 소명을 옹호하던 당당함과 진지함을 통해 확인된다. 소크라테스를 물리치는 것은, 본능을 와해시키는 그의 힘을 인정하는 것만큼이나 근본적으로 불가능했다. 풀리지 않는 모순의 상황에서 아테네 법정으로 불려 나왔을 때 유일한 처벌은 추방이었다. 도무지 수수께끼 같아 정리도 안 되고 교화도 할 수 없는 그를 국경 밖으로 내보냈어야 했다. 그랬다면 아테네 사람들이 수치스러운 일을 행했다는 비난의 꼬투리를 후세에게 남기지 않았을 것이다. 추방이 아니라 사형을 선언한 일, 이를 소크라테스는 죽음에 대한 두려움 없이 아주 분명한 소신을 갖고 수용했다.[11] 그는 고요하게 죽음을 맞았다. 플라톤이 전하는바 손님들 가운데 마지막까지 깨어 있다가 향연을 같이 즐겼던 사람들이 진정한 에로스 주창자[12] 소크라테스를 꿈꾸며 술 마시던 탁자나 땅바닥에서 잠에 빠져 있을 때, 밝아 오는 새벽녘에 하루를 시작하기 위해 향연을 떠나며 보여 주었던 그런 고요함으로 말이다.[13] **영면**

11 『유명한 철학자들의 생애와 사상』 제2권 41 이하. 〈그래서 무죄 석방 표들보다 더 많은 이백여든한 표로 유죄 판결이 내려지고, 재판관들이 그가 어떤 벌을 받아야 할지 내지는 어떤 대가를 지불해야 할지 결정하는 동안에 그는 스물다섯 드라크마를 지불하겠다고 말했다. (에우불리데스는 그가 백 드라크마를 지불하는 데 동의했다고 말한다.) 그러나 재판관들이 법석을 떨자 그는 《내가 한 일들을 생각하면 나는 프뤼타네이온에서 식사 대접을 처벌로 받겠소》라고 말했다. 그리고 그들은 여든 표를 더 얻어서 그에게 사형을 선고했다. 그리고 구금된 후 며칠 지나지 않아 그는 훌륭하고 좋은 긴 대화를 나눈 후에 독배를 마셨다.〉
12 『향연』 212b 이하. 〈그렇기 때문에 나는 모든 사람이 에로스를 존경해야 한다고 주장하며, 나 자신도 에로스의 일들을 높이 평가하고 남다르게 연습하며 남들에게도 그러라고 권유한다네. 그래서 지금도 그렇고 앞으로도 내내 내 힘이 닿는 한 에로스의 능력과 용기를 찬미하려네.〉
13 『향연』 223c 이하. 〈날이 밝을 무렵 벌써 수탉이 울고 있을 때 잠에서 깨었다고 아리스토데모스는 말했네. 깨고서 보니까 나머지 사람들은 잠을 자고 있거나 가버렸지만 아가톤과 아리스토파네스와 소크라테스 선생님만이 계속 깨어 있는 상태로 술을 커다란 술통에서 퍼마시고 있었다네. [……] 그러다가 아리스토파네스가 제일 먼저 잠들게 되었고 벌써 날이 새고 있을 즈음 아가톤이 잠들게 되었다네. 그러자 소크라테스 선생님은 저들을 잠들게 한 후에 일어나 떠나갔고(자기도 여느 때처럼 따라갔다고 했네) 뤼케이온으로 가서 씻은 후에 다른 때처럼 하루의 나머지 시간을 보내

(永眠)하던 소크라테스는[14] 그전에는 어디에서도 없던, 희랍 귀족 청년들의 새로운 우상이 되었다. 특히 전형적인 희랍 청년 플라톤은 열렬한 마음으로 온 힘을 다해 헌신하며 우상 앞에서 몸을 조아렸다.

다가, 그렇게 날을 보내고 저녁이 되어서야 집에 가서 쉬었다고 했네.〉

14　플라톤, 『파이돈*Phaidon*』(전헌상 옮김, 이제이북스, 2013) 118a 이하는 소크라테스의 최후 모습을 전하고 있다. 〈어느덧 그의 배 주위가 차가워져 있었습니다. 그러자 그는 얼굴을 덮은 것을 벗기며 — 그것은 덮여 있었거든요 — 말했습니다. 바로 이것이 그가 마지막으로 한 말이었습니다. 《크리톤, 우리는 아스클레피오스에게 닭 한 마리를 빚지고 있네. 부디 갚아주게. 잊지 말고.》《그렇게 하지.》크리톤이 말했습니다. 《그 밖에 다른 할 말이 있나 보게.》이렇게 물었지만 그는 더 이상 아무런 대답을 하지 않았습니다.〉

제14장

01   소크라테스가 퀴클롭스의 커다란 외눈으로 비극을 쳐다
본다고 생각해 보자. 그의 눈에서는 이제껏 단 한 번도 예술
적 환희의 즐거운 광기[1]가 불타오른 적이 없었다 — 그의 눈
은 금지되어 디오뉘소스적 심연을 기쁘게 들여다보지 못했
음을 생각하자 — 그의 눈은 플라톤의 언급대로 〈장엄하고
경이로운〉[2] 비극에서 본래 무엇을 발견했어야 했는가? 고작
그가 발견했던 것은 결과 없는 듯 보이는 원인과 원인 없는

----

1   플라톤, 『파이드로스』 265b 이하. 〈그리고 우리는 신적인 광기를 네
분의 신에 맞춰 네 부분으로 나눈 뒤, 예언적인 것은 아폴론에게서 영감을
받는 것이고, 비의적인 것은 디오뉘소스에게서, 시적인 것은 뮤즈 여신들에
게서 영감을 받은 것이라고 했네. 그리고 네 번째 광기는 아프로디테와 에
로스에게서 영감을 받은 것이며 이것은 사랑의 광기요 가장 좋은 것이라고
말했네.〉
2   플라톤, 『고르기아스』(김인곤 옮김, 이제이북스, 2011) 502b 이하.
〈그러나 이 장엄하고 경이로운 활동인 비극의 창작은 어떤가? 그것이 무엇
에 진지하게 관심을 기울이지? 그것이 애쓰는 일이나 진지한 관심사가, 자
네가 생각하는 것처럼, 오로지 관중들을 기쁘게 하는 것뿐인가?〉

듯 보이는 결과처럼 전혀 불합리적인 것, 전체적으로 뒤죽박
죽 잡다하여 사려 깊은 기질에게는 거북하고, 예민하고 감
상적인 영혼에게는 위험한 불씨였다.[3] 우리는 소크라테스가
유일한 문학 장르로 어떤 것을 눈여겨보았는지 알고 있다.
그것은 바로 **아이소포스의 우화**이다.[4] 이것을 보는 그의 눈
은 정직하고 선량한 겔레르트[5]가 「꿀벌과 암탉」이라는 우화
에서 시를 찬양하여 노래할 때처럼 틀림없이 미소를 띤 채
빛나고 있었을 것이다.

　　댁은 아셨겠죠. 시가 무엇에 이로운가?

　　그다지 명민치 못한 사람에게

　　영상으로 진실을 노래하지요.

　3　예를 들어 플라톤, 『국가』 607a. 〈만약 자네가 서정시나 서사시를 통
해 감미로운 무사 여신을 받아들인다면, 자네 나라에서는 관습과 만인에 의
해 언제나 최선의 것으로 간주되던 원칙 대신 쾌락과 고통이 군림하게 될
것이네.〉

　4　플라톤, 『파이돈』 61b 이하. 〈이렇게 해서 우선은 지금 벌어지고 있
는 축제가 기리고 있는 신을 위해 시를 지었고, 그 신 다음으로는, 시인은 시
인이 되려면 이야기를 지어야지 논설을 늘어놓아서는 안 되는데, 나 자신은
이야기꾼이 아니라는 생각이 들었고, 그래서 친숙하고 잘 아는 아이소포스
의 이야기들 중에서 우선 떠오르는 것들로 시를 지었던 걸세.〉 디오게네스
라에르티오스, 『유명한 철학자들의 생애와 사상』 제2권 42 이하. 〈뿐만 아
니라 어떤 사람들의 말에 따르면, 그가 찬가(讚歌)를 지었는데, 그 첫머리는
이렇게 시작한다. 〈델로스의 아폴론이시여 만세! 그리고 아르테미스 만세,
이름 높은 두 오누이시여!〉 그러나 디오뉘소도로스는 그가 이 찬가를 짓지
않았다고 말한다. 그는 썩 잘되지는 않았지만 아이소포스 우화도 지었는
데, 그 첫머리는 이렇게 시작한다. 〈언젠가 아이소포스가 코린토스 시의 주
민들에게 말했다, 덕을 대중 법정의 지혜로 판단해서는 안 된다고.」

　5　Christian Fürchtegott Gellert(1715~1769). 독일의 시인.

비극은 소크라테스가 보기에 결코 〈진실을 말하지〉 않는다. 비극이 철학자가 아니라 〈명민치 못한 사람〉에게 말을 건다는 건 말할 것도 없다. 비극을 멀리할 이유가 이렇게 두 가지나 되었다. 플라톤처럼 소크라테스는 비극이 오로지 즐거운 것을 보여 줄 뿐 유용한 것을 보여 주지 않는, 청중에게 아첨하는 예술이라고 여겼다.[6] 그래서 그는 제자들로 하여금 삼가 그런 비철학적인 유혹을 멀리하도록 요구했다. 스승의 말에 따라 젊은 시절 비극시인이었던 플라톤이 소크라테스의 제자가 될 수 있기 위해 제일 먼저 한 일은 자신의 작품을 불에 던져 넣는 일이었다.[7] 그러나 소크라테스의 준칙에도 누그러지지 않는 천성적 소질은 몸부림쳤고, 막강한 스승과 그의 준칙은 워낙 거대하고 완강한지라 문학은 이제까지 전혀 알려지지 않았던 낯선 곳으로 가게 되었다.

02   그 한 가지 실례가 방금 언급한 플라톤이다. 비극과 예술

6   플라톤, 『고르기아스』 502d. 〈따라서 우리는 지금 노예, 자유인 할 것 없이 아이들, 여자들, 남자들이 함께 모인 그런 민중을 상대하는 어떤 연설술을 찾아낸 것이네. 우리가 전혀 감탄하지 않는 연설술을 말일세. 우리는 그것을 아첨이라고 말하니까.〉

7   『유명한 철학자들의 생애와 사상』 제3권 5 이하. 〈그가 이스트모스 제전에서 레슬링 경기에 참여하기도 했고, 그림에 관심을 두기도 했으며, 처음에는 디튀람보스, 그다음에는 서정시와 비극시를 쓰기도 했다고 말하는 사람들이 있다. [……] 처음에 그는 알렉산드로스가 『철학자들의 계보』에서 말하듯이 아카데메이아에서 철학을 했으며, 후에는 콜로노스의 집 정원에서 헤라클레이토스 학파의 일원으로 철학을 했다. 하지만 그 이후 비극으로 경연에 나서려던 차에 디오뉘시오스 극장 앞에서 소크라테스가 하는 말을 듣고서는 써두었던 시를 불태우며 말하길 《헤파이스토스여, 이리 오소서. 플라톤이 지금 당신을 열망할 일이 있습니다.》 당시 스무 살이었던 플라톤은 이때부터 소크라테스를 추종하였다고 한다.〉

일반을 폄하하는 소박한 냉소주의에 있어 결코 스승에 뒤처진다 할 수 없는 플라톤은 충만한 예술가적 절실함 때문에 스스로 예술 형식을 만들어야만 했다. 그런데 플라톤의 예술 형식은 방금 그가 내쫓아 버린 예술 형식들과 내적으로 닮아 있었다. 플라톤이 옛 예술에 가했던 비판은 주로 예술은 가상의 모방이며 따라서 경험 세계보다 저급한 영역에 속한다는 것이었다. 새로운 예술 작품은 무엇보다 이런 비난을 받아서는 안 되었다. 그래서 플라톤은 새로운 예술 형식에서 우리가 이미 알고 있는 것처럼 현실 세계를 넘어서려 했으며, 사이비 현실 세계의 근저에 놓여있는 이데아 세계를 설명하려 했다. 철학자 플라톤은 멀리 길을 돌아 시인 플라톤이 남몰래 머물러 있었던 곳에, 소포클레스와 옛 예술 전체가 항거를 시작한 곳에 도착했다. 비극이 이전에 존재하던 모든 예술 장르를 제 안에 흡수한 것이라면, 말을 약간 바꾸어 이를 플라톤의 대화편에 적용할 수 있을 것이다. 플라톤의 대화편은 당시에 존재하던 모든 문체와 형식을 혼합하여 만들어졌으며, 서사시와 서정시와 비극 사이를 그리고 산문과 운문 사이를 부유하며 이를 통해 통일된 언어적 형식이라는 엄정한 옛 법칙을 파괴하고 있다. 이 방향으로 **견유학파의** 작가들은 좀 더 나아갔고 온갖 것을 뒤섞은 문체로 산문과 운문을 오락가락하여 마침내 〈광기의 소크라테스〉[8]를 그들의 삶에서뿐만 아니라 그들의 문장에서도 실현

8 『유명한 철학자들의 생애와 사상』 제6권 54 이하. 〈누군가로부터 《당신에게 디오게네스는 어떠한 사람으로 생각 되십니까》라는 질문을 받

했다.[9] 플라톤의 대화편은 말하자면 난파한 옛 문학과 그 자식들이 기대어 간신히 목숨을 건진 구명선이라고 할 수 있다. 좁은 공간에 모여 앉아 겁먹은 채 조타수 소크라테스에게 복종하며, 그들의 항해를 물리지 않고 지켜보아 줄 신세계로 나아가고 있었다. 플라톤은 후대를 위해 새로운 예술 형식의 전형을 창조했다. 상당히 발전한 형태의 아이소포스 우화라고도 말할 수 있는 소설의 전형을 말이다.[10] 철학이 지난 수세기 동안 신학에게 그랬던 것을 당시 문학은 문답 철학을 위해 행하게 되었다. 다시 말해 시녀가 되었다. 이것이 바로 플라톤이 완강한 소크라테스의 압력에 몰려 찾아낸 문학의 새로운 자리였다.

03   이때 **철학적 사상**이 예술을 뒤덮었고 예술은 대화편이라는 굵은 줄기에 간신히 매달리지 않을 수 없었다. **아폴론적** 경향은 논리적 형식주의로 변태되었다. 이에 상응하는 것을

자 그(플라톤)는 말했다. 《미친 소크라테스다.》〉

9   니체는 가다라의 메니포스를 염두에 두고 있다. 그는 견유학파의 한 사람으로 기원전 3세기 초반에 살았으며 풍자와 조롱이 가득한 글을 남겼다고 한다. 메니포스풍의 풍자시가 로마 시대에 유행했는데 운문과 산문을 섞어 쓰는 것을 이렇게 불렀다.

10   실제로 플라톤 이후 5백 년이 지난 시점에 최초의 소설이 등장한다. 카리톤Chariton이 쓴 『카이레아스와 칼리로에』(기원전 1세기), 에페소스의 크세노폰이 쓴 『안테이아와 하부로코마스에 관한 에페소스의 이야기』(2세기 초), 아킬레우스 타티오스Achilleus Tatios의 『레우키페와 클레토폰의 이야기』(2세기), 롱고스Longos의 『다프니스와 클로에』(2세기 말), 헬리오도로스Heliodoros의 『아이티오피아 이야기』(4세기). 물론 플라톤과 동시에 살았던 소크라테스의 제자 크세노폰이 쓴 『퀴로스의 교육』도 소설의 형식을 보여 주고 있다(『희랍 문학사』 369면 이하).

우리는 이미 에우리피데스에서 **디오뉘소스적인 것**이 자연주의적 격정으로 전이되는 것과 더불어 지켜보아야 했었다. 플라톤의 극에 등장하는 문답 주인공 소크라테스는 우리에게 에우리피데스 극에 등장하는 주인공들을 떠오르게 한다. 그들은 논증과 반박으로써 자신의 행동을 변론해야 했고 이로써 종종 비극적 연민을 희생시킬 위험에 처했다.[11] 누구나 알다시피 이런 문답의 저변에는 모든 증명마다 환호하는 **낙관주의적** 요소, 오직 냉정하고 투명한 의식 가운데 살아 숨쉴 수 있는 낙관주의적 요소가 깔려 있었던 것이다. 이런 낙관주의적 요소는 비극에 침입하여 비극의 디오뉘소스적 영역을 차츰 잠식하면서 비극을 파멸의 길로 몰아세웠고 마침내 비극은 서민극으로 전락하고 말았다. 소크라테스적 명제를 떠올려 보자. 〈덕은 앎이다. 악덕은 무지에서 생긴다. 유덕한 사람은 행복한 사람이다.〉[12] 낙관주의의 세 가지 기본 명제는 비극의 죽음을 초래했다. 유덕한 주인공은 문답 논증에 밝은 사람이어야 했고, 덕과 앎, 종교와 도덕 사이에 필

---

11 예를 들어 에우리피데스의 『메데이아』에서 이아손과 메데이아의 논쟁을 보라.

12 플라톤, 『프로타고라스』 349e에서 용기와 지혜의 동일성을 논증한다. 〈방패 가지고 싸우는 데 대담한 사람은 누구입니까? 방패를 다룰 줄 아는 사람들인가요, 안 그런 사람들인가요?〉〈방패 다룰 줄 아는 사람들이지요. 그리고 만약 당신이 이걸 묻고 있는 거라면 다른 모든 경우에서도 아는 사람들이 알지 못하는 사람들보다 더 대담하고, 스스로도 배웠을 때가 배우기 전보다 더 대담합니다.〉〈가장 지혜로운 사람들이 가장 대담하기도 한 것이고, 가장 대담하기에 가장 용기 있는 것이죠? 그래서 이 논의에 따르면 지혜가 용기이겠지요?〉

연적이고 명확한 결합이 생겨야 했으며, 아이스퀼로스에서 보이던 초월적 정의의 결말은 흔한 기계 장치의 신과 함께 〈시적 정의〉라는 단면적이고 저열한 원리로 대체되었던 것이다.[13]

04   소크라테스적 낙관주의가 창궐하는 새로운 무대에 비극의 음악적-디오뉘소스적 토대라 할 **합창대**는 이제 어떤 모습으로 등장할까? 전적으로 비극의 **뿌리**요, 모든 비극적인 것의 **뿌리**인 합창대는 이제 무언가 우연적이며 어쩌다 **빼버**릴 수도 있는 것, 다만 비극 발생의 흔적 기관 정도로 생각되었다. 이미 소포클레스에서 합창대의 가치 상실이 나타났다 — 이미 소포클레스에서 비극의 디오뉘소스적 토대가 붕괴하기 시작했다는 중요한 징표가 말이다. 그는 합창대에게 주요 부분을 맡기는 모험을 감행하지 않았다. 합창대는 역할이 제한되어 마치 오케스트라에서 무대 위로 올려진 듯 무대 위의 배우들에게 거의 보조를 맞추었다. 합창대의 이런 역할에 아리스토텔레스도 동의하긴 했지만[14] 아무

---

13   아이스퀼로스의 『자비로운 여신들』의 결말과는 달리, 똑같은 신화를 다루고 있는 에우리피데스의 『오레스테스』는 기계 장치의 신으로 끝을 맺는다. 아이스퀼로스에서 오레스테스는 아테네의 아레오파고스에서 아테네 여신의 주재 아래 친모 살해의 재판을 받는다. 결과는 무죄였다. 778~1047행에 이르는 결말 부분에서 복수의 여신들이 이제 자비로운 여신들로 변모한다.

14   아리스토텔레스, 『시학』 1456a25. 〈코로스도 배우의 한 사람으로 간주되지 않으면 안 된다. 코로스는 전체의 한 부분이 되어 극의 행동에 참가해야 한다. 그러나 이때 에우리피데스에게서 볼 수 있는 바와 같이 할 것이 아니라, 소포클레스에게서 볼 수 있는 바와 같이 해야 한다. 시인들에게서 코로스의 노래가 그 비극의 플롯과 무관하기 때문에, 마치 다른 비극의

튼 이로써 합창대의 본질이 철저히 파괴되었던 것이다. 소포
클레스는 작품을 통해, 전승에 따르면 심지어 논고를 통해
합창대의 퇴역을 권고했고 이것이 합창대 **파괴**의 첫걸음이
었다. 파괴의 국면은 에우리피데스와 아가톤[15]과 신희극을
거치면서 놀라운 속도로 진행되었다. 낙관주의적 문답 철학
은 삼단 논법의 채찍을 휘둘러 **음악**을 비극으로부터 추방시
켰다. 유일하게 디오뉘소스적 상태를 현시하고 표현하는 그
것, 음악을 가시적으로 상징하는 그것, 디오뉘소스적 도취
를 표현하는 꿈의 세계라고 해석될 수 있는 그것, 합창대, 비
극의 본질이 파괴되었다.

05   따라서 심지어 소크라테스 이전에도 이미 반(反)디오뉘소
스적 경향이 작동했으며 다만 소크라테스에 와서 그때까지
유례를 찾아볼 수 없을 만큼 두드러졌다고 한다면 움츠리지
말고 물어보아야 한다. 도대체 소크라테스와 같은 현상은
무엇을 의미하는가? 플라톤의 대화편을 놓고 볼 때 그것이
다만 해체를 지향하는 부정적인 힘이었다고 말할 수는 없
다. 물론 소크라테스적 본능이 초래한 최초의 결과는 디오
뉘소스적 비극을 갈기갈기 찢어 놓은 것임은 두말할 나위가
없으나, 소크라테스의 의미심장한 최후에 비추어 분명하게

플롯에 속하는 것 같은 인상을 준다. 코로스가 막간가(幕間歌)를 부르게
된 것은 이 때문이며 이러한 관례는 아가톤에 의하여 시작되었다고 한다.〉

    15   Agathon. 아테네의 비극시인. 기원전 417/416년의 비극 경연에서
우승하였으며 플라톤은 『향연』에서 이를 기념하여 당시 아테네의 위대한
인물들이 아가톤의 집에서 모여 잔치를 벌이며 사랑을 주제로 논한 이야기
를 담고 있다. 앞 주석의 아리스토텔레스 인용문을 보면 합창대가 막간가
를 부른 것은 아가톤으로부터 비롯되었다.

묻지 않을 수 없다. 소크라테스주의와 예술은 다만 서로 대립할 수밖에 없었던가? 〈예술가 소크라테스〉의 탄생은 도무지 그 자체로 어불성설이란 말인가?

06   독재적 합리주의자는 때로 예술과 관련해 결함과 공백의 느낌, 반은 자책, 아마도 의무를 저버렸다는 느낌을 가졌다. 감옥에 갇혀 자신의 친구들에 말하길 일생 자주 동일한 꿈이 그에게 나타났다고 말했다. 꿈에서 늘 똑같은 소리가 들렸다. 〈소크라테스여! 음악을 행하라!〉[16] 자신의 철학이 무사이 여신이 가져다준 최고의 예술이라고 말년에 이르도록 굳건히 믿었던 소크라테스는 설마 자신에게 신께서 〈통상적 대중음악〉을 권고한다고는 믿지 않았다. 감옥에 들어와서야 그는 마음의 짐을 완전히 털어 내기 위해 그가 그토록 경멸하던 음악을 행하기로 결정한다. 그리고 이런 생각에서 아폴론에게 바치는 서시를 짓는가 하면 아이소포스의 우화를 운문으로 바꾸기도 한다. 그를 작시 연습으로 이끈 것은 그에게 경고의 목소리를 전하던 정령과 유사한 것, 자신

16   플라톤, 『파이돈』 60e 이하. 〈그 꿈들인즉 이런 것들이었다네. 과거의 삶 중에 종종 같은 꿈이 나를 찾아와서는, 그때그때 다른 모습으로 나타나기는 했지만, 똑같은 것을 이야기했다네. 《소크라테스여, 시가를 짓는 일을 하라.》 그리고 나는 이전에는 그 꿈이 내가 하고 있었던 바로 그 일을 나에게 권하는 성원으로 받아들였다네. 마치 달리기 주자들을 응원하는 사람들처럼, 그렇게 그 꿈은 내게도 내가 하고 있었던 바로 그 일, 즉 시가를 짓는 일을 성원하고 있다고 말이야. 철학은 가장 위대한 시가이고, 나는 그것을 실천하고 있다고 생각하면서 말이지. 그런데 지금은 재판도 끝나고, 그 신의 축제가 내가 죽는 것을 지체시키고 있는 터라, 혹시 그 꿈이 내게 저 통상적인 시가를 지으라고 명하는 것이라면, 그것을 거부하지 말고 지어야만 한다는 생각이 들었네.〉

이 야만의 왕처럼 고귀한 신상(神像)에 무지하여 무지로 인해 어떤 신께 죄를 범했음을 깨달은 아폴론적 통찰이었다. 소크라테스의 꿈에 들렸던 소리는 그가 이성의 한계를 의심했다는 유일한 징표다. 어쩌면 ― 소크라테스는 이렇게 자문했어야 했다 ― 나에게 이해되지 않는 것이지만 그렇다고 곧 그것을 불합리한 것이라 할 수는 없지 않을까? 어쩌면 합리주의자들을 추방해 버린 지혜의 영토가 따로 있지는 않을까? 어쩌면 예술이 학문의 필수 상관물이며 보충물이지 않을까?

그림 10. 알브레히트 뒤러, 「기사, 죽음과 악마」

제15장

01 　많은 생각을 하게 하는 앞서의 물음을 염두에 두고 말하거니와 소크라테스의 영향은 지금 이 순간까지, 아니 앞으로도 계속해서, 해가 기울수록 더욱 길게 늘어지는 그림자처럼 후세로 오면서 차츰 확장되었고 그의 영향은 **예술** — 그러니까 형이상학적이고 심오하고 아주 넓은 의미에서의 예술 — 의 재창조를 거듭해서 요구했으며 자신의 지속성으로 예술의 영속성도 보장하였다.

02 　모든 예술이 희랍 인민, 호메로스로부터 소크라테스에 이르는 희랍 인민에게 내적으로 종속되어 있음을 설득력 있게 증명하기 전에는 희랍 인민에 대한 분노를, 그러니까 희랍 인민이 소크라테스에 대하여 가졌던 것과 유사한 분노를 경험해야 했다. 계몽 수준을 막론하고 거의 모든 시대는 한 번쯤 지독한 불쾌감을 느끼면서 희랍 인민으로부터 벗어나고자 시도했다. 왜냐하면 자기 스스로 이룩한 모든 성과도, 철저히 독창적으로 보인 것도, 또 제대로 잘 만들었다 찬탄을

190

금치 못한 것도 희랍 인민 앞에 내놓으면 금방 빛과 생명을 잃어버리고 실패한 모조품 아니면 조악한 우스개로 전락했기 때문이었다. 그래서 늘 새롭게 가슴에 사무친 분노가 저 오만한 민족을 향해 솟아올랐다. 감히 역사 이래로 제 민족의 것이 아닌 모든 것을 〈야만〉으로 규정한 그들은 누구길래, 다만 짧았던 역사적 찬란함[1]을, 다만 가소로울 만큼 편협한 제도를, 다만 의심스러운 윤리적 탁월함[2]을 보여 주는가 하면 심지어 가증스러운 악덕[3]으로 특징지워지는 그들은 도대체 누구길래, 마치 어리석은 백성 가운데서 천재나 누릴 법한 명예와 특권을 요구한단 말인가? 유감스러운 일은 누구도 여태까지 그들을 단번에 없앨 독배를 찾아내는 행복을 누리지 못했다는 것이다. 질투와 비방과 분노가 가득 들어찬 독배는 저 자족의 도도함을 꺾기에 충분치 않았다. 그

---

1 아테네를 대표로 하는 찬란한 희랍 문화의 전성기는 페르시아 전쟁에서 승리한 기원전 480년에서 펠로폰네소스 전쟁이 시작된 기원전 431년까지 겨우 50년 동안 지속되었다. 이 기간 동안 페리클레스의 통치하에 아크로폴리스의 파르테논 신전, 현존하는 아티카 비극들이 만들어졌다.

2 아테네의 윤리적 탁월함을 가장 훌륭하게 칭송하고 있는 연설은 페리클레스 연설문이다. 투퀴디데스의 『펠로폰네소스 전쟁사』 제2권 34~46 사이에서 페리클레스는 스파르타와 비교하여 아테네의 위대함을 칭송하고 있다. 하지만 바로 이어 47 이후부터 아테네의 역병으로 아테네가 겪었던 참상과 이어 페리클레스의 사망이 묘사되어 있다. 투퀴디데스는 페리클레스 연설문에 그려진 아테네의 위대함이 얼마나 보잘것없는 것인지를 보여 주려고 하였던 것이다(W. Schadewaldt, *Die Anfänge der Geschichtsschreibung bei den Griechen*, 1982).

3 『펠로폰네소스 전쟁사』 제5권 84~116에 아테네의 멜로스 원정이 묘사되어 있다. 패권주의를 지향하던 아테네가 자유를 지키려는 멜로스 시민들을 철저하게 파괴한 사건이다.

래서 사람들은 희랍 인민 앞에 서면 부끄럽고 두려웠다. 모든 일에 있어 진리를 숭상하는 사람이 이 점을 또한 진리로 받아들일 수 있다면 모를까. 희랍 인민은 마부로서 우리 문화를 포함하여 여타 문화의 고삐를 틀어쥐고 있으며[4] 거의 언제나 마차와 말은 몹시도 저열하여 마부의 영광에 걸맞지 않으며 마부는 아킬레우스처럼 도약하여[5] 저 자신은 건너뛰면서도 말과 마차는 수렁에 처박아 버리는 것쯤은 그저 재미로 생각한다는 점을 말이다.

03   소크라테스도 마부의 지위를 가졌음을 증명하는 데는 그가 전례를 찾아볼 수 없는 삶의 전형, **이론적 인간**의 전형임을 확인하는 것으로 충분하다. 그 의미와 목적을 파악하는 것이 우리의 다음 과제이다. 현재의 기쁨으로 염세주의의 실천 윤리로부터, 오로지 어둠 속에서만 빛나는 륑케우스[6]의 눈으로부터 자신을 지키는 예술가처럼 이론적 인간도

---

4   『파이드로스』 246a 이하. 〈영혼은 날개 달린 한 쌍의 말과 마부가 합쳐져서 이루어진 능력과 같다고 해보세. 그런데 신들의 말들이나 마부들은 모두 좋고 좋은 혈통에서 태어났지만 다른 것들의 경우에는 뒤섞여 있네.〉

5   『일리아스』 제21권 299행 이하. 〈한편 아킬레우스는 신들의 명령에 크게 고무되어 들판으로 내달았다. 온 들판은 홍수로 가득 차고 죽어 간 젊은이들의 아름다운 무구들과 시신들이 수없이 떠다녔다. 그러나 그가 강물을 향해 내달았을 때 그의 무릎은 위로 뛰어올랐고, 넓게 흘러가는 하신도 그를 제지하지 못했다.〉

6   아폴로니오스Apollonios, 『아르고호 이야기』(강대진 옮김, 작은이야기, 2006) 제1권 153행 이하. 〈그런데 륑케우스는 날카로운 눈으로 매우 뛰어났다. 만일 저 사람이 땅속 저 아래까지 쉽사리 분간한다는 소문이 사실이라면.〉『파우스트』 2, 11306행 이하. 〈얼마나 무시무시한 공포가 저 암흑의 세계에서 나를 엄습하는가!〉

현재에 가없는 기쁨을 얻는다.[7] 예술가는 진리를 감추는 너울을 벗겨 내어도 여전히 너울로 가려 있는 지금을 늘 황홀한 눈으로 기뻐하며, 이론적 인간은 너울이 벗겨짐에 기뻐하며 제 힘으로 성취해 가는 달콤한 벗겨 냄의 현재적 진행에서 지고의 기쁨을 찾는다. 만약 학문에 있어 오로지 벌거벗은 하나의 진리만이 중요했다면 학문이란 존재하지 않았을 것이다. 만약 그랬다면 학문을 좇던 젊은이들은 틀림없이 지구를 관통하고자 했던 사람들이 느낀 것과 비슷한 기분을 느꼈을 것이다. 최선을 다한 평생의 노고로도 무시무시한 깊이의 구멍 가운데 겨우 작은 한 토막만을 파낼 수 있을 뿐임을 깨달은 상황에서, 그나마 작은 한 토막도 바로 눈앞에서 후임자의 작업에 의해 도로 메워질 뿐임을 알게 된 상황에서, 후임의 후임자는 차라리 자신의 힘으로 새로운 자리를 찾는 것이 좋을 것 같은 상황에서, 어떤 사람이 매우 설득력 있게 이렇게 직선으로 땅을 파낸다고 지구 반대편에 도달할 수 있는 것은 아니라고 증명했다고 할 때 누가 옛사람이 파놓은 구멍에서 계속 일하려 하겠는가? 만약 그사이 자연법칙이라는 보석을 파내는 데 만족한 경우라면 몰라도 아무도 거기에 매달리지 않았을 것이다. 정직한 이론적 인간이었던 레싱이 과감하게 진술했던바 그는 진리 자체보다

---

7 아리스토텔레스, 『니코마코스 윤리학』(이창우, 김재홍, 강상진 옮김, 이제이북스, 2006) 제10권 7장 1177a25 이하. 〈여하튼 지혜에 대한 사랑, 즉 철학은 그 순수성이나 견실성에서 놀랄 만한 즐거움을 가지고 있는 것 같다. 물론 앎을 가지고 있는 사람이 앎을 추구하는 사람보다 그러한 관조에서 더 즐겁게 삶을 영위하는 것이라는 점은 당연하다.〉

는 진리를 찾는 과정에 더욱 큰 관심이 있었다.[8] 이로써 학계
가 경악할 일이, 아니 분노할 일이 벌어진바 학문의 비밀이
백일하에 드러났던 것이다. 지나치게 용감한 것이 아니라면
지나치게 정직한 저 견해 옆에는 소크라테스를 필두로 세상
에 처음 모습을 드러낸 심오한 **광기**가 서 있다. 사유는 인과
성의 계단을 따라 존재의 심연에 다다를 수 있으며 사유는
존재를 인식할 수 있을 뿐만 아니라 존재를 **바로잡을 수 있
다**는 추호의 흔들림 없는 믿음이 바로 그것이다. 학문적 본
능과 함께 부여된 숭고한 형이상학적 광기는 늘 학문을 한
계점으로 거듭해서 이끌었으며 한계에 이르러 학문은 **예술**
로 변모할 수밖에 없었다. **예술이야말로 본래 그 과정에서
학문이 목적하던 바였다.**

04   이런 생각의 불을 밝히고 소크라테스를 살펴보면 그는 학
문적 본능에 따라 살았을 뿐만 아니라 — 훨씬 더 중요한
것인바 — 죽을 수도 있었던 첫 번째 인물이다. 그러므로 지
식과 인과를 통해 죽음의 공포에서 벗어난 **소크라테스가**

---

8 레싱, 『제2차 변론*Eine Duplik*』(Braunschweig, 1778) 10면 이하.
〈어떤 사람이 소유하고 있거나 혹은 소유하고 있다고 믿고 있는 진리가 아
니라, 그 사람이 진리에 이르기 위해 쏟아부은 수고가 인간의 가치다. 왜냐
하면 진리의 소유를 통해서가 아니라 진리의 탐구를 통해서 인간의 역량은
확장되기 때문인데 이런 확장 가운데 계속해서 성장하는 인간의 완전성이
존재한다. 소유는 휴지이며 태만이며 오만이다 — 만약 하느님께서 오른편
에 진리를, 왼편에 (계속해서 영원히 방황케 할지도 모를 일이지만) 진리를
향한 넘치는 충동을 놓으시고 내게 말씀하시되《하나를 선택하라!》하시면
나는 겸허히 그분의 왼쪽으로 나아가,《하느님, 아버지. 이것을 주십시오.
온전한 진리는 오로지 아버님께만 있을 것입니다!》라고 말씀드릴 것이다.〉

영면하는 그림[9]은 학문의 성전으로 들어가는 입구에서 학문의 목적을 만인에게 상기시킨다. 학문이란 삶을 인식 가능한 것으로, 또 그런 이유에서 정당화된 것으로 보이게 만드는 일이다. 이를 위해 근거가 충분하지 않으면 종국에는 조금 전에 내가 심지어 학문의 필연적 결과이자 학문의 목적이라고 규정한바 **신화**까지도 사용해야 했다.

05　　한번 생각해 보자. 학문의 사제 소크라테스 이후 철학 학파들이 하나둘씩 생겨나 물밀듯이 몰아닥쳤고[10] 전혀 예상치 못할 정도로 지식욕이 광범위하게 학문 세계에 퍼졌고 학문은 모든 재능 있는 사람들이 맡아야 할 본연의 임무가 되었고 학문은 먼바다로 나아갔고 학문을 이후 다시는 바다에서 몰아낼 수 없었고 광범위한 지식욕 덕분에 비로소 사유의 연계 그물이 널리 지구 전체에까지 전개되었고 마침내 태양계 전체의 법칙성을 조망하기에 이르렀나니, 오늘날 놀라울 정도로 축적된 지식의 피라미드를 포함하여 모든 것을 머릿속에 떠올려 보자. 그러면 소크라테스가 그 전환점

9　제13장 말미에 인용된 『파이돈』을 보라.

10　키케로, 『연설가에 관하여』 제3권 61이하. 〈많은 사람들이 자신들의 기원을 소크라테스로 잡는다. [……] 모든 철학자들은 여전히 소크라테스의 후예라고 불리길 원했으며 실제로 그렇게 믿었다.〉 플라톤은 그의 후계자 크세노크라테스와 더불어 아카데미아 학파를 창설하였으며, 플라톤에서 갈라져 나온 아리스토텔레스는 소요학파를 이루었다. 또 안티스테네스는 견유학파를 창설하였고 제논에 이르러 스토아학파로 이어졌다. 아리스토포스는 퀴레네학파를 창설하였는데 에피쿠로스에 이르러 에피쿠로스학파로 이어졌다. 그밖에 여러 학파들이 스스로 소크라테스를 계승한다고 자처했다.

이었으며 소위 세계사의 중심이었음을 알게 될 것이다. 이러한 세계적 경향에 사용된 도저히 가늠할 수 없을 만큼 엄청난 힘이 인식을 위해서가 **아니라** 개인과 민족의 실천적, 즉 이기적 목적을 위해 사용되었더라면 아마도 학살이 만연하고 끝임없이 민족 이동이 이어지고 삶을 향한 본능적 소망은 약화되었을지도 모를 일이다. 그 결과로 자살이 일상화된 가운데 개인은 피지 섬의 원주민처럼 아들로서 자신의 부모를, 친구로서 자신의 친구를 목 졸라 죽이면서 아마도 마지막 남은 책임감을 느껴야 했을지도 모른다.[11] 연민에 의한 민족 학살이라는 끔찍한 도덕을 만들어 낼 법한 실천적 염세주의는 과거에도 만연했고 지금 세상 곳곳에 만연하는 바 예술이 어떤 형태로든, 특히 종교와 학문의 형태로 등장하여 그런 질병의 숨결을 막아 내고 치료하지 못했던 곳에서는 그러했다.

06   이런 실천적 염세주의와 비교할 때 소크라테스는 이론적 낙관주의의 전형이다. 그는 설명했던바 사물의 본성을 해명할 수 있다는 믿음을 가지고 지식과 인식에 만병통치의 능력을 부여했으며 오류를 악덕 자체로 규정했다. 사물의 근거를 밝히고 가상과 오류로부터 참된 인식을 구별하는 것이야말로 소크라테스적 인간에게는 가장 고귀하고 유일무이

11   피지 섬의 원주민들에 대한 보고는 예를 들어 인류학 관련 주간지였던 『Das Ausland』에 1848년 1월 15일 자로 실린 「피지 섬에서의 부모 살해」라는 기사가 있다. 이 기사는 미합중국이 1838년에서 1842년까지 태평양 연안과 그 도서를 조사한 소위 〈United States Exploring Expedition〉의 보고를 번역한 것이었다.

하며 참된 소명으로 생각되었다. 개념과 판단과 추론의 작동 원리는 소크라테스로부터 시작하여 가장 위대한 활동으로, 어떤 다른 능력보다 훌륭한 천부의 재능으로 평가되었다. 소크라테스와 오늘도 그를 따르는 추종자들은 가장 숭고한 윤리적 행동들뿐만 아니라 동정과 헌신과 영웅주의 등의 촉발 그리고 도달하기 어려운 영혼의 고요(이를 아폴론적 희랍인은 절제[12]라고 불렀다) 등을 지식의 문답 논증[13]으로부터 도출했으며 이것들을 가르쳐질 수 있는 것이라고 이름 붙였다. 소크라테스적 인식 자체가 가져다주는 쾌락을 맛본 사람, 이런 쾌락은 현상계 전체를 장악하려는 동안 점점 더 커진다는 것을 감지한 사람에게 그 순간 삶을 갈구하게 만드는 이보다 강렬한 자극은 없을 것이며 정복을 완성하고 인식의 그물망을 촘촘히 짜보려는 욕구를 느낄 것이다. 이런 욕구로 달아오른 사람에게 이제 플라톤의 소크라테스는 〈희랍적 명랑성〉과 삶이 주는 환희의 완전히 새로운 형태를 가르치는 선생으로 보인다. 이러한 명랑성과 환희는 행위 가운데 분출되는바 대부분은 천재의 출산을 종국의 목적으로 삼은 산파술에서, 고귀한 청년들을 대상으로 행해진

---

12 플라톤, 『국가』 제4권 430e 이하. 〈절제는 어떤 의미에서 일종의 질서이며, 특정 쾌락과 욕구의 억제일세.〉

13 크세노폰, 『소크라테스의 회상』 4, 5, 11 이하. 〈오로지 절제 있는 사람들만이 사물들 가운데 진실로 좋은 것을 고찰하는바 그들의 숙고와 행동에 있어 사물들을 종류별로 따져 묻고 구별한 이후 좋은 것을 우선시하고 나쁜 것은 멀리한다. 그리하여 이렇게 문답 논증에 가장 탁월한 사람들(διαλεκτικωτάτους)이 가장 행복하고 훌륭한 사람들이 될 것이다.〉

교육적 산파술[14]에서 분출된다.

07   학문은 빠르게 움직이며 광적 흥분에 자극받아 학문이 다다를 수 있는 마지막 한계를 향해 멈추지 않는다. 한계에 이르러 논리적 인식에 은밀히 깃들었던 과학적 낙관주의는 좌절한다. 왜냐하면 학문의 원주는 무한히 많은 점들을 포함하고 있어 실로 점들을 그렇게 빨리 완벽하게 헤아리라고는 생각지 못했건만 고귀하고 재능을 가진 젊은이가 삶의 중반에 접어들기 전에 불가피하게 원주의 끝에 도달하여 더 이상 측정할 수 없는 것을 응시하게 되었기 때문이다. 그는 논리가 한계점에 이르러 제 스스로 배배 꼬이며 마침내 제 꼬리를 깨무는 것을 놀라 바라본다. 그때 인식의 새로운 형식인 **비극적 인식**이 생겨나며 비극적 인식은 그저 견딜 수 있기 위해서라도 피난처와 치료제로서의 예술을 필요로 한다.

08   강력하게 빛나며 활기를 띠던 희랍 인민의 눈으로 우리 주변을 둘러 소용돌이치는 세계의 가장 높은 곳을 바라보자. 그러면 우리는 소크라테스에게서 전형적으로 나타났던 바 만족을 모르는 낙관주의적 인식 욕구가 비극적 체념과 예술의 갈증으로 급전되는 것을 관찰할 수 있다. 물론 낮은 수준에서 이런 욕구는 예술에 적대적이며 특히 디오뉘소스적-비극적 예술을 진정으로 기피한다. 아이스퀼로스적 비극에 대하여 소크라테스주의가 펼쳤던 공격에서 그 예를 찾

14   플라톤, 『테아이테토스』149a 이하에서 소크라테스는 자신의 기술을 산파술에 비유하여, 정신적으로 임신한 젊은이들이 자신과의 문답을 통해 어떤 인식을 낳게 만드는 기술이라고 설명하였다.

을 수 있다.

09   설레는 마음으로 우리는 현재와 미래를 향해 문을 두드린다. 과연 이러한 〈변화〉가 천재의 새로운 탈바꿈, **음악 하는 소크라테스**를 이끌어 낼 것인가? 삶에 넓게 펼쳐진 예술의 그물망은, 종교라고 불리든 학문이라고 불리든, 점점 더 촘촘하고 섬세하게 짜일 것인가? 아니면 〈현재〉의 야만적 소용돌이 아래 갈기갈기 찢길 운명인가? 걱정스럽게, 그러나 희망을 버리지 않으며 우리는 잠시 비켜서 있다. 거대한 싸움과 변화의 증인이 될 것을 허락받은 구경꾼으로 말이다. 그러나 보라! 이 싸움을 지켜보는 사람 또한 싸움에 끼어들 수밖에 없는 것이 이 싸움의 신비로다.

제16장

01   이제까지 설명한 역사적 실례를 통해 우리는 다음을 분명
히 밝히려고 시도했다. 비극은 오로지 음악 정신으로부터
생겨날 수 있었으며 그런 만큼 음악 정신이 결핍되자 기필
코 소멸하게 되었다. 이런 주장이 야기한 당혹감을 해소하
고 이런 통찰이 시작된 연원을 설명하기 위해 우리는 오늘
날 볼 수 있는 유사한 현상들을 자유롭게 살펴보고자 한다.
채워지지 않는 낙관주의적 인식과 예술의 비극적 갈구, 우
리는 지금 이 세계의 가장 높은 곳에서 이 둘이 벌이는 싸움
의 한복판으로 들어가야만 한다. 어느 시대를 막론하고 예
술, 특히 비극에 적대적으로 결사 항쟁하는 본능들은 있었
으며, 오늘날도 이런 적대적 본능들의 성공적 항쟁에 좌초되
어 극예술 가운데 예를 들어 소극과 발레가 유일하게 어느
정도 성장했을 뿐이며 그나마도 모든 사람들에게 각광받는
것도 아니다. 이 적대적 본능들 모두를 다루지는 않을 것이
며 다만 나는 비극적 세계관에 맞선 **최고의 적대자**에 관해

서만 언급하고자 한다. 내가 염두에 두고 있는 것은 골수까지 낙관주의적인 학문, 소크라테스를 시조로 모시는 학문이다. 그리고 그와 함께 내가 보기에는 **비극의 부활** — 그리고 그 밖에 독일을 위해 참으로 복된 희망들 — 을 보장하는 힘들을 또한 조목조목 언급할 것이다.

02   싸움의 한복판으로 돌격하기에 앞서 우리는 이제까지 획득한 통찰로써 우리 자신을 무장한다. 모든 예술 작품이 발생하는 생명의 샘으로 오로지 단 하나의 원리를 상정하고 이로부터 예술을 설명하려고 혈안이 된 사람들 모두와 달리 나는 희랍 인민이 섬겼던 두 명의 예술 신, 아폴론과 디오뉘소스에 주목했으며, 이들 신이야말로 깊은 본질이나 높은 목적에 있어 서로 상이한 **두 개의** 예술 세계를 생생하게 드러내는 대표자임을 깨달았다. 개별화의 원리를 수호하는 변용의 신으로 아폴론이 내 앞에 서 있다. 그의 힘을 빌려서만이 가상을 통한 구원에 참으로 도달할 수 있다. 반면 디오뉘소스를 외치는 신비의 함성 아래 개별자의 속박이 깨어지고 존재의 어미들,[1] 사물의 본질적 핵심에 이르는 길이 활짝 열린다.

1 『파우스트』 2, 6427행 이하 파우스트의 대사. 〈나 그대들 이름으로 행하노라, 어머니들이여. 끝없는 곳에 좌정하여 영원히 고적하게 지내지만, 그대로 한곳에 모여 살아가는 그대들이여, 그대들의 머리 위에는 생명의 형상들이 생명 없이 움직이며 떠돌고 있도다. 그 옛날 언젠가 온갖 광채와 가상(假象) 속에 존재했던 것이, 거기서 움직이고 있으니, 그것은 영원하기를 원하기 때문이다. 전능의 위력을 지닌 그대들은 그것을 나누어서 대낮의 천막으로, 밤의 지붕 밑으로 보내고 있도다. 어떤 자는 즐거운 인생 행로를 잡을 것이고, 어떤 자는 대담한 마술사를 찾아가리라. 마술사는 자신만만하게 누구나 소망하는 것을, 그 기적 같은 일들을 아낌없이 보여 주리라.〉

아폴론으로 대표되는 조형 예술과 디오뉘소스로 대표되는 음악 예술이 서로 갈라지며 만들어 낸 거대한 분열을 그렇게 많은 위대한 사상가들 중에서 오로지 단 한 사람만이 포착했다. 희랍의 신을 상징으로 동원하지 않았지만 그는 음악이 여타의 다른 예술들과는 상이한 성격과 근원을 갖는다는 것을 포착했다. 그는 음악이 다른 예술들처럼 현상의 모사가 아니라 의지 자체의 모사이며, **물리적 자연계가 아니라 형이상학적인 것**을, 현상들이 아니라 물자체를 표현한다고 생각했던 것이다(『의지와 표상으로의 세계』 제1권 310면). 모든 미학적 통찰 중에서 가장 탁월한 이러한 통찰 — 미학은 진정한 의미에서 이런 인식에서 비로소 출발했다 — 에 리하르트 바그너는 확인 도장을 찍어 이것이 만고의 진리임을 명시했다. 바그너는 『베토벤』에서 음악은 여타의 조형 예술과는 전혀 다른 미학 원리에 따르며, 음악을 아름다움이라는 판단 기준에 따라 평가해서는 안 된다는 의견을 분명히 했던 것이다. 그에 따르면 미학이 길을 잘못 들면 오도되고 타락한 예술과 손잡고 아름다움이라는 조형 예술에서나 어울리는 개념을 가지고 조형 예술에서와 유사한 결과를, 그러니까 **아름다운 형상을 보고 기뻐함**과 같은 감정을 야기하도록 음악 예술에게도 요구한다는 것이다. 이런 커다란 모순을 접했을 때 나는 희랍 비극의 본질과 그 희랍 수호신이 전해 주는 심오한 계시를 설명해 보아야겠다는 절실함을 갖게 되었다. 왜냐하면 그때에 나는 비로소 오늘날 유행하는 미학이 구사하는 문장을 극복하고 비극의 근본 문제를 생생하게 파악할 수 있는 마술을 익히게 되었다고 생각했기 때문이다. 그때에 나는 희랍적인 것을 포착하는 기회를 가졌는데 그것이 어찌나 독특하고 새로운 것이었던지, 거만하게 자세하던 고전 희랍 학자들이 실제로는 여태껏 단지 그림자극 같은 피상적인 것에 즐거워했다는 인상을 갖지 않을 수 없었다.

03 우리는 비극의 근본 문제를 다음의 질문으로부터 다루기를 원한다. 그 자체로는 서로 나뉘어 있는 예술적 힘인바 아폴론적인 것과 디오뉘소스적인 것이 나란히 작용한다면 어떤 미학적 결과가 발생할까? 아니 좀 더 짧게 말해 음악은 그림이나 개념에 어떤 관계를 갖는가? 리하르트 바그너는 쇼펜하우어가 바로 이 문제를 무엇보다 명료하고 분명하게 설명하고 있다고 감탄한바 나는 여기서 쇼펜하우어의 상세한 설명 전체를 길게 인용하고자 한다. 『의지와 표상으로의 세계』 제1권 309면. 〈모든 것을 종합해 보면 현상계 내지 자연을 그리고 음악을 동일한 사물의 서로 다른 두 가지 표현이라 할 수 있다. 그 사물은 둘 사이의 유사성을 확인시켜 주는 유일한 매개체다. 여기서 둘의 유사성을 탐구하기 위해 매개체에 대한 고찰이 요구된다. 음악을 세계의 표현 수단이라 한다면 음악은 고도의 보편 언어라고 하겠는바 음악의 보편성은 개념의 보편성이 개별자를 아우르듯 개념을 아우른다. 음악적 보편성은 공허한 추상의 보편성과는 전혀 다른 것이며 아주 분명한 규정성이다. 음악적 보편성은 이런 점에서 기하학적 도형이나 숫자와 닮았다. 기하학적 도

형이나 숫자로 말하면 이것들은 경험계에서 접할 수 있는 모든 가능한 대상에 보편적인 형태이며 모든 선험적인 것에 적용할 수 있지만 결코 추상적이지 않고 오히려 구상적으로 분명한 규정성을 지닌다. 의지의 모든 가능한 지향－발기－표현, 즉 인간의 내면에 흐르는 모든 것, 이성이 상당히 넓게 부정적으로 단지 감정이라고 규정하는 것은 무한히 가능한 많은 선율로써 질료 없이 그저 보편적 형식으로, 어떤 현상에 따르지 않고 그저 그 자체로, 육체 없이 심오한 영혼으로 표현될 수 있다. 음악이 모든 사물의 참된 본질에 대하여 갖는 내적인 관계로부터 다음의 사실들이 또한 해명될 수 있다. 즉 어느 한 장면에, 어떤 한 행동에, 어떤 한 사건에, 어떤 특별한 분위기에 맞는 음악이 울려 나올 때 음악은 그 장면, 행동, 사건, 분위기가 가진 매우 은밀한 의미를 누설하는 듯 보이며 거기에 매우 정확하고 분명한 주석을 붙인다. 또한 교향곡에 완전히 몰입하여 이를 감상하는 사람에게는 ─ 물론 그가 제정신을 차리면 그는 음악적 유희와, 눈앞에 떠다녔던 사물들과의 유사성을 제시할 수 없지만 ─ 마치 삶과 세계의 모든 가능한 사건들이 눈앞을 스쳐 지나가는 듯 하다. 왜냐하면 음악은 앞서 말했듯이 다음과 같은 점에서 모든 다른 예술과는 다르기 때문이다. 즉 음악은 현상의 모방이 아니며, 아니 보다 정확히 말하면 의식의 상관물이 아니며, 의지 그 자체의 직접적 모방이며 따라서 모든 물리적 자연계 대신 형이상학적인 것을, 모든 현상 대신 물자체를 표현한다는 것이다. 이제 세계는 육화된 음악과 육화된 의지라 이름 붙일 수 있다. 이로써 어떻게 음악이 모든 회화, 그러니까 실제 삶과 세계에서 볼 수 있는 흔한 장면들을 한층 의미심장하게 만들어 주는가가 설명된다. 음악의 선율이 현상의 내적 정신에 가까우면 가까울수록 현상은 한층 더 의미심장해진다. 이런 이유에서 사람들은 시에 음악을 붙여 가곡을 만들고 또는 구상적 묘사에 음악을 붙여 무언극을 만들고 또는 시와 구상적 묘사에 음악을 붙여 오페라를 만드는 것이다. 그러나 인간 삶의 각 영상들에 음악이라는 보편적 언어가 붙여질 경우 그것은 물론 결코 필연적 결합은 아니다. 각 영상들은 음악에 대하여 다만 특수한 예증이 보편 개념에 대하여 갖는 관계 정도만을 가질 뿐이다. 각 영상들은 현실적 규정성을 통해 음악이 순수 형식의 보편성으로 지시한 것을 표현한다. 왜냐하면 선율은 말하자면 보편적 개념과 마찬가지로 현실의 추상이기 때문이다. 현실, 즉 개별자의 세계는 개념이라는 보편성뿐만 아니라 선율이라는 보편성에도 구상적인 것, 특수하고 개별적인 것, 특수 경우를 제공한다. 그런데 이 두 보편성은 어떤 측면에서 서로 대립하고 있다. 개념은 무엇보다 구상적인 것을 덜어 낸 형식, 흡사 사물에서 벗겨 낸 껍질 같은 것, 완전한 추상인 반면 음악은 모든 외형에 선행하는 내적 핵심 혹은 사물의 심장을 제공한다. 이런 사태를 스콜라 철학의 언어로써 정확히 표현할 수 있다. 이에 따르면 개념은 개별 이후의 보편이며, 음악은 개별 이전의 보편이며, 현실은 개별 안의 보편이다. 음악의 작곡과 구상적 묘사 사이에 일정한 관계가 가능하다는 사실은 앞서 말했다시피 양자가 세계의 동일한 내적 본질을 표현하는 전혀 다른 표현 방식이라는 사실에 기인한다. 개별의 경우에 작곡가가 그 핵심인 의지의 발기를 음악이라는 보편적 언어로 말할 수 있을 때 가곡의 선율이나 오페라의 음악은 풍부한 표현력을 갖는다. 작곡가가 발굴한 의지와 음악의 유사성은 작곡가의 합리적 판단이 아니라 세계의 본질에 관한 그의 직관에서 출발하는바 의식된 목적과 개념에 의해 매개된 모방이 아니다. 만약 그렇지 않다면 음악은 내적 본질, 의지 자체를 표현하지 못할 것이며 다만 의지의 현상만을 불충분하게 모방할 뿐일 것이다. 이런 것이야말로 거짓된 음악이 하는 짓이다.〉

04   쇼펜하우어의 철학에 따라 우리는 음악을 곧 의지의 언어라고 직접적으로 이해한다. 우리는 우리에게 말을 걸고 있으며 눈에 보이지는 않으나 살아 움직이는 정신세계를 형상화하고 비유적으로 구체화하는 환영이 우리 앞에 일렁인다고 느낀다. 진정으로 상응하는 음악이 전개될 때 영상과 개념은 보다 높은 의미를 획득한다. 디오뉘소스적 예술은 아폴론적 예술에 두 가지 영향을 행사하곤 한다. 음악은 디오뉘소스적 보편성의 **비유적 관조**를 자극하는 한편, 비유적 **영상이 가장 높은 의미**를 갖고 등장하도록 만든다. 이와 같이 그 자체로 더 이상의 고찰이 필요 없이 분명한 사태로부터 나는 음악의 힘을 다음과 같다고 결론 내린다. 음악은 의미심장한 예증이라 할 **신화**, 무엇보다 **비극적** 신화를 창출하는 힘, 디오뉘소스적 인식을 비유적으로 이야기하는 신화

를 창출하는 힘이다. 서정시인이라는 현상을 설명하면서 나는 음악이 서정시인을 통해 자신의 본질을 아폴론적 영상으로 드러낸다고 말했다. 이제 만약 최상의 음악이 최상의 영상에 도달해야 한다고 우리가 생각한다면 우리는 또한 음악이 자신의 디오뉘소스적 진리를 드러낼 상징적 표현을 찾을 줄도 안다고 여겨야 한다. 비극에서가 아니라면 그리고 **비극적**이라는 개념 일반에서가 아니라면 도대체 어디에서 그 상징적 표현을 찾을 수 있겠는가?

05   예술을 가상과 아름다움이라는 단일한 범주로써 이해하려 한다면 솔직히 말해 이로부터 비극적인 것을 설명하는 것은 불가능하다. 음악의 정신으로부터 비로소 우리는 개별자 파괴의 즐거움을 이해하게 되었다. 이런 파괴를 예증하는 몇 가지 예에서 디오뉘소스적 예술은 개별성의 원리 뒤에 놓인 전능한 의지를, 모든 현상 너머에 모든 파괴를 극복하는 영원한 삶을 표현한다는 점이 분명해진다. 비극적인 것이 주는 형이상학적 즐거움은 본능적이고 무의식적인 디오뉘소스적 지혜를 영상의 언어로 번역하는 데 있다. 영웅, 의지의 최고 담지자는 우리의 즐거움을 위해 파멸된다. 그는 그저 현상일 뿐이며 의지의 영원한 삶은 영웅이 파멸된다 하더라도 전혀 손상을 입지 않는다. 〈우리는 영생을 믿는다〉고 비극은 외친다. 이때 음악은 영원한 삶의 직접적 이념이다. 조형 예술은 다른 목적을 갖는바 조형 예술에 있어 아폴론은 **현상의 영원성**을 아름답게 찬미함으로써 개별자의 고통을 구원하며 이때 아름다움은 삶에 눌어붙은 고통을

극복하고 이러한 예술적 본능을 통해 고통은 어느 정도 사라지게 된다. 디오뉘소스적 예술과 그 비극적 상징을 통해 또한 예술적 본능은 우리에게 진실되고 거짓 없는 목소리로 말을 건넨다. 〈너희들도 나처럼 되어라! 나는 현상의 부단한 변화 가운데에서도 계속해서 창조적이며, 계속해서 삶을 살게 하며, 현상의 이런 변화 가운데에서도 계속해서 스스로 만족하는 근원적 모성이로다.〉

제17장

01   디오뉘소스의 예술 또한 우리에게 삶의 영원한 쾌락을 설득하고자 한다. 이런 쾌락을 현상에서가 아니라 현상의 배후에서 찾아야 한다고, 태어난 모든 것은 이미 고통스러운 죽음을 피할 수 없고 따라서 개별자에게 닥쳐온 공포를 보지 않을 수 없다고, 하지만 그렇다고 얼어붙을 필요는 없다고, 형이상학적 위안이 우리를 이런 떠돌이 삶에서 순간이나마 끄집어낸다고. 우리는 참으로 짧은 순간이나마 근원적 존재 자체가 되어 그 주체할 수 없는 삶의 욕구와 삶의 쾌락을 체험한다. 삶을 향해 치열하게 돌진하는 무수한 존재 형식들의 과잉 속에서, 세계 의지의 넘치는 다산성 가운데 이제 현상들의 투쟁과 고통과 파멸은 우리에게 필연적인 것으로 생각된다. 이런 고통의 끔찍한 가시 바늘이 우리를 관통하는 바로 그 순간 우리는 삶이 주는 무한한 근원적 쾌락과 하나가 되며, 바로 그 순간 디오뉘소스적 환희에 젖어 쾌락의 불멸성과 영원성을 예감한다. 공포

와 연민[1]에도 불구하고 우리는 행복하게 살아 있는 존재이며 개별자가 아니라 성적 쾌락으로 **하나가 된** 생명이다.

02   희랍 비극의 탄생 역사가 지금 명백히 말해 주는바 희랍 비극은 실로 음악 정신으로부터 출현했다. 이를 통해 최초로 비극 합창대가 가진 원초적이며 놀라운 의미를 제대로 밝혀냈다고 우리는 믿는다. 동시에 희랍 철학자들은 물론이고 희랍 시인들조차 단 한 번도 정확하게 비극 신화가 가진 의미를 파악한 적이 없음을 말해 두어야 한다. 비극 주인공들의 대사는 그들의 행동보다 피상적이어서 그들이 내뱉는 대사는 신화의 적합한 상관물이 되지 못한다. 장면들의 연결과 직관적 영상들은 시인 자신이 언어와 개념으로 포착할 수 있는 것보다 깊은 지혜를 계시한다. 셰익스피어에서도 이와 유사한 것이 관찰된다. 예를 들어 햄릿 역시 행동보다 대사에 있어 몹시 피상적이기 때문에 우리는 대사가 아니라 전체에 대한 관조와 조망으로부터 예전에 언급한 햄릿의 가르침을 찾아낼 수 있다. 우리가 그저 대사뿐인 극으로 만나게 되는 희랍 비극과 관련하여 내가 암시한바 신화와 대사의 불일치는 우리를 쉽사리 오도하여 비극을 실제보다 평면적이고 무의미한 것으로 생각하도록 만들며, 그래서 고대의 증언에 나타난 것보다 피상적인 효과를 전제하게 만든다. 언어로만 창작하는 시인은 신화의 숭고한 정신과 이상을 성취하는 일에 성공하지 못하지만 창조적 음악가로서의

1   아리스토텔레스, 『시학』 1449b25. 〈비극은 [……] 연민과 공포를 환기시키는 사건에 의하여 바로 이러한 감정의 카타르시스를 행한다.〉

시인은 성공할 수 있었다는 것을 사람들은 어찌 그렇게 쉽게 잊어버리는지! 우리는 음악적 효과의 우세를 학적 방식으로 재구성해야만 한다. 그렇게 되면 진정 비극에 고유한 것임에 틀림없는, 무엇과도 비교할 수 없는 위안을 얻게 될 것이다. 그러나 이런 음악적 지배는 우리가 희랍인일 때만 있는 그대로 체험할 수 있을 터, 우리는 그저 희랍 음악이 펼쳐지는 동안 내내 — 우리가 잘 알고 있고 익숙한 무한히 풍성한 음악과는 달리 — 약동하는 힘을 수줍은 듯 감추고 있는 음악적 천재의 초년작을 듣는 기분을 느끼게 된다. 이집트 사제들이 말하는 것처럼 희랍 인민은 영원한 유년으로[2] 비극적 예술에 있어서도 그들은 유년을 벗어나지 못했고, 그래서 그들은 자신들의 손에서 어떤 숭고한 장난감이 만들어지고 파괴되었는지를 모르고 있었다.

03   음악 정신이 영상과 신화를 통해 스스로를 계시하고자 서정시의 시작에서 아티카 비극에 이르기까지 이어온 투쟁은 절정에 이르는가 싶더니 갑자기 끝나 버렸다. 동시에 비극은 희랍 예술에서 사라졌다. 이런 투쟁에서 태어난 디오뉘소스적 세계관은 비교(秘敎)를 통해 생명을 부지했으며 변신과 변종을 거듭하면서도 중요한 본성 자체는 잃지 않았다. 디오뉘소스적 세계관이 언젠가는 다시 비교의 심연으로부터 예술로 부활하지 않을까?

2   플라톤, 『티마이오스』(박종현·김영균 옮김, 서광사, 2000) 22b. 〈그러자 성직자들 중에서 매우 연로하신 분께서 《아, 솔론, 솔론! 당신들 헬라스인들은 언제나 아이들이고, 연로한 헬라스인이라곤 없구려》라고 말씀하셨다오.〉

04   비극을 파괴시킨 힘은 과연 비극과 비극적 세계관의 예술
적 부활을 언제까지나 가로막을 만큼 충분히 힘을 유지하고
있는가라는 물음이 이제 우리 앞에 있다. 고대 비극이 앎을
향한 그리고 학문적 낙관주의를 향한 철학적 추동으로 인
해 사라지게 되었다면 이러한 사태로부터 **과학적 세계관**과
비극적 세계관 사이의 영원한 투쟁을 추론할 수 있을지도
모른다. 과학 정신이 한계에 봉착하고 한계를 드러냄으로써
보편타당성을 더 이상 주장할 수 없게 된 후라면 드디어 비
극의 부활을 희망할 수 있을지 모른다. 이렇게 부활한 문화
형태를 **음악 하는 소크라테스**라는 비유로써 설명해야 하지
않을까? 이런 양자의 대립 가운데 나는 과학 정신이란 것이
소크라테스라는 인물을 통해 처음으로 세상에 드러난 신앙
으로서 자연의 규명 가능성에 대한 그리고 앎의 보편 치유
력에 대한 신앙이라고 이해하게 되었다.

05   끈질기게 앞으로 돌진하던 과학 정신이 초래한 결과를 상
기해 보면 과학 정신에 의해 **신화**는 파괴되었으며 신화 파
괴에 의해 문학은 본래의 자연적이며 이상적 토양을 상실하
여 이제 실향민으로 전락하고 말았던 것이다. 신화를 다시
한 번 낳을 수 있는 힘을 음악에 부여함이 옳다면 우리는 더
불어 과학 정신이 음악이라는 신화 창조의 힘과 적대적으
로 한창 대적하던 곳을 추적해 보아야 할 것이다. 그것은 **새
로운 아티카 디튀람보스**가 생겨날 때에 발생한 일로 음악
은 더 이상 내적 본질, 다시 말해 의지 그 자체를 들려주지
못했으며 다만 개념을 통한 모방에 힘입어 현상을 불충분하

게 재현할 뿐이었다. 진정한 음악본성들은 내적으로 왜곡된 이런 음악으로부터 등을 돌린바 소크라테스의 음악 파괴적 경향에 대해 가졌던 것과 똑같은 염증을 느꼈던 것이다. 똑같은 증오심으로 아리스토파네스의 확고한 본능이 소크라테스와 에우리피데스 비극과 새로운 디튀람보스 시인들의 음악을 하나로 묶어 이 세 가지 현상을 쇠락의 표증으로 삼은 것은 참으로 옳았다. 새로운 디튀람보스는 음악을 예를 들어 전투나 격랑 등의 현상을 흉내 내는 모사품으로 부당하게 전락시켜 버렸으며 이로써 음악으로부터 무엇보다 신화 창조의 힘을 송두리째 빼앗아 버렸다. 만약 음악이 우리로 하여금 삶과 자연의 사건과 음악의 특정 박자 내지 소리 특성 사이의 외적인 유사성을 찾도록 강요하여, 우리 이성은 이런 유사성의 인식에 만족하고, 이것을 통해서만 음악이 우리에게 즐거움을 준다면 우리는 신화적인 것을 전혀 받아들일 수 없는 감정에 빠져 버리게 될 것이다. 신화는 무한을 응시하는 보편과 진리의 유일한 예증으로서 명료하게 지각되고자 한다. 진정한 디오뉘소스적 음악은 세계 의지의 보편적 거울로서 우리에게 다가오며, 이 거울에 굴절된 명료한 사건은 곧 우리가 느끼기에 영원한 진리의 반영으로 확장된다. 이에 반해 새로운 디튀람보스가 음화(音畵)한 사건은 곧 신화적 성격을 상실한다. 이제 음악은 현상의 부족한 모사로 변질되고 이로 인해 현상보다 무한히 빈곤해진다. 이런 빈곤으로 인해 음악은 우리가 느끼기에 현상 자체마저 깎아내리며 예를 들어 이렇게 음악적으로 모방된 전투는 이제 행진 소음과 신호 소리 등으로 가득 차고 우리의 상상력은 바로 이런 피상적인 것들에 붙들려 매이게 된다. 따라서 음악 회화는 모든 면에서 신화를 창조하는 진정한 음악적 힘과는 정반대의 것이다. 음악 회화를 통해 현상은 실제보다 더욱 빈곤해지는 데 반해 디오뉘소스적 음악을 통해 각각의 현상은 세계상으로서 풍부해지고 확장된다. 비(非)디오뉘소스적 정신은 새로운 디튀람보스를 발전시키며 음악과는 결별하고 음악을 현상의 노예로 타락시키는 위대한 승리를 성취했다. 보다 깊은 의미에서 철저히 비(非)음악적인 인물이라 불러야 마땅할 에우리피데스는 새로운 디튀람보스 음악의 열정적인 추종자가 되어 새로운 디튀람보스 음악의 온갖 효과와 기교를 도둑처럼 아끼지 않고 사용하였다.

06   다른 한편 만약 **성격 묘사**와 심리적 기교가 소포클레스 이래로 확장되는 것에 주목한다면 우리는 비디오뉘소스적 정신, 신화 적대적 정신의 힘이 거기에서 작동하고 있음을 보게 된다. 성격은 더 이상 영원한 유형으로 확장되어서는 안 되며 작위적 부차 성격과 명암 조율, 모든 선의 섬세한 규정을 통해 관객 일반이 더 이상 신화가 아니라 대단히 충실한 사태 재현과 예술가의 재현 능력만을 느끼도록 만들어야 한다는 것이다. 여기서 우리는 보편을 압도하는 현상의 승리, 마치 해부학 실험실의 표본과 같은 세부를 즐기는 취미를 발견한다. 여기서 벌써 우리는 세계 질서의 학문적 인식을 세계 질서의 예술적 반영보다 높이 평가하는 이론적 세계의 대기를 호흡한다. 섬세한 성격 묘사를 향한 움직임은

빠르게 진행되었다. 소포클레스는 성격을 대략적으로 그리고 나서 성격을 섬세하게 전개시킬 때는 신화를 사용했던 반면, 에우리피데스는 이미 상세한 특징까지 성격을 묘사하고 그 성격의 특징이 강렬한 격정 속에서 드러나게 했다. 또 아티카의 신희극에서는 오로지 경박한 노인네, 떠버리 뚜쟁이, 약삭빠른 노예같이 **단일한** 표정을 가진 가면들이 지치지도 않고 반복되었다. 신화를 창조하는 음악 정신은 어디로 사라져 버렸는가? 이제 음악 가운데 남은 것은 자극 음악이거나 아니면 회상 음악, 다시 말해 무뎌지고 닳아빠진 신경을 자극하는 수단이거나 아니면 음악 회화가 고작이었다. 전자의 경우 음악에 딸린 가사는 전혀 중요하지 않았다. 에우리피데스의 주인공이나 합창대가 노래할 때 그야말로 목불인견의 사태가 벌어지게 되었다. 하물며 그의 뻔뻔스러운 후계자들은 말해 무엇할까?

07   비(非)디오뉘소스적 정신이 무엇보다 분명히 계시된 곳은 새로운 비극의 **결말 부분**에서였다. 예전 비극에서 비극의 즐거움을 설명해 줄 형이상학적 위안이 감지되던 결말에서 말이다. 저 너머 다른 세계로부터 오는 화해의 소리가 가장 순수하게 울렸던 것은 어쩌면 『콜로노스의 오이디푸스』라고 할 수 있다. 이제 음악의 정령이 비극으로부터 사라진 때에 엄밀한 의미에서 비극은 죽었다. 그럼 도대체 어디서 형이상학적 위안을 길어 올릴 수 있을까? 이에 비극적 불협화음이라는 현실적 해결책을 구하게 되었다. 주인공은 자신의 운명에 의해 충분히 시련을 겪고 나서 화려한 결혼식

을 올리거나 신적인 예우를 받으며 합당한 보상을 받게 되었다. 주인공은 검투사가 되었다. 사람들은 용감하게 고통을 견디고 상처투성이가 된 그에게 때로 자유를 선물하기도 했다. 기계 장치의 신이 형이상학적 위안을 대신하게 되었다. 물론 그렇다고 해서 비극적 세계관이 비(非)디오뉘소스적 정신에 의해 완전히 파괴되었다고 말하려는 것은 아니다. 비극적 세계관은 예술에서 벗어나 다만 비교(秘敎)로 변질되어 지하 세계로 피신해야 했던 것이다. 반면 자기 자신을 앞서 살핀 〈희랍적 명랑성〉의 한 형태라고 선전한 비디오뉘소스적 정신의 미쳐 날뛰던 숨결은 희랍 세계의 지표면을 대부분 집어삼켰다. 하지만 그것은 다만 늙어 생산력을 잃은 삶의 욕구였을 뿐이다. 이런 희랍적 명랑성은 옛 희랍인들이 지녔던 위대한 희랍적 〈소박함〉이라고 불리던 명랑성과는 전혀 다른 것이었다. 후자는 앞서 설명한 특징에 따라 파악하건대 어두운 심연으로부터 피어난 아폴론적 문화의 꽃이며, 희랍적 의지가 미화(美化)의 거울을 통해 고통과 고통의 지혜를 극복하고 거둔 승리다. 알렉산드리아적 명랑성이라 할 전자의 〈희랍적 명랑성〉이 가진 가장 고상한 형태는 **이론적 인간**의 명랑성이다. 그것은 조금 전에 내가 비디오뉘소스적 정신에서 유추한 특징을 그대로 가지고 있는바 디오뉘소스적 지혜와 예술을 반대하며 신화를 해체하려한다. 그것은 형이상학적 위안을 현세적 화합으로, 제 나름의 기계 장치의 신으로, 말하자면 기계와 용광로의 신으로, 한 단계 높은 자기중심주의에 복무하는 자연의 힘으로 대체

한다. 그것은 앎이 세계를 바로잡을 것을, 학문이 삶을 이끌 것을 믿으며 실제 각 개인을 해결 가능한 과제들의 좁은 공간에 가두고 그 공간 안에서 개인이 즐겁게 삶을 향하여 〈나는 너를 원하노니 너는 인식할 가치가 있다〉라고 말하게 만든다.

제18장

01   변함없이 영원한 현상이다. 탐욕적 의지는 세상에 가상을 퍼뜨려 자신의 피조물들을 삶에 붙잡아 두고 계속 살아가도록 만들기 위한 수단을 늘 찾고 있다. 어떤 사람은 인식을 통해 삶의 영원한 상처를 치료하리라는 광기, 즉 인식을 향한 소크라테스적 기쁨에 붙잡혀 있으며, 어떤 사람은 예술이라는 눈앞에 아른거리는 유혹적인 아름다움의 너울에 붙잡혀 있으며, 또 어떤 사람은 현상의 소용돌이 아래 영원한 삶은 파괴되지 않고 계속해서 흐른다는 형이상학적 위안에 붙잡혀 있다. 세 가지 가상 이외에도 의지는 매 순간 보다 저급하거나 아니면 훨씬 더 강력한 여러 가상들을 준비하고 있지만 이들은 접어 두자. 열거한 세 가지 가상들은 고귀한 본성을 가진 이들에게만 작동하는바 그들은 삶의 무게와 고통에서 남보다 깊은 염증을 느끼며 엄선된 자극제를 통해 이런 염증에서 벗어날 수 있다. 자극제들은 우리가 문화라고 부르는 것들을 구성하며, 혼합 비율에 따라 다른 요소보

다 그것이 좀 더 강하다는 의미에서 **소크라테스적** 문명 혹은 **예술적** 문명 혹은 **비극적** 문명이 나타난다. 만약 역사적인 실례를 들어 말한다면 알렉산드리아적 문명[1] 혹은 희랍적 문명 혹은 불교적 문명이 있다.

02   우리 근대 세계는 알렉산드리아적 문명의 그물망에 걸려 있으며 최고의 지적 능력으로 무장하여 학문에 복무하는 **이론적 인간**을 이상형으로 간주한다. 그 원형이자 원조는 소크라테스다. 우리가 오늘날 채택하는 모든 교육 수단은 근본적으로 이런 이상형을 지향하며 그 밖에 다른 인간형은 그저 걸림돌이 되지 않는 선에서 허락될 뿐 결코 목적이 아니다. 황당하다 싶을 정도로 이곳에서는 오랫동안 교양인 하면 학자를 떠올렸다. 우리 시 문학조차 학적 모방으로부터 발전했다 하겠는데 각운이라는 요소를 보면 우리 시 문학이 토착 언어가 아니라 본격적인 학술 언어를 가지고 펼쳐 보인 예술적 실험에서 유래했음을 확인할 수 있다. **파우스트 박사**가 충분히 그 자체로 이해 가능한 근대적 교양인 이라지만 진정한 희랍인에게 그는 얼마나 이해하기 힘든 존

---

1   알렉산드로스 대왕의 동방 원정이 마무리되자 알렉산드리아와 페르가몬 등에 알렉산드로스의 후계자들에 의해 여러 왕국이 세워진다. 이때부터 소위 헬레니즘 시대가 시작되며 후계자들은 많은 측면에서 서로 경쟁하였는데 그들은 특히 학문적 영역에서 경쟁적으로 도서관을 건립하고 당대의 모든 지식을 종합하고 정리하고자 하였다. 『희랍 문학사』 220면 이하. 《《알렉산드리아적》이라는 형용사는 문학 혹은 예술을 교육받은 전문가를 염두에 둔 창작을 의미한다. 그리고 민주정의 아테네의 극장에서처럼 널리 일반 대중을 위한 것이 아니라 다만 섬세한 암시를 이해할 줄 알며 옛 문학에 조예가 깊은 소수의 청중만을 위한 것을 의미한다.》

재란 말인가! 모든 학문 분야를 섭렵했으나 전혀 만족하지 못하고 앎을 위해 마법과 악마에게까지 자신을 파는 파우스트를 소크라테스와 비교해 보면 근대인이 소크라테스적 인식 욕구의 한계를 예감하기 시작했으며 황폐한 앎의 망망대해에서 배를 댈 해안을 염원하고 있음을 알게 될 것이다. 괴테는 언젠가 에커만에게 나폴레옹을 두고 〈그래, 그렇다네, 이 사람아, 행동의 생산성이라는 것도 있으니까 말이야〉라고 말했다는데[2] 이때 괴테는 점잖고 소박하게 비(非)이론적 인간이 근대인에게는 다만 낯설고 믿기지 않는 존재임을, 이런 낯선 존재를 이해하기 위해서라도, 아니 용납하기 위해서라도 다시 괴테의 지혜가 필요함을 상기시키고 있다.

03   이런 소크라테스적 문명의 품속에 감추어져 있던 것이 이제는 은폐되지 않는다. 무한하리라 망상하는 낙관주의가! 낙관주의의 열매가 무르익어 이런 문명의 과즙이 밑바닥 계층까지 침투한 사회가 점차 과도한 격앙과 욕구에 들끓는다고 놀랄 것도 아니다. 만인의 현세 행복에 대한 믿음, 보편적 지식 문명의 가능성에 대한 믿음이 점차 알렉산드리아적 현세 행복을 위협적으로 요구하고, 에우리피데스적 기계 장치의 신에 대한 요청으로 돌변한다 한들 놀랄 것도 아니다.[3] 이제 사람들은 알렉산드리아적 문명이 저 자신의 영속을 위

2   에커만Johann Peter Eckermann, 『괴테와의 대화』(장희창 옮김, 민음사, 2008) 1828년 3월 11일.

3   링컨Abraham Lincoln의 노예 해방 선언은 1863년 1월 1일 정식으로 포고되었다. 「공산당 선언」은 1848년 프랑스 2월 혁명 직전에 공표되었다. 마르크스Karl Marx는 1867년 『자본론Das Kapital』을 발표하였다.

해 노예를 필요로 한다는 것을 분명히 알아야 한다. 하지만 알렉산드리아적 문명은 삶에 대한 낙관주의적 태도를 견지하면서 노예의 필연성을 부정하는바 〈인간 존엄〉[4]과 〈노동 존엄〉[5]이라는 화려한 문구의 유혹과 위안이 진부해질 무렵 이 문명은 점차 끔찍한 파국에 직면한다. 자신의 삶이 부당함을 알게 된 야만적 노예가 자신뿐만 아니라 모든 세대를 위해 복수를 준비한다면 이보다 두려운 것은 없을 것이다. 위협의 물결을 마주한 채 누가 감히 확신을 갖고 창백하게 지친 오늘 우리의 종교에 호소하겠는가? 우리의 종교도 자세히 뜯어보면 이미 이론적 종교로 변질되지 않았던가? 종교의 필연적 전제라 할 신화는 불구가 되었고 종교의 영역에도 이미 우리가 방금 우리 사회를 붕괴시킬 질병이라고 말했던 낙관주의적 정신이 지배하고 있다.

04   이론적 문명의 품속에서 잠들어 있던 재앙이 점차 근대인

4 키케로, 『의무론』 제1권, 107 이하. 〈우리는 마치 자연에 의해 두 가지 성격을 갖게 되었다는 것을 알아야 한다. 그 가운데 하나는 보편적인 것인데, 우리가 이것을 알 수 있는 것은 우리 모두가 이성을 갖고 있는바 이로써 다른 모든 동물들을 능가하게 되는 그런 탁월함에 참여하고 있다는 사실로부터이다. 이성으로부터 모든 인간적 미덕과 품위가 생겨나며 이성으로부터 도덕적 의무를 탐구하기 위한 원리가 시작된다.〉

5 『의무론』, 제1권, 150 이하. 〈자유민에게 어울리지 않는 지저분한 직업은 모든 종류의 임금 노동자들의 직업인바 우리는 그들의 노동력을 구입할 뿐 그들의 기술을 구입하지 않는다. 그것이 지저분한 이유는 그들이 받는 임금은 노예 노동의 보상이기 때문이다.〉 반대로 마르크스, 『자본론』(김수행 옮김, 비봉출판사, 2001) 제1권 제1장 「상품」 53면 이하. 〈그러므로 사용 가치의 창조자로서의 노동, 유용 노동으로서의 노동은 사회 형태와 무관한 인간 생존의 조건이며, (인간과 자연 사이의 물질대사, 따라서 인간 생활 자체를 매개하는) 영원한 자연적 필연성이다.〉

을 위협하기 시작하고 근대인은 불안해하며 제 경험의 보고(寶庫)에서 위협을 막아 낼 수단을 움켜쥐지만 제대로 된 연장을 가졌다는 믿음은 없다. 근대인은 자신에게 닥쳐올 결과를 예감하기 시작한다. 이때 위대한 인물들이 믿기지 않는 침착성을 유지하며 학문이라는 장비를 사용하여 인식 일반의 한계와 제약을 설명하고 학문은 보편적 타당성과 보편적 목적을 주장할 수 없노라고 단호하게 주장한다.[6] 이로써 인과성에 기대어 사물의 내적 본질을 근거 지을 수 있다고 주제넘게 까불던 광기가 최초로 그 실체를 드러냈다. **칸트와 쇼펜하우어**가 보여 준 위대한 용기와 지혜는 아주 힘겨운 승리를 거머쥐었다. 논리의 본질 속에 숨겨져 있던 낙관주의, 오늘날 우리 문명의 기반이기도 한 낙관주의를 물리친 것이다. 낙관주의는 제 보기에 결코 의심할 수 없는 영원한 진리에 기대어 세계의 모든 수수께끼를 풀 수 있으며 근거 지을 수 있다고 믿었고 또 시간과 공간과 인과성을 보편타당한 절대 법칙이라고 여겼다. 하지만 칸트가 밝혀낸바 낙관주의는 그저 마야의 작품인 현상을 마치 유일한 최고의 현실인 양 치켜세우는 일에, 현상을 마치 사물의 참된 내적 본질인 양 자리매김하는 일에 기여했을 뿐이고 이로써 사물의 참된 내적 본질에 대한 실질적인 인식을 불가능하게 만

---

6   칸트, 『순수 이성 비판』(백종현 옮김, 아카넷, 2006) 483면. 〈지성은 선험적으로는 결코 가능한 경험 일반의 형식을 예취하는 것 이상은 할 수 없고, 또 현상이 아닌 것은 경험의 대상일 수 없으므로, 지성은 그 안에서만 우리에게 대상들이 주어질 수 있는 감성의 경계를 결코 넘어설 수 없다는 말이다.〉

들었을 뿐이고 쇼펜하우어의 용어를 빌려 말하자면(『의지와 표상으로서의 세계』제1권 498면) 꿈을 더욱 굳건히 꾸게 만드는 일에 공헌한 것뿐이었다. 이런 인식을 토대로 이제 내가 비극적 문명이라고 감히 이름 붙인 문명이 시작된다. 비극적 문명은 학문을 버리고 학문이라는 엉뚱한 왜곡에 현혹되지 않고 굳건한 시선으로 세상 전체를 바라보며[7] 세상의 영원한 고통을 애정 어린 연민으로써 자신의 고통으로 이해하려는 지혜를 궁극적 목표로 삼는다. 이런 흔들리지 않는 시선을 가지고 섬뜩한 괴물을 향해 영웅적으로 나아갈 젊은 세대를 생각한다면, 용을 물리칠 젊은 세대의 당당한 걸음을 생각한다면, 충실하고 완벽하게 〈결단의 삶을 살기 위해〉 낙관주의가 설파한 모든 나약한 가르침에는 등을 돌리는 무모해 보이는 당당함을 생각한다면 비극적 문명의 비극적 인간이 앞으로 닥쳐올 심각하고 끔찍한 일에 스스로를 준비하기 위해 새로운 예술을, 형이상학적 위안의 예술을, 다시 말해 비극을 자신의 헬레나로 욕구하며 파우스트처럼 이렇게 외치는 것은 당연하지 않겠는가?

그러니 나도 그리움에 가득 찬 힘으로,
오직 하나인 그 여인의 모습을 살려 낼 수는 없겠소?[8]

7 헤라클레이토스 단편 DK22B41(=39정암). 〈지혜로운 것은 하나인데, 모든 것들을 통해서 모든 것들을 조정하는 예지를 숙지하는 것이다.〉

8 『파우스트』 2, 7438행 이하. 〈아킬레우스가 페레 시에서 그 여인을 만났던 것도 모든 시간을 초월하는 것이었소. 얼마나 희귀한 행복이오. 운명을 거역하는 사랑을 얻었으니 말이오. 그러니 나도 그리움에 가득 찬 힘

소크라테스적 문명은 한편으로 이제 막 스스로 예감하기
시작한바 자신이 야기한 결과를 두려워하며 다른 한편으로
자신의 영원한 타당성을 스스로도 더 이상 예전과 같이 소
박하게 믿을 수만은 없어 애태우면서도, 떨리는 손으로 무
오류성의 왕홀을 여전히 부여잡고 있다. 이 얼마나 슬픈 광
경이란 말인가? 소크라테스적 철학은 춤을 추며 갈망하며
끊임없이 새로운 것을 향해 덤벼들고 그것을 품에 안았다
가, 메피스토펠레스가 고혹한 라미아[9]들을 보고 그러하듯
화들짝 놀라 그것을 놓아 보내는 광경[10]을 연출하고 있는 것
이다. 자신이 초래한 결과를 보고 놀라는 한편 절망의 표정
으로 삶의 끔찍한 빙하로 뛰어들지 못하고 다만 두려움에
떨며 강둑을 이리저리 오가는 이론적 인간, 그의 모습은 사
람들이 흔히 근대 문명의 근원적 고통이라고 말하곤 하는
〈파국〉을 보여 준다. 이론적 인간은 더 이상 전체를, 사물의

으로, 오직 하나인 그 여인의 모습을 살려 낼 수는 없겠소? 그 위대하고 상
냥하며, 고상하고도 사랑스러우며, 신들과도 비길 수 있는 영원한 그 모습
을?〉

9　Lamia. 포세이돈과 리뷔아의 딸이며 제우스에게서 아들을 낳았다.
헤라의 질투로 아들을 잃은 후에 메두사와 같은 괴물로 변하여 다른 이들
의 어린 아이를 집어삼킨다고 한다. 호라티우스, 『시학』 340행. 〈식인 라미
아의 배 속에서 아이를 산 채로 꺼내지도 않습니다.〉

10　『파우스트』 2, 7791행 이하. 〈나도 별로 더 똑똑해지지는 못한 모
양이로군. 북쪽에서도 엉망이더니 이곳에서도 엉망이란 말이야. 유령들이
란 여기서나 저기서나 모두 비틀어졌고, 민중이나 시인 놈들은 모두 멋이
없단 말이야. 마침 이곳에도 가장 무도회가 열리고 있는데, 세상 어디서고
마찬가지로 감각적 춤이야. 나도 귀여운 상판을 한 놈들을 따라가 보았지
만, 소름이 끼치는 놈을 붙잡고 말았지 [……] 그나마도 좀 더 오래 지속될
수만 있다면, 알고도 모르는 척 속아 주려 했었지.〉

자연적 잔혹함마저 포함하는 전체를 가지려 하지 않는다. 낙관주의적 시각이 그를 나약하게 만든 것이다. 학문의 원리 위에 세워진 문명이 **비논리적으로** 처신한다면, 다시 말해 자신이 초래한 결과를 회피한다면 몰락할 수밖에 없음을 이론적 인간은 제 스스로도 느끼고 있다. 우리 예술은 이런 보편적 위기를 폭로한다. 위대했던 생산적 시기와 인물을 흉내 내며 기대는 것도 헛되이, 근대인을 위로하기 위해 모든 〈세계 문학〉[11]을 그의 주변에 모아 두는 것도 헛되이, 아담이 동물들에 이름을 부여하듯[12] 그가 모든 예술적 양식과 예술가들에게 이름을 부여할 수 있도록 모든 시대의 예술적 양식과 예술가들을 모아 놓고 그를 한가운데 위치시키는 것도 헛되이, 이론적 인간은 그저 늘 굶주린 자, 활기 없고 즐거움 없는 〈비평가〉, 알렉산드리아적 인간, 근본을 따지자면 도서관 사서이며 도서 교열자이다. 책 먼지에 그는 병들고 활자 오식에 그의 눈은 짓무른다.

11 『괴테와의 대화』 1827년 1월 31일. 〈그래서 나는 다른 나라의 책들을 기꺼이 섭렵하고 있고, 누구에게나 그렇게 하도록 권하고 있는 걸세. 민족 문학이라는 것은 오늘날 별다른 의미가 없고, 이제 세계 문학의 시대가 오고 있으므로, 모두들 이 시대를 촉진시키도록 노력해야 해.〉
12 「창세기」 2장 19절. 〈들짐승과 공중의 새를 하나하나 진흙으로 빚어 만드시고, 아담에게 데려다 주시고는 그가 무슨 이름을 붙이는가 보고 계셨다. 아담이 동물 하나하나에게 붙여 준 것이 그대로 그 동물의 이름이 되었다.〉

제19장

01   소크라테스적 문명을 **오페라의 문명**이라고 이름 붙인다
면 무엇보다 완연히 그 본질을 지적할 수 있다. 이 분야에서
소크라테스적 문명은 나름대로 소박하게 자신의 의욕과 인
식을 드러냈다. 오페라의 탄생과 발전에 관한 사실들을 아
폴론적인 것과 디오뉘소스적인 것이라는 영원한 진리에 비
추어 살펴볼 때에 우리는 놀라지 않을 수 없다. 먼저 가극
양식과 서창(敍唱)[1]의 발생을 떠올려 본다. 형언할 수 없을
만큼 대단히 숭고한 교회 음악을 작곡한 팔레스트리나[2]가
등장했던 동시대에 전적으로 외향적이며, 숙연한 경배와는
거리가 먼 오페라 음악이 마치 진정한 음악의 부활인 양 열
광적 환호와 함께 사랑과 찬사를 받았다는 사실이 믿기는

---

1   1600년경 피렌체의 음악가들을 중심으로 고대 희랍 비극을 부활시
키고자 하는 운동이 펼쳐진다. 대사와 음악이 함께 어우러진 형식을 창안하
여 주인공들의 감정과 격정을 표현하였다(Schmidt).
2   팔레스트리나Giovanni Pierluigi da Palestrina(1525~1594). 르네
상스 시대의 교회 음악을 대표하는 작곡가.

가? 다른 한편 오페라에 대한 사랑이 그렇게 무섭게 확산된 것은 오로지 피렌체 음악 동아리의 오락적 사치와 연기하는 가수들의 헛된 욕망 때문이라고 누가 감히 주장할 수 있겠는가? 중세 기독교가 총화를 모아 건립했던 대성당에서 팔레스트리나의 화음이 울려 퍼지던 것과 같은 시기에 같은 민족이 저 얼치기음악적 낭송에 열광하게 된 사태를 나는 다만 서창의 본성에 작용하는 **예술 외적 경향**에 근거하여 설명하고자 한다.

02   노랫말을 또렷이 알아듣고자 하는 청중의 희망에 따라 가수는 노래하기보다 연설하며 얼치기음악 속에 격정적 가사를 부각시킨다. 이렇게 격정을 부각시킴으로써 가수는 노랫말의 이해를 손쉽게 만들고 겉도는 얼치기음악을 압도한다. 이제 가수가 조심해야 할 위험은 어쩌다 한 번 실수로 자칫 음악에 무게를 실어 대사의 격정과 노랫말의 선명성을 훼손시키지 않도록 하는 일이다. 하지만 가수는 늘 제 목소리의 탁월함을 보여 주려는 음악적 발산의 충동을 느낀다. 이때 가수를 돕기 위해 〈시인〉이 등장한다. 시인은 가수에게 음악적 감탄구, 단어 및 문장의 반복 등의 기회를 충분히 제공할 수 있다. 가수는 이제 이 기회를 이용하여 노랫말에 신경 쓰지 않으며 순전히 음악적 요소에 몰입하는 휴식을 취할 수 있다. 얼치기음악의 격정적 대사와 온전한 음악의 감탄구가 갈마드는 것이야말로 가극 양식의 본질인바 이와 같이 번다하게 바뀌며 때로는 청중의 개념과 표상에, 때로는 청중의 음악적 소질에 호소하는 방식은 매우 부자연스

러울뿐더러 디오뉘소스적 예술 본능과 아폴론적 예술 본능 모두에 내적으로 모순된다. 따라서 서창의 기원은 모든 예술적 본능의 외부에 있다고 결론 내릴 수밖에 없다. 이런 설명에 비추어 서창을 서사시적 낭송과 서정시적 낭송의 혼합이라고 정의할 수 있는데 그렇게 서로 완전히 다른 경우에는 결코 내적 융합의 화합에 도달할 수 없는바, 그것은 다만 자연과 경험계에서 전혀 발견되지 않는 아주 외적인 모자이크식 접합을 이루었을 뿐이다. **그러나 물론 서창의 창안자는 그렇게 생각하지 않았다.** 그들과 그 동시대인들은 가극 양식을 통해 고대 음악의 수수께끼가 풀렸노라 생각했으며 오르페우스와 암피온,[3] 더 나아가 비극의 엄청난 영향이 해명되었다고 믿었다. 그들은 새로운 양식을 가장 영향력 있는 음악의 부활, 고대 희랍 음악의 부활이라고 여겼다. 그들은 호메로스 세계가 **세계 시원**이라는 일반적이고 통속적인

---

3 고대 세계를 대표하는 신화적 시인들이다. 호라티우스, 『시학』 391행 이하. 〈숲 속에 살던 인생들을 신들의 사제, 그 뜻의 전달자 오르페우스가 살육과 야만의 습속에서 구해 냈습니다. 하여 그는 범들과 사나운 사자들도 길들였다 전합니다. 암피온은, 전하는바, 테바이 시를 건설하면서 뤼라 연주 매혹의 소리로 바위를 움직여 원하는 곳으로 옮겼다 합니다. 먼 옛날 그들에게는 이런 지혜가 있었나니 개인과 공동체의 재산을 나누었고, 신성과 세속을 구분하였고 아무하고나 어울려 관계치 못하도록 부부의 예를 세웠고 도시를 건설하였으며 나무판에 법 조항을 새겨 넣었습니다. 그리하여 명예와 명성이 고귀한 시인들에게 그리고 그들의 시에 생겨났습니다. 이후 빛나는 호메로스와 튀르타이오스는 마르스 신의 전쟁을 위해 남자들의 용기에 노래로써 날을 세웠습니다. 시로써 신탁을 전달하였으며 살아가는 법도를 제시하였으며 왕들이 베푼 선한 정치를 피에리아의 선율로 노래하였으며, 축제를 고안해 내어 오랜 시름을 덜어 주었습니다.〉

생각 속에 이제 다시 인류 태초의 낙원에 닿았다는 꿈에 빠졌으며, 그때에는 분명 음악도 시인들의 전원시가 감동적으로 보여 준 놀라운 순수함과 박력과 천진함을 들려주었을 거라고 생각했다. 여기서 우리는 근대적 예술 장르인 오페라가 발전해 온 가장 내밀한 과정을 제대로 들여다볼 수 있다. 이때에 매우 절박한 필요가 어떤 예술 장르를 강요했으니 물론 그것은 비(非)미학적 필요였다. 그것은 단지 목가적 평화에 대한 그리움, 예술적이며 선한 인간이 오랜 옛날에 존재했다는 믿음이었다. 그리하여 서창은 옛 근원적 인간이 쓰던 언어의 복원이라고 여겨졌으며 오페라는 목가적으로 또는 영웅적으로 선한 존재들이 거주하던 땅, 무슨 행동을 하든지 간에 언제나 본능적 예술 본능에 충실하며 무슨 말이든 해야 할 경우 언제나 적어도 얼마간은 노래를 곁들이며 아주 조금이라도 마음이 동하면 곧바로 목을 놓아 노래하는 존재들이 거주하던 땅의 재발견이라고 여겨졌다. 낙원에 살던 예술가의 초상을 새롭게 만들어 내어, 인간은 원래 타락하고 버림받은 존재라는 기독교적 표상에 당대 인문주의자들이 맞서 싸웠다는 사실, 따라서 오페라는 선한 인간이 펼치는 저항의 교의(敎義)로 이해될 수 있다는 사실, 인문주의자들이 이런 저항의 교의를 통해 기독교적 염세주의, 모든 것이 끔찍할 정도로 불확실하던 시기를 살던 진지한 사람들에게 매우 심각한 영향을 미쳤던 염세주의에 대항할 위안 수단을 찾았다는 사실 등은 지금 우리의 관심 밖이다. 다만 전혀 비미학적 필요를 충족시키기 위해 인간을 낙관주의적으로 이상화하고 근원적 인간을 본성적으로 선하고 예술적 인간으로 이해함으로써 본질적으로 마술과도 같은 새로운 예술 형식의 탄생이 이루어졌다는 사실을 인식한 것으로 충분하다. 이렇게 시작된 오페라는 점차 위협적이고 끔찍한 **요구**로 변질되었다. 우리는 오늘날 사회주의 운동[4]을 목도하여 이런 요구를 흘려들을 수 없게 되었다. 〈선한 근원적 인간〉이 자신의 권리를 요구한다니, 무슨 복락의 낙관이란 말인가!

03   오페라가 알렉산드리아적 문화와 동일한 원리에 따라 만들어졌다는 나의 생각을 달리 한 번 더 확인하고자 한다. 오페라는 예술가가 아니라 이론적 인간, 비판적 문외한의 산물이다. 예술사에 있어 얼마나 괴이하고도 괴이한 사실인가! 무엇보다 대사를 알아들을 수 있어야겠다, 주인이 노예를 지배하듯 오로지 대사가 음악을 지배하는 노래 방식을 찾을 때 음악 예술이 부활할 수 있겠다, 이것을 비(非)음악적 청중들은 주장했다. 영혼이 육체보다 훨씬 소중하듯 대사는 이를 반주하는 화음 체계보다 훨씬 중요하기 때문이라

4   보불 전쟁 직후 프랑스는 1871년 2월 프로이센과 평화 조약을 체결한다. 이때 프랑스 귀족들의 왕정복고 움직임이 있었으며 이에 파리에서 노동자 중심의 민중들이 저항하며 독자적인 선거를 치르고 정부를 구성하였다. 이것이 1871년 3월 18일부터 5월 28일까지 72일 동안 존재했던 사회주의 혁명 정부 파리 코뮌이다. 이후 아돌프 티에르Louis Adolphe Thiers가 이끄는 베르사유의 프랑스 임시 정부는 파리 코뮌을 와해시키기 위해 〈피의 일주일〉이라 불리게 되는 대학살을 감행한다. 이때 파리 코뮌의 지도자들에 의해 루브르 박물관이 불태워졌다는 잘못된 기사를 신문들이 보도하였고 니체도 이를 접했다(Schmidt).

고 했다. 비음악적이고 조야한 문외한의 주장에 따라 오페라 초창기에 음악과 영상과 대사 등 세 가지의 조합이 논의된바 피렌체의 문외한 귀족 모임도 그들이 후원하는 시인과 가수들을 동원하여 최초의 실험을 감행했다. 그리하여 예술 박약한 인간이 정녕 비(非)예술적 인간으로서 일종의 예술을 만들어 냈다. 음악의 디오뉘소스적 깊이를 전혀 고려하지 않았기에 그는 이제 가극 양식 대사와 발성의 이성적 수사학에서 즐거움을 찾았다. 영상을 떠올릴 능력이 없었기에 그는 기계 장치와 무대 장식 담당자에게 도움을 강요했다. 진정한 예술가의 본질을 터득할 수 없었기에 그는 제 입맛대로 〈예술가인 근원적 인간〉을 그리되 격정 가운데 노래하고 읊조리는 인물을 만들어 냈다. 그는 예전엔 격정이 무언가 예술을 만들어 냈다 믿으며 이제 자신이 노래와 시를 창조하기에 충분할 만큼 격정이 넘치는 시대에 왔다고 꿈꾸었다. 이렇게 오페라의 탄생 배경은 예술적 창작 과정에 대한 잘못된 신념, 감수성이 탁월한 사람은 예술가라는 목가적 믿음이었다. 이렇게 보건대 오페라는 명랑하기만 한 낙관주의에 젖어 저 자신의 법칙을 설파하려는 이론적 인간이 보여 준 예술적 몽매의 발로라 하겠다.

04 오페라의 탄생에 영향을 미친 앞서의 두 가지 표상을 하나로 통합한다면 실러의 용어와 설명을 차용하여 **오페라의 목가적 경향**이라 하겠다. 실러는 자연이 상실되고 이상이 이루어지지 못할 경우 자연과 이상은 슬픔의 대상이 되며, 자연과 이상 모두가 현재 주어질 경우 둘은 기쁨의 대상

이 된다고 했다. 전자의 경우는 좁은 의미에서의 엘레기[5]를 낳았고 후자의 경우는 넓은 의미에서의 목가시[6]를 낳았다. 여기서 오페라의 탄생에 영향을 미친 두 가지 표상의 공통 특징이 또렷이 확인되는바 이상은 이룰 수 없는 것이 아님이, 자연은 상실된 것이 아님이 느껴진다. 이런 느낌에 따르면 인류의 태초, 인간은 아직 자연의 품속에 있었고 동시에 자연성과 더불어 낙원의 선물과 예술 가운데 인류의 이상이 실현된 태초가 있었다. 우리 모두는 이런 완벽한 근원적 인간의 혈통을 이었으며 근원적 인간의 충실한 모사다. 우리 자신이 근원적 인간임을 재확인하고자 한다면 우리는 우리가 가진 것을 약간만 덜어 내면 될지니, 다만 과잉된 학문과 문명을 기꺼이 떨쳐 버리면 된다. 이와 같이 르네상스 교양인은 자신이 희랍 비극의 모조품으로 만들어 낸 오페라를

5 원문 〈Elegie〉를 음차하여 번역어를 택하였다. 흔히 〈비가(悲歌)〉 혹은 〈애가(哀歌)〉라고도 번역할 수 있으나 이는 엘레기의 일부에 나타나는 특징일 뿐이다. 엘레기는 길고 짧은 두 개의 시행이 한 쌍을 이루는 형식을 의미하며, 희랍 문학 초기 서정시에서부터 찾아볼 수 있는 오래된 시형식이다. 주제를 사랑이라는 개인적 체험으로 한정하게 된 것은 〈로마의 엘레기〉에 이르러서이며, 희랍 문학을 통틀어 엘레기는 제한 없이 다양한 주제를 다루고 있었다. 물론 사랑을 주제로 하는 엘레기가 없었던 것은 아니지만, 전체적으로 일부에 지나지 않았다. 호메로스의 서사시처럼 전쟁을 다루기도 하였으며, 솔론Solon은 자신의 정치적 교설을 엘레기 운율에 담아 노래하기도 하였다. 자세한 것은 『희랍 문학사』 참조.

6 원문 〈Idylle〉의 번역어로 〈목가시〉를 선택하였다. 본래 〈목가시〉라고 하면 〈Bukolik〉의 번역어로 쓰인다. 〈Idylle〉는 헬레니즘 시대를 대표하는 테오크리토스Theokritos의 시집 제목 〈Eidyllia〉에서 유래하며 이는 〈소서사시〉라고 번역된다. 〈소서사시〉에는 나중에 〈Bukolik〉이라고 부르는 장르의 내용들이 담겨 있다.

통해 자연과 이상의 조화가 실현된 목가적 현실로 돌아갈 수 있었다. 르네상스 교양인은 단테가 베르길리우스를 이용하듯 낙원으로 이르는 문에 닿기 위해 비극 작품을 이용했던 것이다. 그는 희랍 최고의 예술 형식을 모방하는 것에서 그치지 않고 여기서 걸음을 옮겨 〈만물 부흥〉[7]으로 나아갔으니 인간의 근원적 예술 세계를 모방하고자 했던 것이다. 이론적 문명의 한가운데서 벌어진 이 얼마나 무모한 계획이며 이 얼마나 당당한 자기 확신이란 말인가! 〈인간 자신〉은 언제나 변함없는 덕을 갖춘 오페라의 주인공이며 언제나 변함없이 피리를 불며 노래하는 목동인바 이런 본모습을 잠시 상실하였을 뿐 아무 때나 이를 다시 회복할 수 있다는 낙관적 믿음만이 이를 설명할 수 있다. 이는 소크라테스적 세계관의 뿌리로부터 자라나 달콤한 유혹의 향기를 머금은 낙관주의의 결실이라 하겠다.

05   따라서 오페라에서는 결코 영원한 상실을 슬퍼하는 엘레기적 고통의 흔적을 전혀 찾아볼 수 없다. 다만 영원한 재발견의 명랑성과, 매 순간 적어도 실재라고 생각되는 목가시적 현실의 안락함이 나타날 뿐이다. 실재라 생각한 현실이 다만 환상에 기초한 쓸모없는 헛것이라는 사실을 사람들은 아마도 한 번쯤 예감했을지 모른다. 성실하고 무서운 진지

7   〈르네상스〉를 의미한다. 니체는 만물 귀신설(萬物歸新說, *apoka-tastasis*)에 빗대어 르네상스를 지칭한 것이다(Schmidt). 「로마인들에게 보낸 편지」 5장 18절. 〈그러므로 한 사람이 죄를 지어 모든 사람이 유죄 판결을 받은 것과는 달리 한 사람의 올바른 행위로 모든 사람이 무죄 판결을 받고 길이 살게 되었습니다.〉

함으로 이런 헛것을 살펴보며 이를 인류 시초의 근원적 모습과 비교해 본 사람은 누구나 역겨움을 느끼며 외칠 것이다. 거짓아, 사라져라! 이렇게 한 번의 호통으로 오페라 같은 헛것을 마치 유령을 쫓듯 퇴치해 버릴 수 있다고 단순하게 생각한다면 그건 잘못된 생각이다. 오페라를 척결하고자 하는 사람은 반드시 알렉산드리아적 명랑성과 싸워야 한다. 알렉산드리아적 명랑성은 오페라를 통해 자신의 중심 사상을 상당히 단순한 형태로 표현한바 오페라는 이런 명랑성이 취할 수 있는 본래적 예술 형식이다. 뿌리가 전혀 미학 영역에 속하지 않는 예술 형식, 예술로 숨어들었을 뿐 절반은 윤리 영역에 속한 잡종의 혈통을 감추고 있는 예술 형식으로부터 무슨 예술을 기대할 수 있겠는가? 기생(寄生)적 본성의 오페라는 참된 예술의 수액을 빨아먹고 성장했다. 오페라에 나타나는 목가적 유혹, 오페라에 깃든 알렉산드리아적 장광설 때문에 예술의 진정한 임무, 어둠의 공포를 향하는 시선으로부터 눈을 해방시키며 가상이라는 신성한 향유(香油)로써 주체를 의지의 발작적 흥분으로부터 구원하는 임무가 한낱 공허하고 난삽한 오락적 지향으로 변질된 것은 아닌지 의심해 보아야 한다. 내가 가극 양식의 본질이라고 말한 양식적 잡종의 경우, 디오뉘소스적-아폴론적 영원 진리는 어떻게 될까? 잡종화를 통해 음악은 시녀가 되고 대사는 주인이 되고 음악은 몸에 비유되고 대사는 영혼에 비유되었으며, 음악은 기껏해야 새로운 아티카 디튀람보스에서 보았던 것처럼 장면의 음악적 채색 정도로 여겨진다. 결국 음악은 디오뉘소스적 세계 거울이라는 진정한 가치를 상실하며 현상의 시녀가 되어 겨우 현상을 모방하고 윤곽과 비율을 조절해 가며 피상적 오락거리를 제공하는 일을 맡게 되었다. 엄밀한 의미에서 오페라가 음악에 끼친 저주스러운 영향은 바로 근대 음악의 발전 전반에 나타난다. 오페라의 생성과 오페라로 대표되는 문명에 숨겨진 낙관주의는 놀라운 속도로 음악으로부터 디오뉘소스적 세계관을 벗겨 내고 음악에 장난스러운 형식적 오락적 성격을 입히는 데 성공했다. 어쩌면 이런 변화를 아이스퀼로스적 인간이 명랑한 알렉산드리아적 인간으로 변신하는 것에 비유할 수 있을지도 모르겠다.

06 　만약 여기서 소략하게 예증한 것처럼 확연한 현상이로되 도무지 설명할 수 없었던 희랍인의 변모와 퇴락을 디오뉘소스적 정신의 소멸과 연결시킨 일이 정당하다면 이때 우리에게 기쁨으로 벅차오르는 희망이라 아니할 수 없으니 희랍에서 벌어진 것과 **정반대되는 조짐, 디오뉘소스적 정신이 점차 깨어나는 분명한 조짐**이 지금 우리에게 나타났다는 것이다. 견줄 데 없는 힘의 소유자 헤라클레스가 옴팔레[8]에게 제아무리 오랜 세월 종살이를 한다손 그 힘이 쇠약해질까.

8　헤라클레스는 이피토스의 아들을 죽인 죄로 종살이를 해야 했고 뤼디아의 여왕 옴팔레에게 팔려 갔다. 옴팔레의 종으로 살면서 헤라클레스는 주인의 땅을 약탈하는 도적들을 척결했으며 여러 적들을 막아 주었다. 옴팔레는 헤라클레스의 힘을 알아보고 그와 결혼하였으며 두 명 혹은 세 명의 아들을 낳았다. 결혼 이후 안락한 생활에 젖은 헤라클레스는 영웅적 면모를 점차 잃어 갔는데 사자 가죽은 벗어 놓은 채 여자 옷을 걸치기도 하고 물레질을 하는 등 여성화되어 갔다. 하지만 속죄 기간이 끝나자 변모한 모습을 자각하고 옴팔레를 떠났다고 한다.

독일 정신의 디오뉘소스적 심연으로부터 솟구쳐 오른 힘은
소크라테스적 문화의 뿌리와 무관하여 소크라테스적 문화
로는 도저히 설명되지도 양해되지도 않으며, 소크라테스적
문화가 보기에 그저 불가사의한 괴물이자 가공할 위력의 적
대자일 뿐이다. 이 힘이란 바로 바흐로부터 베토벤에게로,
다시 베토벤으로부터 바그너로 이어지는 위대한 태양의 궤
적을 따라 이어진 독일 음악이다. 인식에 매달리는 오늘날
의 소크라테스주의가 최상의 조건을 유지한들 실로 다다
를 수 없는 심연에서 용솟음치는 음악 정령을 어찌할 수 있
을까? 착착 맞물려 돌아가며 현란한 기교를 자랑하는 오페
라의 선율도, 주판알을 퉁기며 복잡한 산수 계산을 늘어놓
는 둔주곡 혹은 대위법적 문답술도 음악 정령에 대항할 특
효 주문을 찾아내지 못할 것이며 세 겹으로 타오르는 강력
한 불길이라도 음악 정령을 굴복시키지는 못하리라.[9] 이 시
대의 미학자들께서 제멋대로 〈아름다움〉이라는 잠자리채
를 들고 설치는 꼴이라니! 그것으로 이들이 활기차게 넘실
넘실 날아다니는 음악 정령을 잡으려 한들 어찌 잡겠는가?
영원한 아름다움으로도, 숭고함으로도 어림없는 음악 정령
의 약동을 말이다. 따라서 음악 애호가일 뿐인 이들이 아름
다움이여! 아름다움이여! 하며 외칠 때 찬찬히 눈여겨 뜯어
보며 이들이 마치 아름다움의 품에서 양육된 자연의 총아
인 양 스스로를 가장하는 것은 아닌지 혹여 이들이 자신들

9 『파우스트』1, 1318행 이하. 〈세 겹으로 타오르는 불길을 기대하진
마라! 내 술법(術法) 중 가장 강한 것을 기대하지도 마라!〉

236

의 천박함을 감추기 위해 기만적 은폐를 추구하며 자신들의
얄팍한 감수성을 숨기기 위해 미학적 변명을 추구하는 것은
아닌지 살펴보아야 한다. 실례로 나는 오토 얀[10]을 염두에
두고 있다. 사기꾼이자 위선자는 독일 음악 앞에 몸을 사리
시킬! 에페소스의 위대한 헤라클레이토스가 말한바[11] 만물
이 그곳으로 회귀하는 동시에 그곳에서 시작되는 불과 같이
독일 음악은 독일 문명 한가운데 유일무이 저 자신 순수 정
화의 존재이며 동시에 만물을 정화 순수케 하는 존재다. 그
런 즉 소위 문화, 교양, 문명이라고 이름 붙은 모든 것은 언
젠가 한번 반드시 거짓 없는 심판관 디오뉘소스 앞에 출두
해야만 할 것이다.

07   이제 동일한 원천에서 유래한 **독일 철학**은 칸트와 쇼펜하
우어로 하여금 소크라테스적 학문의 한계를 증명케 했으며
이로써 희희낙락하던 낙관주의를 겪어 놓았음을 상기해 보

---

10   Otto Jahn(1813~1869). 고고학자이면서 고전 문학자이자 음악사
가로 라이프치히 대학과 본 대학에서 교수로 활동했다. 역사학자 테오도르
몸젠의 친구였다. 바흐 협회의 공동 설립자로 음악과 예술에도 조예가 깊었
다. 그가 쓴 모차르트 전기는 지금도 널리 읽힌다. 본 대학 재직 중에 니체
의 스승인 프리드리히 리츨F. W. Ritschl 교수와의 갈등은 유명하다. 오토
얀은 바그너의 음악을 음악의 몰락으로 여겼으며 바그너의 오페라 「탄호
이저Tannhäuser」를 매우 혹평했다. 이에 니체는 바그너의 열성 지지자로서
오토 얀에 대하여 좋지 않은 감정을 드러낸다.

11   헤라클레이토스Herakleitos 단편 DK22B30(=75정암). 〈이 세계
kosmos는 모두에게 동일한데, 어떤 신이나 인간이 만든 것이 아니라 언제
나 있어 왔고 있고 있을 것이며 영원히 살아 있는 불pyr aeizoon에서 적절
한 만큼 타고 적절한 만큼 꺼진다.〉 단편 DK22B90(=78정암) 〈모든 것은
불의 교환물antamoibe이고 불은 모든 것의 교환물이다. 마치 물건들이 금
의 교환물이고 금은 물건들의 교환물이듯이.〉

자. 이렇게 한계가 지적된 이후 드디어 도덕적 문제와 더불어 예술에 관한 좀 더 심오하고 진지한 견해, 개념으로 포착된 **디오뉘소스적 지혜**라고 명명할 수 있을지도 모를 그런 견해가 시작되었다. 독일 음악과 독일 철학의 접목이라는 신비는 전혀 새로운 삶의 방식으로 우리를 이끌고 있다 하겠으니 우리는 이를 오로지 희랍적 유사성을 통해 어렴풋이나마 설명할 수 있을 것이다. 두 가지 삶의 방식이 갈라지는 경계선 위에 서 있는 우리에게 희랍적 모범은 이런 커다란 가치를 갖고 있는바 거기에도 숭고하고 훌륭한 삶의 방식을 향한 온갖 이행의 노고와 투쟁이 각인되어 있다. 우리는 다만 희랍적 모범과는 **정반대의 방향으로** 희랍이 누렸던 위대한 시대를 흡사 체험하고 있는 것이라 하겠으니 우리는 알렉산드리아 시대로부터 거꾸로 비극 시대로 이행하고 있는 것이다. 이런 가운데 우리 가슴속에서 생각이 꿈틀거린다. 마치 독일 정신에 있어 비극 시대의 탄생이라 함은 밖에서 흘러들어 온 힘에 억눌려 오랜 세월 무기력하게 야만적 삶의 방식을 강요받던 독일 정신이 바야흐로 자기 자신을 회복하는 것, 복된 자기를 재발견하는 것으로 해석되어야 한다는 생각이다. 이제야 비로소 독일 정신은 자신이 탄생한 원천으로 돌아가 더 이상 라티움어계 문명[12]에 휘둘리지 않으며 과감하고 자유롭게 세계만방 만백성 앞에서 감히 나서

12   프랑스어와 이탈리아어와 에스파냐어 등을 통틀어 라티움어계라고 하는데 여기서 〈라티움어계 문명〉은 니체가 계속해서 비판하고 있는 프랑스의 계몽주의와 앞서 언급한 오페라의 문명 등을 가리킨다(Schmidt).

도 좋을 것이다. 그러기에 앞서 다만 저 민족으로부터 배운다는 것 자체가 이미 한없는 영광이며 얻기 어려운 기회인바 독일 정신은 희랍 민족으로부터 배워야 할 것이다. 지금이야말로 훌륭하고도 훌륭한 선생님을 모셔 지며리 배워야 할 시기가 아니겠는가? **비극의 재탄생**을 목도했으되 우리는 도저히 그것이 어디로부터 유래하는지 알지 못하고 그것이 어디로 흘러갈지 감조차 잡을 수 없는 처지가 아닌가?

제20장

01   공정한 재판관이 지켜보는 가운데 독일 정신의 어느 시대, 어떤 인물이 희랍인들로부터 훌륭히 배웠는지를 한번 가늠해 보는 것도 좋을 듯싶다. 확신컨대 괴테와 실러와 빙켈만[1]이 보여 준 열렬한 교양 교육 투쟁만이 유일하게 칭송할 만하다. 더불어 언급해야 할 것은 어찌된 셈인지 저들의 시대 이후 저들의 교양 교육 투쟁에 영향받은 다음 세대에 이르자 저들과 똑같은 길을 걸어 희랍 문명에 이르려는 의지는 점차 약화되었다는 점이다. 독일 정신에 실망하지 않기 위해 생각해 보거니와 선구자들의 교양 교육 투쟁은 어떤 중요한 지점에서 희랍 정신의 고갱이를 놓쳤고 결국 그들은 독일 정신과 희랍 정신 간의 지속적 연대를 만드는 데 실패했던 것은 아닐까? 그 결과 어쩌면 실패를 무의식적으로나

---

1   Johann Joachim Winckelmann(1717~1768). 독일 고고학자이며 미술사가. 희랍과 로마의 고대 미술에 대한 관심을 새롭게 불러일으킨 사람이다.

마 간파한 후배들은 과연 선구자들의 길을 따라 교양 교육 투쟁을 계속 전개한다손 목적지에 도저히 도달할 수 없을지도 모른다는 회의를 진지하게 품었던 것이리라. 그리하여 선구자들의 시대 이후 교양 교육에 있어 희랍 인민의 가치가 폄하되고 왜곡되는 일이 목격되었으며 우월감을 감춘 동정심이 정신과학 및 비(非)정신과학에 걸친 다양한 분야에서 들려 왔다. 다른 한편 〈희랍적 조화〉, 〈희랍적 아름다움〉, 〈희랍적 명랑성〉이라는 표현들은 그저 아무 의미 없는 미사여구로 전락해 버렸다. 독일 교육을 건강하게 만들기 위해 쉼 없이 희랍의 강물을 길어 올리는 데서 존재 의미를 갖는 집단조차, 고등 교육 기관에 종사하는 교수 집단조차 학생들로 하여금 기껏해야 그저 자투리 시간을 할애하여 희랍 인민과 부담 없이 사귈 것을 가르쳤으며, 희랍적 이상을 회의적으로 바라보며 마침내 포기하도록 그리고 고대 세계에 대한 연구가 도달하고자 하는 진정한 의미를 완전히 도외시하도록 만들었다. 이 집단에 속하는 어떤 사람이 고작 믿을 만한 고문헌 편집자나 자연사적 언어 관찰자가 되는 데 가진 힘을 전부 탕진하지 않고서 여타 고대 문명과 함께 고대 희랍을 연구하게 될지라도 그는 우월감에 젖어 오늘날 유행하는 과학적 역사 서술의 방법론을 따라 결국 〈역사주의적〉 태도를 취할 것이다. 결국 고등 교육 기관의 교육 능력이 오늘날과 같이 저열하고 박약한 적은 없었으며 하루의 일을 전하는 종이 노예라 할 〈신문쟁이들〉이 교육 관련 모든 면에서 고등 교육 교수들을 능가하였다. 이미 여러 번 이를 경험한 터에 교수들에게는 이제 다만 신문쟁이의 말투를 모방하여 언론계의 〈가벼운 우아함〉으로 마치 교육받은 명랑한 나비처럼 날아다니는 변신만이 남았을 뿐이다.[2] 이런 괴로운 착란 속에 오늘날의 교수 나부랭이들은 당황하여, 여태껏 전혀 포착되지 않던 희랍적 정령의 심오한 근원으로부터 비유적으로만 이해될 수 있는 디오뉘소스적 정신의 부활과 비극의 재탄생이라는 현상을 바라본다. 오늘날 우리가 목도하는 이 시대보다 소위 교양과 예술 일반을 이처럼 소외시키고 외면한 시대는 없었다. 박약한 교육이 진정한 예술을 증오하는 이유는 자신이 예술로 인해 몰락할지도 모른다는 두려움을 가지고 있기 때문이라고 우리는 본다. 한 종류의 문명 전체가, 다시 말해 소크라테스-알렉산드리아적 문명이 이미 오늘날의 교육과 같은 헛헛하고 맥 빠진 절정을 경험한 이후 생명을 다한 것은 아닌가! 하물며 실러와 괴테 같은 영웅들조차 희랍의 영산(靈山)으로 오르는 길목에 버티고 서 있는 문, 마법에 의해 단단히 잠긴 문을 용감무쌍하게 도전했으되 부수는 데 성공하지 못하고 그저 괴테의 이피게니아가 야만의 땅 타우리스에서 바다 건너 고향을 바라보던 동경의 눈빛만을 던져야 했을진대[3] 과연 영웅의 아류들에게

---

2   1830년대 이후 신문 발행이 급작스럽게 늘어났으며 특히 1848년 혁명 이후에는 더욱 크게 증가하였다. 그리고 많은 문학 관련 출판물들에도 신문 문투가 널리 퍼졌다(Schmidt).

3   괴테, 『타우리스의 이피게니에』 제1막 제1장. 〈그 오랜 세월 동안 이곳에 내 몸을 숨기고 높은 뜻에 나를 바쳤건만, 처음과 마찬가지로 낯설기만 하네. 그 까닭은 아! 바다가 나를 사랑하는 사람들과 갈라놓았기 때문, 나는 긴 세월을 바닷가에 서서 온 영혼을 바쳐 그리스의 땅을 그리워하고

무슨 희망이 남아 있을까? 이제까지의 문명이 안간힘을 써 보았으나 손끝 하나 댈 수 없었던 문 반대편으로부터 울려 나오는 비극 음악의 신비로운 소리와 함께 갑자기 문이 저절로 열리는 것을 희망하는 것 이외에 무엇이 남아 있을까?

02 이제 바투 다가온 고대 희랍의 부활을 우리가 믿노니 뉘라도 이를 시험하지 말지라. 독일 정신을 혁신하고 정화할 희망을 오로지 고대 희랍에서만 발견할 수 있을 뿐인즉, 메마르고 황폐한 오늘날 또 다른 무엇이 있어 미래에 대한 희망을 걸어 위안으로 삼겠는가? 힘차게 뻗어 내린 나무뿌리 하나를 찾아보았고 기름지고 건강한 토양 얼마를 찾아보았으되 다만 허사로다. 사방이 먼지요, 모래요, 죽어 마른 나무뿐이로다. 이렇게 기댈 곳 없는 절망을 상징적으로 표현하는 것으로 뒤러[4]가 그린 「기사, 죽음과 악마」의 기사만 한 것은 없을 것이다. 갑옷을 걸친 채 차갑게 경직된 시선으로 앞을 응시하며 끔찍한 위험에 흔들림 없이, 물론 희망도 없이 그는 오로지 개 한 마리를 거느리고 말 한 마리에 기대어 고행의 여정을 떠난다. 뒤러의 기사는 오늘날 우리의 쇼펜하우어라 하겠다. 모든 희망을 접은 그가 원하는 것은 다만 진리뿐이다. 세상에 그에 견줄 만한 사람이 또 있을까?

03 그러나 암담하게 묘사된 오늘날 우리 문명의 황무지가 만약 디오뉘소스적 마법을 접한다면 순식간에 변모하리라!

있다. 내 한숨에 대한 파도의 응답은 나를 스쳐 지나가는 공허한 술렁거림뿐. 부모 형제와 멀리 떨어져 외롭게 살아가는 이 슬픈 인간!〉

4 Albrecht Dürer(1471~1528).

폭풍이 소용돌이치며 불어 죽고, 썩고, 낡고, 오그라든 것들을 휩쓸어 그것들을 붉은 먼지구름 속에 감춘다. 마치 독수리처럼 낚아채 멀리 허공 속으로 가져가 버린다. 당혹한 우리는 눈을 들어 사라져 버린 것들을 찾는다. 그 순간 마치 심연의 어둠으로부터 찬란한 빛처럼 솟아올라 충만한 생명력과 넘치는 활기와 동경하던 웅장함이 눈에 들어온다. 삶과 고통과 쾌락이 넘쳐 나는 한가운데 황홀한 숭고함 속에 비극이 앉아 있다. 비극은 멀리서 들리는 침울한 노래 소리에 귀 기울이노니 노랫소리는 존재의 어미들[5]을 노래한다. 광기와 욕구와 고통을. 친구들이여, 나와 함께 디오뉘소스적 삶과 비극의 부활을 믿으시라. 소크라테스적 인간이 횡행하던 시대는 지나갔다. 담쟁이덩굴을 머리에 쓰시라. 튀르소스[6]를 손에 잡으시라. 호랑이와 표범이 당신들의 무릎 앞에 조아린다손 놀라지 마시라. 이제 감히 비극적 인간이 되시라. 당신들은 구원을 얻으리라. 당신들은 디오뉘소스의 행렬이 인도로부터 희랍에 이르도록 동행하시라. 험난한 투쟁을 위해 무장하시되 당신들의 신이 이룩하실 기적을 믿으시라.

5   제16장 각주 1번의 『파우스트』 인용을 보라.
6   『박코스의 여신도들』 703행 이하. 〈그리고 그들은 담쟁이덩굴과 참나무 가지와 꽃이 많은 메꽃 잎의 화관을 썼나이다. 그리고 한 여인이 튀르소스를 들고 바위를 치자 시원한 샘물이 바위에서 솟아올랐나이다. 다른 여인이 이 지팡이를 땅에 꽂자 신께서 그녀에게 포도주의 샘을 올려 보내 주셨나이다. 흰 우유가 마시고 싶은 여인들은 손톱으로 땅을 파기만 해도 우유가 솟구쳐 올랐나이다. 담쟁이덩굴을 감은 튀르소스들로부터는 달콤한 꿀이 줄줄 흘러내리더이다.〉

제21장

01   격앙된 마음을 진정시키고 탐구자에게 어울리는 평정심을 되찾아 반복하거니와 비극의 부활이라는 갑작스러운 기적이 한 민족의 가장 내면적인 생명 근간에 어떤 의미를 갖는지 가르쳐 줄 사람들은 오로지 희랍 인민뿐이다. 비극적 신비에 젖어 페르시아 전쟁을 수행한 사람들이 바로 희랍 인민이다.[1] 그리고 또 불가결의 치료약으로 비극을 필요로 했던 사람들이 바로 희랍 인민이다. 저런 단순 명료한 정치의식과 본능적 애국심과 남성적 투쟁심을 디오뉘소스의 격정적 도취를 여러 세대 내면 깊이 즐기던 희랍 인민이 여전히 보여 주리라고는 누구도 감히 생각지 못했다. 디오뉘소스적 격정이 굉장히 유행하는 경우에 항상 감지되는바 개별이라는 족쇄로부터의 디오뉘소스적 해방은 무엇보다 우선

---

1   기원전 490년 마라톤 전투와 기원전 480년 살라미스 해전을 승리로 이끌면서 희랍인들은 아테네를 중심으로 자유를 지켜 냈으며 이것은 5세기 아테네 번영의 초석이 되었다.

정치적 본능을 파괴하여 정치적 무관심 혹은 심지어 정치적 반감(反感)을 야기한다. 반대로 아폴론은 국가를 지탱하는 신이며, 국가와 애국심은 개별자들의 동의 없이는 불가능한 바 개별화의 원리를 지키는 수호신이다. 디오뉘소스적 도취로부터는 어느 민족을 막론하고 인도 불교로 향하는 단 하나의 길이 주어질 뿐이니 인도 불교는 무(無)에 이르기 위해 시공(時空)과 개별을 초월한 망아(忘我)의 도취를 필요로 하며, 다시 후자는 형언할 수 없는 고행 과정을 표상을 통해 극복하도록 가르쳐 줄 철학을 필요로 한다. 정치적 본능의 무조건적 지지로부터는 어느 민족을 막론하고 필연적으로 극단적 세속화의 길이 주어질 뿐이니 로마 제국은 이런 세속화를 아주 웅장하게 하지만 동시에 아주 끔찍하게 펼쳐 보인 예다.

02 인도와 로마 사이에 놓여 양자택일의 유혹에 몰렸을 때 희랍 인민은 고전적 순수성을 갖춘 제3의 형식을 찾아내는 데 성공했는데 이것은 정작 희랍 인민 자신들에게는 얼마 지속되지 못했으되 바로 그런 이유에서 불멸성을 획득했다. 실로 신들이 아끼는 사람들은 요절하지만 그렇기 때문에 신들 곁에 영원히 살게 된다는 만유의 원리를 절감케 하거니와[2] 사람들은 숭고함에 가죽처럼 질긴 성질을 요구하지 않

---

2 오비디우스, 『변신 이야기』 제10권 155행 이하. 〈하늘의 신들의 왕께서 전에 프뤼기아의 가뉘메데스를 열렬히 사랑하신 적이 있사옵고, 그래서 당신께서 평소의 모습보다는 되고 싶으신 모습이 되시도록 그 무엇인가를 생각해 내셨소. 하지만 당신께서는 당신의 벼락을 나를 수 있는 새 말고 다른 새는 되려 하지 않으셨소. 당신께서는 지체 없이 가짜 날개로 대기를 가

는다. 로마 인민에게 너무도 잘 어울리는바 질기고 오래간 다는 수식어는 완벽 무결함에 따라붙을 술어는 아니다. 여 기서 우리가 묻노니 디오뉘소스적 본능과 정치적 본능이 공 히 매우 강력했을 전성기에 희랍 인민은 어떻게 망아적 명 상에 심취하지도, 권력과 명예를 향한 소모적 열정에 사로 잡히지도 않을 수 있었던가? 어떻게 희랍 인민은, 정념을 고 취시키는 동시에 관조적 태도를 견지케 하는 포도주와 같은 탁월한 조합에 도달할 수 있었던가? 이에 우리는 이들 민족 의 삶 전체를 자극하고 정화하고 삶의 무게를 덜어 주었던 바 비극이 가진 거대한 힘을 상기해야만 한다. 희랍 인민에 게처럼 우리에게도 비극이 우리 민족의 강렬하고 위험한 속 성들을 다스리는 조절제이자 예방약으로 기능할 때 비로소 우리는 비극의 진정한 가치를 알게 되리라.

03   비극은 최고의 음악적 도취를 제 안에 끌어들여 희랍 인 민에게서처럼 우리에게서도 음악을 완성하고 비극적 신화 와 비극적 영웅을 덧붙인다. 이때 비극적 영웅은 마치 힘센 티탄 아틀라스처럼[3] 제 어깨 위에 디오뉘소스적 세계 전체 를 짊어짐으로써 우리를 해방시킨다. 비극은 비극적 영웅과 비극적 신화를 통해 현재적 삶을 향한 욕구로부터 우리를

르시며 일리온의 소년을 납치하셨소. 그리하여 소년은 지금도 유노의 뜻에 반하여 넥타르를 회석하여 윱피테르께 술잔을 올리오.〉

3 『아이네이스Aeneis』(김남우 옮김, 열린책들, 2013) 제4권 246행 이 하. 〈머리로 하늘을 받치고 있는 굳센 아틀랏의 정수리와 가파른 옆구리를 날아가며 보았다. 검은 구름이 쉴 새 없이 감싸고 있는 아틀랏의 소나무를 인 머리는 비바람을 맞고 있었다. 쏟아지는 눈은 어깨를 덮고, 노인의 뺨을 타고 강물은 곤두박질, 얼음은 수염에 얼어붙었다.〉

해방시키며, 다른 방식의 삶과 보다 숭고한 쾌락으로 손짓
하여 우리를 부르는데, 투쟁하는 영웅은 자신의 승리가 아
니라 자신의 몰락을 통해 이런 쾌락을 예감하고 준비한다.
비극은 보편적 가치의 음악과 디오뉘소스적 감수성의 청자
사이에 숭고한 비유인 신화를 삽입한다. 그리하여 음악이
신화라는 조형 세계에 생명력을 불어넣는 최고의 도구라고
청자는 착각하게 된다. 이런 고귀한 기만에 기대어 비극은
이제 팔다리를 움직여 디튀람보스를 공연하며 기만이 빠진
음악만의 비극이었다면 감히 얻지 못할 황홀한 자유를 주저
없이 만끽한다. 이때 신화는 우리를 음악으로부터 보호하며
음악에게는 최고의 자유를 보장한다. 그 대가로 음악은 비
극적 신화에게 가슴을 파고드는 설득력을 제공하는바 음악
적 도움이 없었다면 신화는 말과 영상만으로 결코 그런 설
득력을 갖지 못했을 것이다. 특히 음악을 통해 관객은 환희
를 예감하며 몰락과 파괴를 통해 환희에 이르러 마치 세상
가장 깊은 심연이 자신에게 건네는 말을 듣는다고 생각한다.

04   나의 난해한 견해가 방금 나열한 문장들 속에서 소수만이
이해 가능할 임시변통의 언어들로 표현되었다면 계속해서
나는 나의 친구들에게 다시 한 번 시도해 줄 것을 독려하는
바이며 우리 모두가 공히 경험했을 특수한 예에 비추어 보
편적 명제를 이해해 줄 것을 청하는 바이다. 여기서 나는 극
진행의 장면들, 주인공들의 대사와 격정의 도움을 통해 음
악에 접근하려는 사람들은 염두에 두지 않는데 이들 모두는
음악을 모국어로 사용하고 있지 않으며, 음악의 도움을 받

248

는 경우라도 음악이라는 신전의 내부는 보지 못한 채 고작 입구 언저리에만 머물기 마련이다. 심지어 게르비누스[4]처럼 이들 중 몇몇은 입구에조차 이르지 못했다. 나의 설명은 오로지 음악과 직접적인 혈연을 맺고 있으며 음악을 어머니의 품처럼 느끼며 오로지 음악의 무의식적 연관을 통해서만 사물을 바라보는 사람들을 염두에 두고 있을 뿐이니 이런 진정한 음악가들을 향해 나는 묻거니와 「트리스탄과 이졸데」[5]

---

4 Georg Gottfried Gervinus(1805~1871). 역사가이며 문학사가.
5 Tristan und Isolde. 바그너의 오페라로 1865년 6월 10일 초연되었다. 트리스탄과 이졸데의 이야기는 중세 유럽 이래 근대에 이르기까지 전해 오는 사랑의 이야기이며 더 정확히 말하자면 사랑과 시련의 이야기다. 이 이야기의 중심 동기들을 사건 전개에 따라 늘어놓으면 다음과 같다. 트리스탄과 이졸데의 적대 관계, 부상당한 트리스탄을 이졸데가 돌보아 줌, 트리스탄이 제3자의 약혼녀 이졸데를 호송함, 트리스탄과 이졸데가 우연히 사랑의 묘약을 마시게 됨, 트리스탄과 이졸데의 비밀스러운 사랑, 사랑의 발각, 둘의 죽음. 바그너는 「트리스탄과 이졸데」에서 이런 신화적인 동기들을 좀 더 극적인 방식으로 발전시켰다. 가장 큰 차이는 우선 두 주인공이 서로 사랑하게 된 시점이다. 신화에서는 우연히 사랑의 묘약을 마심으로써 서로 사랑하게 되었다고 전하지만, 바그너에서는 두 사람이 서로 처음 본 순간 이미 사랑에 빠져 있었다. 부상당한 트리스탄이 찾아왔을 때, 그녀는 그가 자신의 약혼자 모롤트를 죽인 자라는 것을 알게 되고 이에 복수를 생각하지만 곧 첫눈에 사랑에 빠진다. 트리스탄도 마찬가지였다. 이후 삼촌의 약혼녀가 된 이졸데를 호송하는 임무를 맡은 트리스탄은 삼촌에 대한 의무감과 그녀에게 씻지 못할 죄를 지었다는 생각에, 다른 한편 이졸데는 다른 사람의 약혼자가 되어 가는 자신을 호송하러 온 사람이 다름 아닌 트리스탄이라는 사실에 상처를 입고, 또한 조국에 대한 의무감으로 두 사람은 서로에 대한 사랑을 숨긴다. 그러나 이졸데가 건넨 죽음의 약을 서로 나누어 마시는 순간, 트리스탄과 이졸데는 서로에 대한 사랑을 확인하고 숨겨 둔 사랑의 고통으로부터 벗어나 사랑하게 된다(Hans von Wolzogen, *Thematischer Leitfaden durch die Musik zu Richard Wagner's Tristan und Isolde*, Leipzig, 1888).

의 제3막을 대사와 영상 없이 그저 거대한 교향곡의 한 악장으로 감상하는 인간의 영혼은 위축되고 질식하지는 않을까? 이렇게 세계 의지의 심장에 귀를 대고 삶을 향한 거센 욕망이 때로 폭우에 몰아닥친 급류처럼 때로 잔잔한 시냇물처럼 심장에서 모든 혈관으로 쏟아지는 것을 느끼는 인간은 순식간에 소멸하지 않을까? 목동들의 이런 형이상학적 윤무(輪舞)가 들려올 때 견디다 못해 태고의 고향으로 피신할 수밖에 없는 인간이 과연 〈드넓은 밤의 세계〉[6]에 수없이 울리는 기쁨과 고통의 신음을 개별자라는 한심한 유리 껍데기를 뒤집어쓰고 견뎌 낼 수 있을까? 하지만 개별자의 파괴 없이 저 같은 작품 전체를 감상할 수 있고, 창조자의 소멸 없이 저 같은 창조물을 만들 수 있다고 할 때 우리는 이런 모순을 해결할 실마리를 어디서 구할 수 있을까?

05   최고조에 이른 우리의 흥취와 음악 사이에 비극적 신화와 비극적 영웅이 끼어드는데 근본적으로 이것은 음악만이 직접적으로 말해 줄 수 있는 보편적 사태의 비유일 뿐이다. 우리가 음악이라는 순수 디오뉘소스적 존재를 받아들일 때 비유일 뿐인 신화는 아무런 작용 없이 아무런 주목도 받지 못한 채 그저 옆에 서 있을 뿐이며 우리가 개별 이전의 보편에 귀 기울이는 것을 한순간도 막지 못하리라. 이때 **아폴론적** 힘이 거의 산산이 부서진 개별자를 재건하려는 듯 환희로 가득 찬 기만의 향유를 들고 홀연히 나타난다. 이 순간 갑자기 우리는 트리스탄만을 본다고 믿는바 그는 꼼짝도 하

6   「트리스탄과 이졸데」 제3막 제1장.

지 않고 들릴까 말까 한 목소리로 묻는다. 〈옛 노래로다. 어찌 나를 깨우는가?〉[7] 한때는 존재의 중심에서 비집고 나온 공허한 탄식처럼 느껴지던 존재가 이제는 우리에게 오로지 말을 걸고자 한다. 〈바다는 황량하고 쓸쓸합니다.〉[8] 온갖 감정들이 곤두서고 호흡이 멎으면서 우리 자신 스스로가 소멸한다고 착각하고, 찾을 수 있는 삶과의 연관도 그저 미약하게 된 순간 우리는 죽음의 상처를 입었으나 아직은 살아 있는 영웅을 보고 듣는다. 그는 절망적으로 소리친다. 〈그리워라! 그리워라! 죽음이 목전인데도 나는 그리워라! 그리워 죽을 수 없구나!〉[9] 무참하고 격렬한 고통이 지나간 후 들려오는 나팔 소리가 더없는 고통으로 우리의 마음을 찢어 놓는 순간 우리와 〈환호 자체〉 사이에 쿠르베날이 서 있나니 그는 이졸데를 실어 오는 배를 향해 환호한다. 그만큼 강렬하게 우리 안에 아픔에 대한 공감이 밀려들지만 어떤 의미에서 아픔의 공감은 세계의 근원적 고통으로부터 우리를 구원한다. 이는 마치 신화라는 비유적 형상이 우리가 직접 최고의 세계 이념을 목도하는 것을 막아 주는 것과 같으며, 이는 마치 사상과 언어가 우리로 하여금 무의식적 의지를 막힘없이 표출하지 못하도록 구원하는 것과 마찬가지다. 숭고한 아폴론적 기만 덕분에 우리는 소리의 왕국이 마치 조형 세계처럼 우리 앞에 걸어온다고 생각하게 되고 또한 그 덕

7 「트리스탄과 이졸데」 제3막 제1장.
8 「트리스탄과 이졸데」 제3막 제1장.
9 「트리스탄과 이졸데」 제3막 제1장.

분에 트리스탄과 이졸데의 운명이 아주 섬세하고 표현력 강한 소재로써 마치 조형적으로 표현되었다 생각하게 된다.

06 이와 같이 아폴론적인 것은 우리를 디오뉘소스적 보편성에서 분리시키며 우리가 개별자들에 기뻐하게 만들며 우리 아픔의 공감을 개별자들에 붙들어 매며 위대하고 숭고한 형식에 목말라하는 미적 감성을 개별자들을 통해 충족시킨다. 아폴론적인 것은 삶의 영상들을 우리 앞에 데리고 나와 우리로 하여금 사유로써 영상들에 담긴 삶의 정수를 파악하도록 유혹한다. 영상, 개념, 도덕률, 아픔의 공감이라는 강력한 힘으로 인간을 망아(忘我)적 자기 파괴로부터 건져 올리며 가상을 통해 디오뉘소스적 보편성을 인간으로부터 감춘다. 그리하여 인간은 예를 들어 트리스탄과 이졸데의 개별 세계상을 본다고 착각하며, 이 세계상에 **음악을 보태면** 이를 보다 분명하고 깊숙이 **볼 수 있다**고 착각한다. 디오뉘소스적인 것은 실로 아폴론적인 것에게 봉사하며 아폴론적인 것의 작용을 증가시키고 심지어 음악은 본질적으로 아폴론적 내용을 전달하기 위한 표현 기술일 뿐이라는 착각을 아폴론이 우리에게 불러일으킬 수 있다니 그렇다면 아폴론의 의술은 무소불위가 아닌가?

07 완성된 극과 그 음악 사이에 작용하는 예정 조화를 통해 극은 언어 연극이 도저히 추종할 수 없는 최고의 시각적 선명성을 제공한다. 독립적 선율을 따라 무대 위에서 살아 움직이는 인물 모두가 약동하는 뚜렷한 선에 의해 단순화되어 우리 앞에 다가올 때 우리는 이런 선들의 병진(竝進)을 극 진

행에 섬세하게 호응하는 화음 변화 가운데 듣게 된다. 이를 통해 사건들의 관계는 감각적인, 결코 추상적이지 않은 방식으로 직접적으로 지각 가능하게 변모하며 동시에 이런 관계 속에서야 비로소 우리는 인물과 선율의 본질이 순수하게 드러난다는 점을 알게 된다. 음악이 우리로 하여금 어느 때보다 더 많고 깊이 있게 무대를 보도록 만들며 우리 앞에 마치 섬세한 직조물 같은 극 진행이 펼쳐지도록 만들 때, 내면을 관조하는 우리의 정신적 시선에 무대 세계는 무한히 확장되어 안으로부터 빛을 발한다. 언어 시인은 이와 유사한 것을 제공할 수 있을까? 그는 매우 불완전한 절차에 따라 간접적인 방식으로 언어와 개념을 통해 선명한 무대 세계의 내적 확장과 그것의 내적 조명을 따라잡을 수 있을까? 음악 비극도 물론 언어를 가지고 있기는 하지만 언어의 출생지와 뿌리를 함께 제시함으로써 언어의 생성을 안으로부터 분명히 밝혀 준다.

08   이렇게 묘사된 극 진행으로부터 무대 위의 사건은 다만 황홀한 가상이고 전에도 언급했던 아폴론적 **기만**이고 그 덕분에 우리는 디오뉘소스적 충동과 과도함에서 벗어난 것이 분명하다고 주장할 수도 있다. 그러나 속을 들여다보면 음악과 극의 관계는 역전되어 있다. 오히려 음악이 세계 이념이고 극은 다만 이념의 반영이자 이념의 파편적 그림자일 뿐이다. 이때 선율과 등장인물, 화음과 인물 성격은 음악 비극을 보면 우리가 기대했던 방식과는 전혀 다르게 통일을 이룬다. 아주 명료하게 움직이고 살아 숨을 쉬고 내면으로

부터 빛을 발할지라도 등장인물은 언제나 참된 실재로 이어지는 다리를 갖지 못한 현상에 지나지 않으며 세계의 심장으로 이어질 수 없는 현상에 불과하다. 이때 세계의 심장으로부터 말을 거는 것은 음악이다. 수많은 현상들은 음악을 지나쳐 가고 결코 음악의 본질을 전부 드러낼 수 없으며 다만 피상적 모방에 그친다. 음악과 극의 복잡한 관계는 널리 유행하는 오류인 영혼과 육체의 대립으로는 전혀 설명될 수 없으며 이는 모든 것을 더욱 혼란스럽게 만들고 있다. 이런 대립을 신봉하는 비(非)철학적 몰지각이 어찌된 연유인지 우리 시대 미학자들에게는 신념이 되었는바, 우리 시대 미학자들은 현상과 물자체의 대립에 관해서 전혀 배운 적도 없으며 어찌된 이유인지 이를 전혀 배우려 하지 않는다.

09 앞서 우리의 분석 결과 비극에 있어 아폴론적인 것은 기만을 통해 음악이라는 디오뉘소스적 요소를 제압하며 극을 아주 선명하게 하려는 의도로 음악을 이용한다는 점이 밝혀졌으나 이에는 한 가지 중요한 단서가 달려야 한다. 무엇보다 더할 수 없이 중요한 순간에 아폴론적 기만은 부서지고 파괴된다는 것이다. 선명히 빛을 발하며 움직이는 것들과 등장인물들에 의해 그리고 음악의 협조를 통해 마치 베틀에서 씨실과 날실이 얽히며 옷감이 만들어지는 듯 완성되어 가던 극 총체는 **아폴론적 예술 작용의 피안에 도달하게** 된다. 전체적으로 디오뉘소스적인 것이 다시 우위를 차지하게 되며 비극은 아폴론적 예술 왕국에서는 절대로 퍼져 나올 수 없는 울림으로 마무리된다. 대단원에서 아폴론적인

기만은 자신의 본질을 드러내는바 비극 공연이 진행되는 동안 디오뉘소스적 효과를 가리고 있던 너울임이 밝혀진다. 비극의 마지막 순간에 디오뉘소스적 효과가 아폴론적 극을 몰아붙이면 극은 디오뉘소스적 지혜를 읊기 시작하고 마침내 극 자체와 아폴론적인 시각적 명료성마저 부정하기에 이른다. 아폴론적인 것과 디오뉘소스적인 것이 비극에서 맺은 복잡한 관계는 형제 결의로 상징될 수 있을지도 모르겠다. 디오뉘소스는 아폴론의 언어를 말하고 아폴론도 마침내 디오뉘소스의 언어를 말한다. 이로써 비극과 예술 일반의 궁극적 목표가 성취된다.

제22장

01　혜안을 가진 동지가 있어 제 경험에 비추어 진정한 음악 비극의 효과를 그저 있는 그대로 한번 생각해 보았으면 한다. 그렇게 한다면 그는 내가 두 가지 측면에서 기술한 비극의 효과를 제 경험에 비추어 해석할 수 있게 되리라. 눈앞에 펼쳐지는 신화를 관람하며 일종의 전지적 능력이랄까 그는 자신의 눈이 사물의 표피뿐만 아니라 내면 모든 것을 꿰뚫어 볼 수 있게 된 양 모든 것이 분명해지는 것을 느꼈음을 기억해 내게 되리라. 다시 말해 그는 음악의 도움으로 의지의 격동, 동기들의 갈등, 열정이 넘쳐흐르는 박동을 마치 생생하게 살아 움직이는 선과 도형처럼 지각할 수 있게 되고 그리하여 무의식의 동요가 감추고 있는 미묘한 비밀 세계까지 내려갈 수 있는 양 느낀다. 그는 시각적 선명성과 변용을 지향하는 자신의 욕구가 이와 함께 절정에 이르렀음을 의식하지만, 동시에 아폴론적 작용들이 오래 지속된다 한들 청중으로 하여금 무의지적 관조의 행

복감에 머물게 하지는 **못한다**는 점을 분명히 느낀다. 여기서 말하거니와 아폴론적 예술가들이라고 부를 수 있는 조형 예술가와 서사시인들이 그들의 예술 작품을 통해 청중에게 불러일으키는 것은 바로 무의지적 관조이며 개별자의 세계를 무의지적 관조 속에서 정당화하는 것이야말로 아폴론적 예술의 총화라 하겠다. 그는 변용된 무대의 세계를 관람하지만 곧 이 세계를 부정한다. 그는 서사시적 선명성과 아름다움을 갖고 눈앞에 움직이는 비극적 주인공을 보지만 곧 그의 파멸에 즐거워한다. 그는 무대 위의 사건을 속속들이 이해하지만 곧 몰이해의 심연으로 도망한다. 그는 비극적 주인공의 행동이 정당화되었다고 느끼지만 곧 행위가 행위자를 파괴하는 순간 더 많은 환호성을 지른다. 그는 주인공이 맞닥뜨리게 될 고통에 전율하지만 동시에 그 고통에서 훨씬 더 많은 쾌락을 맛본다. 그는 점점 더 많이 점점 더 깊이 들여다보지만 곧 스스로 눈멀기를 원한다. 이런 놀라운 자기 분열, 아폴론적 절정에서 벌어지는 이런 전도 현상을 우리는 어떻게 이해해야 할까? **디오뉘소스적** 경이와 마법은 아폴론적 격동을 절정을 향해 자극하다가 어느새 아폴론적 힘의 과잉이 자신에게 봉사하도록 만든다. **비극적 신화**는 아폴론적 표현 수단을 통한 디오뉘소스적 지혜의 영상화로 이해될 수 있을 뿐이다. 비극적 신화가 현상계를 그 끝까지 몰아붙이자 거기서 현상계는 스스로를 부정하고 다시 참되고 유일한 실체의 자궁 속으로 도망간다. 여기서 현상계는 이졸데와 더불어 형이상학적 백조의 노래[1]를 부르는 듯 보인다.

> 황홀한 기쁨의 바다
> 일렁이는 파도 위에
> 달콤한 향기의 물결
> 울렁이는 소리 가운데
> 세계의 호흡으로
> 들고나는 허공에 매달려
> 취하고 잠겨
> 의식을 잃었도다. 절정의 쾌락이로다.[2]

진정 아름다움을 이해하는 청중으로서 우리가 얻은 경험에 힘입어 생각해 보건대 비극시인은 개별성을 낳는 신이 그러하듯 먼저 인물들을 창조하며 이런 의미에서 그의 작품은 결코 〈자연의 모방〉이 아니다. 이어 비극시인의 무서운 디오뉘소스적 본능은 창조된 현상 세계 전체를 통째로 집어

---

1 에라스무스Erasmus Desiderius, 『격언집』(김남우 옮김, 아모르문디, 2009) I, ii, 55. 〈이 말은 희랍 격언집 속에 들어 있으며 아엘리아노스가 지은 동물학에 관한 저서에도 들어 있다. 이 말은 인생의 만년에 거장다운 면모가 배어나는 이야기를 들려준다거나 혹은 고령에 접어들어 마음을 사로잡는 글을 쓴다거나 하는 사람을 가리킨다. 특히 시인들의 경우가 그러한데, 그들의 만년 저작은 설익어 떫은맛이 없이 문체가 세월에 농익어 조화로운 달콤함이 가득하다. 백조가 죽음 직전에 고운 목소리로 울음을 우는 것은, 비록 그 누구도 직접 본 사람이 없고 그 누구도 믿으려 하지 않지만, 문학 작품에서 거듭 등장하는 상투적 생각이다.〉
2 「트리스탄과 이졸데」 제3막 제3장. 트리스탄의 시신 위에 엎드린 이졸데의 마지막 대사다.

삼키는바 현상 세계의 파괴를 통해 현상 세계의 배후에서 근원적 일자의 자궁에서 지극히 숭고한 예술의 원초적 희열을 예감케 한다. 우리 시대의 미학자들은 이러한 근원으로의 귀의에 관해, 비극을 통해 예술을 관장하는 두 신(神)이 결합한 일에 관해, 청중이 아폴론적이며 동시에 디오뉘소스적 감동을 얻는 것에 관해 전혀 모르고 있는 눈치며, 이들은 하고많은 날 주인공이 운명과 벌이는 대결이나, 윤리적 세계 질서의 승리 혹은 비극을 통한 격정의 해소 등을 비극의 고유한 것이라 규정하는 짓밖에는 어떤 것도 할 줄 모른다. 이들의 진저리 나는 행태를 보건대 이들은 분명 도무지 미학적 격정을 느낄 줄 모르는 인간들, 비극을 보며 이를 다만 도덕적 교설을 웅변하는 물건 정도로 생각하는 인간들임이 분명하다. 예술적 상태 및 청중의 미학적 활동을 추론할 비극 효과를 아리스토텔레스 이래 여태까지 누구도 설명하지 못했다. 무대의 엄숙한 사건에 의해 연민과 공포가 일어났다가 가라앉으며 해소된다고 설명하는 경우[3]가 있는가 하면, 선하고 고귀한 원리가 승리할 때, 올바른 세계관에 따라 영웅이 자신을 희생할 때 우리 자신이 감격하여 고양됨을 느끼게 된다고 설명하기도 한다.[4] 분명 믿거니와 많은 사람들에게는 바로 이것이 그리고 오직 이것만이 비극 효과이겠지만 이를 통해 분명해지는 것은 비극을 설명하는 미학자들을 포함하여 이들 모두는 비극이라는 숭고한 **예술**을 전

---

3   아리스토텔레스, 『시학』 1449b21 이하.
4   실러, 『비극적 주제가 주는 즐거움의 근거에 관하여』.

혀 이해하지 못하고 있다는 사실뿐이다. 격정의 발산, 아리 스토텔레스가 외친 정화*katharsis*라는 단어(고전 문헌학자 들은 이것을 두고 의학적 정화네, 도덕적 정화네, 왈가왈부 말이 많다)는 괴테의 생각을 연상케 한다. 〈격정에 관한 학 문적 관심이 없었다면 나는 결코 비극적 상황을 성공적으 로 다룰 수 없었을 것이고 비극적 상황을 찾기보다는 오히 려 피했을 것이다. 우리네는 학문적 지식을 바탕으로 그런 작품을 만들어야만 하겠으나 고대 희랍 인민에게 격정의 저 숭고한 산물이 다만 미학적 놀이였을 뿐이라는 것은 그들 탁월함 가운데 하나가 아닐까?〉[5] 끄트머리의 의미심장한 질 문에 우리네 경험에 비추어 그렇다고 긍정할 수 있는바 우 리는 놀랍게도 격정의 저 숭고한 산물이 다만 미학적 놀이 일 뿐이라는 설명이 진실임을 음악 비극을 통해 몸소 체험 했던 것이다. 이로써 우리는 비로소 비극이라는 근원적 현 상을 기술하는 데 다소나마 성공했다고 믿을 수 있게 되었 다. 유사하다는 이유로 아직도 비극이라는 현상을 미학적 영역 밖으로부터 끌어들인 것을 가지고 설명하려 드는 인간 이 있다면, 의학적 내지 도덕적 과정이라고밖에 설명할 줄 모르는 인간이 있다면 이런 인간은 자신의 미학적 능력을 의심해 보아야 할 것이다. 이런 인간에게 우리는 무해한 대 안으로 그저 게르비누스의 입장에 따른 셰익스피어 해석[6]

5 『괴테가 실러에게 보내는 편지』 가운데 1797년 12월 9일의 편지.
6 게르비누스Georg Gottfried Gervinus는 1849~1852년에 셰익스피 어에 관한 글을 발표했다.

혹은 〈시적 정의〉를 부지런히 탐사하도록 권하는 바이다.

02　비극의 재탄생과 더불어 **미학적 청중**도 거듭 다시 태어났다. 이제까지 이들을 대신하여 절반은 도덕적, 절반은 학적 요구를 가진 불가사의한 대체물인 〈비평가〉가 극장에 앉아 있었다. 이제까지 그가 차지하던 공간에서 모든 것은 인공적이었으며 단지 삶의 가상으로 덮여 있었다. 무대 위의 배우는 진실로 비평적 태도의 청중에게 무엇을 보여 주어야 할지 알지 못했으며 그리하여 그는 불안해하며 자신에게 영감을 불어넣어 주는 극작가나 오페라 감독과 더불어, 꼬치꼬치 따질 뿐 전혀 즐길 줄 모르는 〈비평가〉에게 삶의 마지막 조각이나마 남아 있을까 싶어 두리번거리곤 했다. 이제까지 관중은 이런 종류의 비평가들로 이루어져 있었다. 대학생과 학생, 마침내 순진한 계집애조차 스스로 의식하지 못한 채 교육과 신문에 길들여져 예술 작품에 관해 똑같은 생각을 가지게 되었다. 예술가들 가운데 좀 괜찮은 축들도 청중에 작용하는 도덕적-종교적 앙양(昂揚)을 믿었으니, 강력한 예술적 마력에 의해 감격과 흥분이 진정한 청중에게서 용솟음치는 순간에마저 이들은 오히려 〈윤리적 세계 질서〉를 외쳐 댔다. 극작가들은 정치 사회적 현재의 거대한, 아니 적어도 꿈틀거리는 경향을 무대에 올렸으며 청중은 자신의 비평적 무기력을 잊을 수 있었고, 애국주의적 찰나에 혹은 국가적 비상시에 혹은 의회 연설의 연단에서 혹은 범죄와 악덕의 심판장에서 가졌던 것과 유사한 격정을 느낄 수 있었다. 본래적 예술 의도의 이런 소외는 경향성의 경배로

여기저기 흘러갈 수밖에 없었다.[7] 그런데 모든 거짓 예술에서 으레 일어나기 마련인바 경향성의 변질은 순식간에 찾아왔다. 예를 들어 실러의 시대[8]에는 진지하게 받아들여진 경향, 극장을 도덕적 국민 교육의 장으로 사용하려는 경향성은 이미 철 지난 교양 교육의 놀랍도록 낡아 빠진 유물로 간주되었다. 비평가가 극장과 연주회를, 신문쟁이가 학교를, 신문이 사회 각계를 장악하면서 예술은 다만 저급한 오락물로 취급되었으며, 쇼펜하우어가 제시한 고슴도치 우화[9]야말

7   하이네Heinrich Heine(1797~1856)는 1840년대 애국주의적 열정을 고취시키려는 〈경향시〉를 조롱하는 「경향」(『신시집』, 김수용 옮김, 문학과지성사, 1989)을 썼다. 〈독일의 시인이여! 독일의 자유를 노래하고 찬미하시오. 당신의 노래가 우리의 영혼을 사로잡을 수 있도록, 우리가 열광되어 행동할 수 있도록, 마르세유 찬가식으로 노래하시오. 더 이상 베르터처럼 하소연이나 읊지는 마시오. 이 자는 오로지 로테만을 향해 타올랐지요. 종이 울리는 의미를 당신 나라 백성들에게 말해야 하오, 단검을, 칼을 말하시오. 더 이상 연약한 피리나 목가적 정조가 되지 마시오. 조국의 나팔이 되시오, 대포가 되시오, 카르타우네포가 되시오, 나팔 불고 쾅쾅대며 천둥 치고 죽이시오! 나팔 불고 쾅쾅대며 천둥 치시오, 날마다, 마지막 압제자가 달아날 때까지. 오로지 이 방향으로 노래하시오, 그러나 당신의 시를 가능한 한 보편적으로 유지하시오.〉

8   실러, 『도덕 교육의 장이라는 측면에서 본 연극 무대』

9   쇼펜하우어, 『쇼펜하우어의 행복론과 인생론』(홍성광 옮김, 을유문화사, 2013) 464면 이하. 〈어느 추운 겨울날, 고슴도치들은 얼어 죽지 않기 위해 서로 바싹 달라붙어 한 덩어리가 되어 있었다. 그러나 그들은 곧 그들의 가시가 서로를 찌르는 것을 느꼈다. 그리하여 그들은 다시 떨어졌다. 그러자 그들은 추위에 견딜 수 없어서 다시 한 덩어리가 되었다. 그러자 가시가 서로를 찔러 그들은 다시 떨어졌다. 이와 같이 그들은 두 악(惡) 사이를 오갔다. 그리하여 마침내 그들은 상대방의 가시를 견딜 수 있는 적당한 거리를 발견했다. 인간의 공허함과 단조로움으로부터 생겨나는 사교에 대한 욕구는 인간을 한 덩어리가 되게 한다. 그러나 그들은 불쾌감과 반발심으로 인해 다시 떨어진다. 그리하여 마침내 그들은 서로 견딜 수 있는 적당한

로 이를 적절히 설명해 주거니와 미학적 비평은 허영심으로 채워진 산만하기 이를 데 없는 이기적이고 게다가 주워듣고 제 것인 양 떠벌리는 형편없는 인사들의 사교용 접착제로 사용되었다. 그런즉 예술에 관해 그렇게 많이 떠들면서도 그 정도로 무식한 헛소리를 떠벌렸던 적은 없을 것이다. 베토벤과 셰익스피어를 즐기는 사람을 과연 아직도 만나 볼 수 있을까? 이 물음에 각자 제 느낌대로 대답할지니 놀라움에 침묵하지 않고 대답하려 든다면 어떻게 대답하든지 간에 〈교양 교육〉에 대한 자신의 생각을 드러내게 될 것이다.

03　　한편 타고나길 섬세하고 여린 사람은 비록 앞서 설명한 방식으로 점차 비평적 야만인이 되었을지라도 로엔그린의 성공적 공연에서 그가 받은, 전혀 기대하지 않았을 뿐더러 전혀 이해할 수조차 없었던 영향을 이야기해야만 했다. 아마도 그에게 이를 미리 알려 주고 설명해 줄 사람이 없었으리라. 도저히 이해하기 어려울 만큼 다양하고 전혀 비교 불가능한 격정이 공연 당시 그를 흔들었으되 그 격정은 다만 단편적이었으며 마치 수수께끼의 별처럼 반짝 빛나고 사라졌던 것이다. 공연 당시 그는 과연 미학적 청중은 무엇인가를 어렴풋이 예감했으리라.

간격을 발견했다. 그것이 바로 정중함과 예의다. [……] 그러나 내적인 따뜻함이 많은 사람은 다른 사람에게 고통과 괴로움을 주거나 다른 사람으로부터 고통과 괴로움을 받지 않기 위해 사회로부터 멀리 떨어져 있기를 좋아하는 것이다.〉

제23장

01   자신이 진정한 미학적 청중에 가까운지 아니면 소크라테
스적-비판적 군상에 속하는지를 알고 싶은 사람은 다만 정
직하게 무대 위에서 펼쳐지는 **기적**을 보고 자신이 무엇을
느꼈는지를 스스로 묻는 것으로 족하다. 그때에 엄밀한 심
리학적 인과율에 기초한 자신의 역사의식[1]이 심하게 흔들리
는 것을 느꼈는지 아니면 유년 시절에는 편안한 마음으로
기적을 이해했으나 이제는 낯설고 이해하기 힘든 현상이라
고 생각했는지 혹은 그 밖에 무언가를 느꼈는지를 말이다.
왜냐하면 이에 따라 집약된 세계상인 **신화**를, 기적을 담고
있는 현상의 축도(縮圖)를 자신이 얼마나 이해할 수 있는지
를 가늠할 수 있기 때문이다. 엄밀히 따져 본다면 모르긴 몰

---

1 〈역사의식〉은 신화의 또 다른 이름인 〈기적〉과 대립하는 것이다. 〈기
적〉 혹은 신화는 일정한 인과율에 얽매이지 않는 이야기라고 할 때 〈역사의
식〉은 일종의 인과율, 그러니까 〈심리학적 인과율〉에 따른 이야기다. 〈역사
의식〉 혹은 〈비판적-역사적 정신〉 혹은 〈역사와 비판〉 등도 이런 맥락에서
이해할 수 있다(Schmidt).

라도 오늘날 거의 대부분의 사람들은 우리 시대의 교양 교육이 전수한 비판적-역사적 정신에 의해 여러 가지 추상적 매개를 통한 학문적 통로를 거치지 않고서는, 한때 신화가 존재했다는 사실조차 이해하지 못할 정도로 불구가 되어 버렸다. 허나 실로 신화가 없었다면 모든 문명은 자신의 건강하고 창조적인 능력을 상실했을 것이니 신화를 갖춘 지평이 열리고서야 비로소 문명 전체는 통일성을 향해 움직일 수 있었다. 신화를 통해 비로소 상상력과 아폴론적 꿈이 가진 모든 힘은 정처 없는 방황을 멈추게 되었다. 분명 신화적 영상들은 눈에 띄지는 않으나 도처에 존재하는 파수꾼임에 틀림없으니 그 보호 아래 어린 영혼은 성장하고, 그 상징 아래 어른은 자신의 삶과 투쟁을 해석한다. 더 나아가 신화적 토대는 국가와 종교의 연관성 및 국가가 신화적 표상들로부터 성장했음을 입증하는바 국가의 더없이 강력한 불문율이다.[2]

02   이제 신화 없이 살아가는 추상적 인간, 추상적 교육, 추상적 관습, 추상적 법률, 추상적 국가를 살펴보자. 본향(本鄕)적 신화의 어떤 규제도 없이, 어떤 구속도 없이 떠돌아 방황하는 예술적 상상력을 생각해 보라. 확고하고 신성한 본향을 상실한 문명, 제가 가진 모든 가능성을 탕진하고 다만 다

2   소포클레스, 『안티고네』 450행 이하. 〈내게 그런 포고령을 내린 것은 제우스가 아니었으며, 하계의 신들과 함께 사시는 정의의 여신께서도 사람들 사이에 그런 법을 세우지 않았으니까요. 나 또한 한낱 인간에 불과한 그대의 포고령이 신들의 변함없는 불문율(不文律)들을 무시할 수 있을 만큼 강력하다고는 생각지 않았어요. 그 불문율들은 어제오늘에 생긴 게 아니라 영원히 살아 있고, 어디서 왔는지 아무도 모르니까요. 나는 한 인간의 의지가 두려워 그 불문율들을 어김으로써 신들 앞에서 벌받고 싶지 않았어요.〉

른 모든 문명들로부터 근근이 자양분을 구하도록 판결받은 문명을 상상해 보라. 이것이 바로 신화의 철폐를 지향하던 소크라테스주의가 초래한 오늘의 현실이다. 신화를 상실한 인간은 끊임없이 굶주림에 시달리며 이제 완전히 역사에 둘러싸여 있다. 뿌리를 캐내기 위해 땅을 파고 또 파고 있으며, 어쩌면 한참 멀리 고대 세계까지 뿌리를 찾아 헤매야 될지도 모르는데도 계속해서 파고 있다. 근대 문명이 시달리고 있는 채워지지 않는 거대한 역사적 욕망, 수많은 다른 문명의 채집과 그 소모적 갈망.[3] 이것은 신화의 상실, 신화적 본향의 상실, 신화적 모태의 상실이 아니면 무엇을 의미하겠는가? 스스로에게 물어보자. 오늘날 문명의 열병 같은 끔찍한 행동은 음식을 향한 굶주린 자의 탐욕이며 게걸스러운 식욕이 아니면 무엇이겠는가? 아무리 먹어도 배부른 줄 모르며 아무리 풍부한 자양분과 탁월한 음식물이라도 다만 〈역사와 비판〉으로 만들어 버리곤 하는 오늘날의 문명에 과연 누가 계속 무언가를 제공하고 싶겠는가?

03   이미 놀랍도록 문명화된 프랑스를 보면서 드는 생각이거니와, 만약 우리 독일도 그와 같이 문명과 하나가 되어 떼려야 뗄 수 없게 엉켜 버리기라도 했다면 우리는 독일의 그런 상황을 고통스러워하며 절망해야 했을지도 모를 일이다. 민

---

3   19세기 후반에 들어 문화사에 대한 관심이 크게 일어났다. 빌헬름 하인리히 릴Wilhelm Heinrich von Riehl(1823~1897)은 19세기 역사학을 대표하는 독일 학자로 1856년 『문화사적 소설』을 발표하여 크게 이름을 알렸다. 또한 부르크하르트Jacob Christoph Burckhardt(1818~1897)는 1860년 『이탈리아 르네상스의 문화』를 출판했다(Schmidt).

족과 문명의 합일이 오랜 동안 프랑스를 우월하고도 굉장히
앞서게 만들었던 것도 사실이지만, 지금 이 순간 우리 독일
에서는 문명이 문제만을 야기했을 뿐 아직까지 숭고한 민족
적 본령과 합일되지 않았다는 사실에 우리는 안도한다. 열
렬한 희망으로 우리는 깨닫기 위해 지며리 애써 온바, 우리
독일에서는 과거 한순간 어마어마하고 강렬하게 움직였던
내적으로 건강하고 아름다운 태고의 힘이 미래에 다시 깨어
날 것을 꿈꾸며, 불안하게 위아래로 흔들리며 경련하는 문
명적 삶과 교양의 저변에 숨죽이고 있음을 알게 되었다. 이
러한 근저의 힘에 기하여 종교 개혁은 독일에서 시작될 수
있었다. 종교 개혁의 찬미 속에서 처음으로 독일 음악의 미
래가 울려 퍼졌다. 매우 심오하고도 힘차고 우렁차게, 매우
풍성하고도 아름답고 부드럽게 루터 찬가[4]가 울려 퍼졌다.
그것은 봄이 가까이 오면 깊은 숲에서 울려 퍼지는 디오뉘
소스적 찬가와도 같았으며 이에 호응하여 찬동자들은 마치
디오뉘소스적 열광자들처럼 여기저기서 행렬을 이루어 개
혁의 찬가를 경건하고도 과감하게 노래했다. 우리 독일 음
악은 이들에게 힘입은 바 컸으니 **독일적 신화의 부활** 또한
이들에게서 힘을 얻게 될 것이다.

04   나에게 공감하며 여기까지 따라온 동지를 나는 고독한 관
조의 고지로 데리고 가야한다. 그곳에는 겨우 몇몇의 동반

---

4   유럽 전체적으로 민족주의적 경향이 뚜렷해지는 19세기에 루
터Martin Luther(1483~1546)는 독일의 국민적 영웅으로 부각되었다
(Schmidt).

자가 있을 뿐이다. 나는 그들을 격려하여 외친다. 우리에게 빛을 던져 주고 있는 우리의 인도자 희랍 인민을 놓치지 말라! 우리는 지금껏 희랍 인민으로부터 두 가지 신적 형상을 빌려 와 우리가 가진 미학적 인식을 순화하는 데 사용했다. 두 신적 형상은 각각 독자적 예술 영역을 지배하고 있는바 우리는 둘의 대립적 합일과 고양을 희랍 비극을 통해 감지했고 둘이 서로 갈라져 현저히 해체됨으로 인해 희랍 비극이 몰락하게 되었다고 생각했다. 비극의 몰락으로 희랍 인민의 민족성이 변모하고 타락하기에 이르렀음을 생각할 때 우리는 예술과 민족, 신화와 윤리, 비극과 국가가 근원적 토대에 있어 얼마나 필연적이며 밀접하게 연관되어 있는가를 숙고했다. 비극이 몰락함과 동시에 신화 또한 몰락하게 되었다. 그때까지만 해도 희랍 인민은 무의식적으로 모든 체험을 곧바로 신화와 연결시켜야 했고 그래야만 비로소 체험을 이해할 수 있었다. 이 때문에 희랍 인민에게 눈앞의 현실은 마치 시간을 초월한 영원성의 형상으로 비쳐졌을 것이다. 이러한 영원성의 강물 속에 예술처럼 국가 역시 몸을 담갔으며 그리하여 찰나의 무게와 욕망을 벗고 휴식을 찾았다. 개인은 물론이려니와 민족도 그들의 체험에 영원성을 각인시킬 수 있을 때 가치를 얻게 된다. 왜냐하면 이로써 그들은 세속을 벗어나게 되며 시간의 상대성에 대하여 그리고 삶의 참된, 그러니까 형이상학적 의미에 대하여 무의식적인 내면적 확신을 보여 주기 때문이다. 반대로 한 민족이 역사적으로 사유하고 신화라는 방파제를 무너뜨리기 시작하면서 정반대

의 일이 발생하는데 모든 윤리적 결과에서 돌이킬 수 없는
세속화가 진행되고 무의식적이었으되 삶에 간직되었던 형
이상학과 결별하게 된다. 희랍 예술, 특히 희랍 비극은 무엇
보다 신화의 파괴를 막고 있었다. 따라서 본원의 대지로부
터 벗어나 사상과 윤리와 행동의 야만 속에서 마음대로 살
아 보려거든 희랍 비극을 없애야 했다. 학문이라는 이름으
로 삶에 침투한 소크라테스주의의 한복판에서 지금도 형이
상학적 본능은 약화된 형태로나마 변용을 시도한다. 그러
나 낮은 단계에서 형이상학적 본능은 그저 열정만이 돋보이
는 탐구의 시도에 불과했던바 이러한 시도는 점차 사방에서
온갖 신화와 잡신들을 긁어모았고[5] 그 한가운데 희랍 인민
은 벅찬 가슴으로 앉아 있었다. 그리고 마침내 희랍 인민은
희랍적 명랑성과 경박함의 못난 희랍인이 되어 짐짓 열정을
속이거나 혹은 오리엔트의 미신[6]으로 스스로를 마비시키게
되었다.

05   이러한 상태에 우리도 가까워졌다. 알렉산드리아-로마적
고대가 부활한 15세기[7] 이래 무어라 형언할 수 없는 길고 긴

5   예를 들어 1세기의 아폴로도로스Apollodoros는 『신화집』을 출간한
다. 그는 우라노스와 가이아로부터 오뒷세이아의 귀향까지의 모든 신화를
연대기적으로 정리하였다. 1세기 오비디우스의 『변신 이야기』도 여기에 속
한다.

6   이시스 숭배와 미트라교와 기독교가 희랍과 로마에 유입되었다. 플
루타르코스는 『미신에 관하여』라는 글을 남겼다.

7   니체는 르네상스 시대를 알렉산드리아적 문명 혹은 로마적 문명의
부활로 이해하고 있다. 〈로마적〉이라는 형용사가 〈알렉산드리아적〉에 단
순히 부가된 것은 로마 문명이 알렉산드리아적 문명의 확산에 기여하였을

막간을 보내고 마침내 그 정점에서 우리도 희랍 인민과 마찬가지로 과도한 지식욕, 채워질 줄 모르는 탐구욕, 무지막지한 세속화에 처하게 되었다는 것은 분명하다. 정처 없이 배회하며 굶주린 얼굴로 남의 식탁을 기웃거리거나 경박한 태도로 현재를 숭배하거나 혹은 마비된 표정으로 현실을 도피하는[8] 등 이 모든 것은 〈오늘날〉의 시대상이다. 모든 증상은 우리 문명의 심장 속에 희랍 인민의 경우와 동일한 결여, 신화의 소멸이 자리하게 되었음을 알려 주고 있다. 낯선 신화를 이식하려 하였으나 결국 이식으로 인해 나무는 치명적으로 병들고 말았던바 한때 낯선 환경과도 싸워 버틸 만큼 강하고 건강했으나 결국 시들어 쇠약해지거나 혹은 병적으로 웃자라 마침내 말라 버렸다. 하지만 우리는 독일인의 순수하고 강인한 근성을 높이 평가하는바 그들은 이미 완강히 뿌리내린 낯선 것을 훌륭히 싸워 몰아낼 것이며 마침내 독일 정신을 회복하게 되리라 감히 믿어 의심치 않는다. 아마 몇몇 사람들이 생각하는 것처럼 독일 정신은 라티움어계의 문명 요소를 몰아내는 데서 싸움을 시작해야 할 것이며, 외적으로는 최근 전쟁[9]의 용감한 승리와 피 흘린 영광으로부터 임전(臨戰)의 자세를 배우되 내면적으로는 루터를 비롯하여 예술가와 시인 선배들에게 부끄럽게 되지 않으려는 각오를 다져야 할 것이다. 그러나 독일 정신은 민족의 신주(神

뿐 어떤 독창적인 모습을 보여 주지 않았기 때문이다(Schmidt).

8 현실 지향적인 것으로 에피쿠로스학파가 있고 현실 도피적인 것으로 견유학파와 스토아학파가 있다.

9 1870~1871년의 보불 전쟁.

主),[10] 신화적 본향을 버려 둔다면, 모든 독일적인 것의 〈회복〉이 없다면 결코 싸울 수 없을 것이다. 그리하여 독일인이 길을 되돌려 오래전에 잃어버린 본향으로 돌아가고자 하되 더 이상 길을 모르고 어떤 다리를 건너야 할지 몰라 안내자를 찾는다면, 그는 단지 머리 위를 맴돌며 길을 안내하고자 즐거운 마음으로 노래하는 디오뉘소스의 새에게 귀를 기울이기만 하면 될 것이다.[11]

10   라티움어 〈*Penates*〉를 독일어로 〈*Hausgötter*〉라고 번역한다. 베르길리우스의 서사시 『아이네이스』에서 트로이아의 영웅 아이네아스는 신주를 모시고 새로운 땅을 찾아 떠난다. 제3권 4행 이하. 〈여기저기 망명지로 인적 없는 땅을 찾으라는 신들의 뜻에 이끌려 우리는 전함을 안탄롯, 프뤼갸의 이다 산자락 항구에서 마련하면서 운명이 어딜 향할지, 어데 정착할지 모른 채 사람들을 모았다. 첫 여름이 막 시작될 무렵 부친 앙키사는 운명에 돛을 맡기라 명하셨다. 눈물을 흘리며 조국의 해안과 항구를 떠났다. 트로야의 들녘을. 망명객으로 바다에 올랐다. 전우들과 아들, 신주와 위대한 신들과 함께.〉

11   바그너의 「지크프리트」에서는 지크프리트를 이끌어 브룬힐데가 잠들어 있는 곳으로 안내하는 새가 등장한다(Schmidt).

제24장

01   우리는 음악 비극의 고유한 예술 작용 가운데 아폴론적 기만을 강조해야만 한다. 우리의 음악적 흥분은 중간에 끼어든 가시적 중간계인 아폴론적 영역에서 발산될 수 있는바 아폴론적 가상은 우리가 디오뉘소스적 음악에 직접적으로 동화되지 않도록 우리를 구원한다. 우리는 이때 음악적 흥분의 발산을 통해 무대 위에 펼쳐지는 중간계인 극이 여타의 아폴론적 예술에서는 전혀 도달할 수 없었던 정도로 내면적으로 명료해지고 분명해짐을 목격했다고 믿었다. 아폴론적 예술이 음악의 정신을 통해 날개를 달고 하늘로 비약함으로써 절정에 이른다는 사실을, 더불어 아폴론과 디오뉘소스가 하나가 될 때 아폴론적 지향과 디오뉘소스적 지향이 정점에 서게 된다는 사실을 우리는 인정해야만 한다.

02   물론 음악을 통해 내적으로 깊이 빛을 발하는 아폴론적 영상이, 낮은 단계의 아폴론적 예술이 보여 주는 고유한 작용을 성취하지 못하는 것도 사실이다. 서사시 혹은 생명을

부여받은 석조물은 이를 관조하는 눈으로 하여금 개별자의 세계에서 고요한 황홀을 맛보도록 만들었던 반면 비극은 보다 높은 생명력과 선명성에도 불구하고 이를 성취하지 못한다. 우리는 극을 바라보며, 뚫어져라 주시하며 극이 가진 내적 동기의 세계로 육박하지만 오로지 비유적 가상만이 우리 앞으로 지나갈 뿐이다. 그 심오한 의미를 거의 파악했노라 믿으며 너울 같은 모상을 벗겨 내고 뒤에 놓은 근원적 영상을 보고자 소망한다. 가상이 제아무리 선명할지라도 그것으로는 충분치 않다. 왜냐하면 가상은 무언가를 폭로하여 보여 주는가 하면 무언가를 은폐하여 감추고 있기 때문이다. 거짓 폭로의 가상은 너울을 찢어 버리고 뒤에 놓은 것을 폭로할 듯 보이지만 실로 빛나는 명료성은 다시 우리의 눈을 멀게 하여 오히려 더 깊은 곳으로 육박하지 못하도록 막아 버린다.

03   관조함과 동시에 관조함을 넘어 동경함이라는 두 과정을 예전에 경험해 보지 못했다면 비극적 신화를 관람하는 가운데 두 과정이 얼마나 분명하고 명확하게 나란히 발생하며 경험되는가를 상상하기란 쉽지 않을 것이다. 반면 이런 동시적 발생이 비극의 고유 작용 가운데 가장 큰 특징이라는 것을 나는 진정한 미학적 관객을 통해 확인한바, 또한 진정한 미학적 관객에게 일어나는 이러한 현상이 비극적 예술가에게도 유사한 방식으로 발생한다는 것을 확인한바 이로써 우리는 **비극적 신화**의 기원을 이해하게 되었다. 비극적 신화는 아폴론적 예술 영역의 가상과 그 관조에 커다란 즐거

움을 갖지만 한편으로 이러한 즐거움을 부정하고 가시적 가상 세계를 부정함으로써 보다 고양된 즐거움과 만족을 지향한다. 비극적 신화의 내용은 무엇보다 투쟁하는 영웅을 찬미하는 신화적 사건인즉, 영웅의 운명적 시련, 극복을 위한 천신만고, 동기들의 고통 가득한 대립, 요약하자면 실레노스가 들려주는 지혜의 예증, 미학적으로 말하면 추악함과 부조화가 항상 새로운 모습을 추구하며 그렇게 수없이 상연되었으며 그것도 민족이 가장 풍요롭고 가장 젊음이 넘치던 시기에 그러했다는 수수께끼 같은 일을 도대체 보다 고양된 즐거움을 얻기 위해서가 아니라면 어찌 설명할 수 있겠는가?

04   삶이 실제 비극적이라는 사실만을 가지고서는 예술 형식의 기원은 전혀 설명되지 않는다. 예술은 현실 모방일 뿐만 아니라 나아가 현실 극복을 위해 현실과 나란히 세워진 현실의 형이상학적 보충물이다. 예술에 속하는 한에서 비극적 신화도 예술이 가진 형이상학적 변용 의지를 전적으로 공유한다. 투쟁하는 영웅의 영상을 통해 현상 세계를 무대에 올릴 때 비극은 도대체 무엇을 변용하는가? 현상 세계의 〈현실〉은 절대 아니다. 왜냐하면 비극적 신화는 이렇게 말을 건네기 때문이다. 〈당신들은 보라! 당신들은 보라! 이것이 당신네들의 삶이다. 이것이 당신네들 삶의 시곗바늘이다.〉

05   신화가 우리네 삶을 변용하기 위해 이런 우리네 삶을 보여 준단 말인가? 그렇지 않다. 그럼 영상들이 우리 앞을 지나갈 때 미학적 쾌감은 도대체 어디서 생겨나겠는가? 나는

미학적 쾌감을 묻고 있으며 나는 영상들이 예를 들어 시련의 공감 혹은 도덕의 승리로써 도덕적 쾌감을 유발할 수 있음도 알고 있다. 미학에 있어 오랫동안 유행처럼 퍼져 있는바 비극의 작용을 오로지 이러한 도덕적 근거로부터 찾고자 했던 사람들은 자신들이 예술을 위해 뭐 대단한 것을 찾아냈노라 믿지 말지어다. 예술은 다른 무엇의 개입 없이 순전히 그 영역 내에서 설명되어야 한다. 비극적 신화를 설명하는 일에 있어서도 첫 번째 요구 사항은 고통의 공감, 공포, 윤리적 숭고를 개입시키지 않고 순수 미학적 영역 내에서 고유한 쾌감을 설명하는 것이다. 비극의 내용을 이루는 추악하고 부조화한 것이 어떻게 미학적 쾌감을 줄 수 있는가?

06   이제 우리는 과감히 예술의 형이상학 안으로 돌입해 보자. 일찍이 내가 말했던 것을 되풀이하는바 삶과 세계는 오로지 미학적 현상으로서만 정당화되는 것으로 보인다. 비극적 신화는 이런 의미에서 추악함과 부조화가 예술적 유희, 무한한 쾌감의 충만 속에서 의지가 향유하고자 하는 예술적 유희라는 점을 우리에게 확신시켜 준다. 디오뉘소스적 예술의 이러한 근원적 현상은 언뜻 불가해한 듯 보이지만 **음악적 불협화음**이 갖는 놀라운 의의를 통해 유일하게 그리고 직접적으로 이해된다. 세계와 나란히 세워진 음악은 미학적 현상으로서 세계를 정당화함이 무엇을 의미하는지를 이해하는 데 도움을 제공한다. 비극적 신화가 야기하는 쾌감은 음악적 불협화음에서 발생하는 즐거움과 동근원적이다.[1] 고

1   헤라클레이토스 단편 DK22B8(=52정암). 〈대립하는 것은 한곳에

통에서조차도 얻어지는 근원적 쾌감 등 디오뉘소스적인 것은 불협화음의 음악과 비극적 신화가 공유하는 모태다.

07   불협화음의 음악에 도움받아 비극의 효과라는 어려운 문제의 해결이 근본적으로 용이해졌다고 말할 수 있지 않을까? 그렇다면 이제 비극에서 우리는 관조함과 동시에 관조함을 넘어 동경함이 무엇을 의미하는지 이해하게 된 것인가? 이를 예술적으로 사용된 불협화음에 적용해 본다면 우리는 어떤 상태를 일컬어 들으며 동시에 들음을 넘어 동경함이라고 부를 수 있을까? 또렷이 관조된 현실로부터 얻어진 최고의 쾌감과 함께 영원을 향한 갈망이, 동경의 날갯짓이 시작되는 순간을 우리는 디오뉘소스적 현상으로 이해해야 한다. 난해한 자 헤라클레이토스가 장난삼아 돌을 쌓았다가 허물고 모래성을 쌓았다가 다시 허무는 어린아이[2]에 세계를 만드는 힘을 비유한 것처럼, 개별 세계의 유희적 건설과 파괴를 거듭해서 새롭게 계시하는 근원적 쾌감의 분출로 이해해야 한다.

08   따라서 한 민족의 디오뉘소스적 역량을 올바로 가늠하고자 한다면 그 민족의 음악을 살펴보아야 하며 두 번째 확증

모이고, 불화하는 것들로부터 가장 아름다운 조화가 이루어진다. 그리고 모든 것은 투쟁에 의해 생겨난다.〉

2   헤라클레이토스 단편 DK22B52(＝86정암). 〈인생은 장기를 두면서 노는 아이. 왕국은 아이의 것이니.〉『일리아스』제15권 360행 이하. 〈그 길로 해서 트로이아인들의 대열들이 앞으로 쏟아져 들어갔고 선두에는 아폴론이 찬란한 아이기스를 들고 있었다. 그가 아카이오이족의 방벽을 아주 쉽게 무너뜨리니, 마치 어린아이가 바닷가에서 장난삼아 모래를 가지고 놀다가 손발로 다시 무더기를 허물어 버릴 때와도 같았다.〉

으로서 반드시 그 민족의 비극적 신화를 고려해 보아야 한다. 음악과 신화 양편이 서로 매우 긴밀한 연관을 갖고 있다고 할 때 한편의 퇴화와 변질은 또한 다른 편의 쇠락으로 이어지리라는 것을 짐작할 수 있는바 신화 일반의 쇠락은 곧 디오뉘소스적 역량의 감소를 시사한다. 그런데 독일 상황의 발전을 보면 우리는 이에 관해 조금도 낙심하지 않아도 좋다. 왜냐하면 신화를 상실한 우리네 삶의 추상적 성격이라 할 오페라에서, 개념을 따라 인도되는 삶과 유사한 쇠락한 오락적 예술에서 소크라테스적 낙관주의가 비(非)예술적이며 소모적인 제 본성을 드러냈으되 그럼에도 불구하고 독일 정신은 놀라운 건강함과 심오함과 디오뉘소스적 역량을 고스란히 간직한 채, 곯아떨어진 기사(騎士)처럼 아주 깊은 심연에 잠들어 꿈을 꾸고 있다는 징후가 나타나기 때문이다. 심연으로부터 디오뉘소스적 노래가 우리에게 들려와, 잠들어 있는 독일기사가 아직도 여전히 먼 옛날의 디오뉘소스적 신화를 복되고 엄숙하게 꿈꾸고 있음을 알린다. 독일 정신이 신화적 본향을 영원히 상실했다는 말을 누구도 믿지 지어다. 독일 정신은 신화적 본향에 관해 이야기를 전해 주고 있는 새의 노랫소리를 아직 정확히 이해하고 있다. 언젠가 독일 정신은 깊은 잠에서 깨어나 맑은 정신으로 싱그러운 아침을 맞이할 것이다. 그렇게 되면 독일 정신은 용을 퇴치할 것이며 사악한 난쟁이들을 제거할 것이며 브룬힐데를 깨워 일으킬 것이다. 그렇게 되면 보탄의 창도 그의 길을 감히 막을 수 없으리라.

09 나의 동지들이여, 디오뉘소스적 음악을 믿는 당신들이여! 당신들은 또한 비극이 우리에게 무엇을 의미하는지 알고 있다. 비극에서 우리는 비극적 신화가 음악으로 다시 태어나는 것을 본다. 그리하여 비극적 신화에 당신들은 온갖 희망을 걸고 고통을 잊어도 좋을 것이다. 우리 모두에게 무엇보다 고통스러운 것은 독일 정신이 고향을 멀리 떠나와 사악한 난쟁이들을 모시며 살았던 날들에 오랫동안 계속된 굴욕이었다. 당신들은 이 말을 이해하게 되리라. 마침내 나의 희망을 이해하게 되리라.

제25장

01 　음악과 비극적 신화는 공히 한 민족이 가진 디오뉘소스적 역량의 표현이며 양자는 서로 분리되지 않는다. 양자는 아폴론적인 것을 넘어선 예술 영역에서 유래한다. 양자는 끔찍한 세계상과 불협화음이 즐거운 화음처럼 매력적으로 울려 퍼지는 영역을 변용한다. 양자는 제 막강한 마법에 기대어 가시처럼 불쾌한 것을 가지고서 유희를 펼친다. 양자는 이런 유희를 통해 〈극악한 세계〉의 존재를 정당화한다. 여기서 아폴론적인 것에 견주어 영원하고 근원적인 예술적 힘이라 할 디오뉘소스적인 것이 현상계 전체에 생명을 불어넣는다. 현상계 한가운데에 생명을 부여받은 개별자의 세계가 확실히 삶을 누리기 위해서는 새로운 변용의 가상이 필요하다. 불협화음의 인간화를 생각해 보자면 — 사실 인간이 이것 말고 무엇이겠는가? — 인간이 된 불협화음은 살아가기 위해 불협화음이라는 제 본래적 모습을 감추어 줄 아름다움의 너울, 아름다운 가상을 요구한다. 이것이 진정한 아폴

론의 예술 의도이다. 아폴론이라는 이름으로 우리는 아름다운 가상이 연출하는 모든 놀라운 환상을, 매 순간 삶을 살아갈 만한 것으로 만들어 다음 순간의 체험에 이르게 하는 환상을 일컫는다.

02 이때 모든 존재의 토대, 세계의 디오뉘소스적 토대로부터 개별자의 의식에 나타난 것의 크기는 아폴론적 변용 능력이 다시 극복할 수 있는 정확히 그만큼이며, 그리하여 두 예술적 본능은 서로 엄격한 비율에 따른 영원한 균형의 법칙에 따라 능력을 펼쳐 보인다. 디오뉘소스적 능력이 우리가 체험하듯 맹위를 떨칠 때에 분명 아폴론도 이미 구름을 덧쓰고 우리에게로 내려와 있다. 곧이어 아마도 다음 세대는 아폴론이 아주 풍성하게 산출한 아름다움의 작용을 보게 되리라.

03 하다못해 꿈에서라도 고대 희랍의 삶 속으로 들어간 자신의 모습을 떠올리는 사람은 누구나 아름다움의 작용이 필요함을 분명히 직관적으로 느낄 것이다. 높다란 이오니아식 주랑 아래를 거닐며, 깔끔하고 고상한 선으로 잘린 수평선을 멀리 쳐다보며, 빛나는 대리석에서 변용된 제 모습의 반영물들 속에 조화롭게 울리는 목소리와 율동적 몸짓으로 가볍게 발걸음을 떼어 놓는 혹은 우아하게 움직이는 주변사람들에 둘러싸여, 이런 아름다움의 물결 속에서 그는 아폴론을 향해 손을 들어 외치리라. 〈희랍 인민이여, 복되도다. 당신들에게 디오뉘소스는 분명 위대하도다! 그러기에 디튀람보스의 광증을 치료하기 위해 델로스의 신은 그런 마법이

필요하다고 여겼더니라.〉 이렇게 감격하는 사람에게 어떤 아테네 노인이 다가와 아이스퀼로스의 숭고한 눈으로 그를 쳐다보며 말한다. 〈당신, 놀라운 이방인이여, 이렇게도 한 번 말해 보게. 그렇게 아름답게 될 수 있기 위해서 이 민족은 얼마나 많은 고통을 겪어야 했던가! 이제 나를 따라 비극을 보러 가세. 그리하여 나와 함께 두 신의 신전에서 희생 제물을 바치도록 하세.〉

참고문헌

1. F. Nietzsche, *Die Geburt der Tragödie, oder, Griechenthum und Pessimismus*. Nachwort von Günter Wohlfart. Reclam: Stuttgart, 1993. = *Nietzsche Werke. Kritische Gesamtausgabe*. Herausgegeben von Giorgio Colli und Mazzino Montinari. Berlin: Walter de Gruyter, 1972.

2. F. Nietzsche, *Nachgelassen Schriften 1870~1873* : In *Nietzsche Werke. Kritische Gesamtausgabe*. Herausgegeben von Giorgio Colli und Mazzino Montinari. Berlin: Walter de Gruyter, 1973.

3. Giorgio Colli und Mazzino Montinari, *F. Nietzsche, Chronik zu Nietzsches Leben, Konkordanz, Verzeichnis des Gedichte, Gesamtregister*. Berlin: Walter de Gruyter. 1982.

4. J. Schmidt, *Kommentar zu Nietsches die Geburt des Tragödie*. Berlin: Walter de Gruyter, 2012.

5. Ulrich von Wilamowitz-Möllendorff, *Zukunftphilologie*, In: Karlfried Gründer, *Der Streit um Nietzsches Geburt der Tragödie*. Hildesheim, 1969. 27~55면.

6. 『비극의 탄생』, 곽복록 옮김, 동서문화사, 1978/2009.

7. 『비극의 탄생』, 김대경 옮김, 청하, 1982/1994.

8. 『비극의 탄생』, 박찬국 옮김, 아카넷, 2007.

9. 『차라투스트라는 이렇게 말했다』, 두행숙 옮김, 부북스, 2011.

10. 『초기 희랍의 문학과 철학』, 헤르만 프랭켈, 김남우·홍사현 옮김, 아카넷, 2011.

11. 『파이드로스』, 플라톤, 조대호 옮김, 문예출판사, 2008.

12. 『파우스트』 1과 2, 괴테, 이인웅 옮김, 문학동네, 2009.

13. 『함부르크 연극론』, 고트홀트 레싱, 윤도중 옮김, 지식을만드는지식, 2009.

14. 『의지와 표상으로서의 세계』, 쇼펜하우어, 홍성광 옮김, 을유문화사, 2009.

15. 『쇼펜하우어의 행복론과 인생론』, 쇼펜하우어, 홍성광 옮김, 을유문화사, 2013.

16. 『헤겔의 미학 강의』, 헤겔, 두행숙 옮김, 은행나무, 2010.

17. J. Young, *Friedrich Nietzsche: A Philosophical Biography*, Cambridge Univ. Press, 2010.

18. 『독일 미학』, 유형식, 논형, 2006.

『비극의 탄생』의 새로운 번역

구년의 세월 동안 양피지들 깊숙이 숨겨 놓으시라.
없애 버릴 수도 있으니. 출판치 않고 말입니다.

호라티우스, 『시학』 388행 이하

1. 새로운 번역의 목표

호라티우스의 『시학』에 나타난 〈훌륭한 시인*poeta bonus*〉
이념을 연구하던 역자는 『비극의 탄생』을 읽으면서 그 사이
에 큰 연결점이 있음을 느꼈다. 니체가 서정시와 서정시인,
비극과 비극 합창대, 음악 등에서 과학주의가 파괴한 문명
을 바로잡을 대안을 찾으려 한 것을, 역자는 호라티우스가
〈훌륭한 시인〉을 공동체의 지도자로 자리매김하려 한 것과
궤를 같이한다고 보았다. 그리하여 우선 호라티우스의 『시
학』을 염두에 두면서 번역어를 고민하고 문장을 따져 가며
니체 저작을 살펴보자는 새로운 번역의 목표를 갖게 되었다.
또 하나의 목표는 고대 희랍 로마의 문헌을 중심으로 니
체의 저작에 서양 고전 문헌 관련 주석을 덧붙이는 것이었

다. 이런 생각의 단초를 제공한 것은 강대진 선생이 『출판저 널』에 게재한 책세상판 니체 전집 서평이었다. 강대진 선생 이 밝힌 것처럼 관련 학문 연구자들은 여전히 서양 고전 문 헌 관련 사항을 상당히 소홀히 다루고 있었다. 그간 서양 고 전 문헌들이 천병희 선생님의 노력으로 상당히 많이 번역되 었으며 플라톤 대화편이 정암학당을 통해 새롭게 번역되고 있는 형편이지만, 그럼에도 불구하고 아직도 많은 수의 서 양 고전 문헌들은 우리말로 아직 번역되지 않았고, 설령 번 역본이 있다하더라도 충분히 검증되지 않은 것을 고려할 때 이는 어쩌면 서양 고전 문헌을 공부하는 자들의 책임이 크 다 하겠다. 향후 인용할 만한 좋은 번역들이 많아지면 자연 스럽게 해소될 법도 하지만, 우선 아쉬운 대로 희랍어와 라 티움어 원전을 찾아 관련 사항만이라도 번역하고 주석하는 것도 그 나름대로 『비극의 탄생』 연구에 기여하는 일일 것 이다.

2. 『비극의 탄생』의 탄생

니체는 1872년 1월 2일 〈음악 정신으로부터의 비극의 탄생〉이라는 제목의 책을 출판했고 1874년 제2판을 거쳐 1886년에 개정판을 냈다. 개정판에는 「자기비판을 시도함」 이 추가되었고 이때 초판본에 실렸던 「리하르트 바그너에게 헌정한 서문」을 저자는 개정판에서 빼버렸다. 제목도 〈비극 의 탄생 혹은 희랍 문명과 염세주의〉로 변경하였다.

이 책은 니체가 바젤 대학의 교수로 임용된 1869년을 전후하여 작성한 강연 원고들 내지 출판물들을 통해 대략적 밑그림이 그려졌다. 1870년 초 니체는 두 번의 강연을 하는데 하나는 〈희랍의 음악극〉이었고 다른 하나는 〈소크라테스와 비극〉이었다. 1870년 8월 〈디오뉘소스적 세계관〉이라는 논문을 발표되었고 이 논문의 일부는 〈비극적 사유의 탄생〉이라는 제목으로 1871년 초에 다시 발표되었다.

하지만 좀 더 시간을 거슬러 올라가 보면 1872년의 출판에 이르기까지 만남과 토론과 서신 교환을 통해 돈독해진 바그너와의 인연에 우리는 주목하지 않을 수 없다. 물론 니체는 그 전부터 익히 작곡가의 이름을 들었을 테고 직접 바그너를 만난 것은 1868년경이다. 바그너의 반유대주의와 국수주의적 경향이 나중에는 결국 니체가 그와 멀어지는 계기가 되었지만, 1872년에 아직 그는 바그너의 학생이었다. 바그너가 근대 문명에서 주목하고 있는바, 예를 들어 산업 문명, 인간 소외, 대량 생산과 소비, 민주주의, 사회적 파편화, 예술의 오락화 등은 곧바로 니체의 1872년 저작에 그대로 반영되어 있으며, 예술 영역에서 이런 근대적 병리 현상에 대한 바그너의 처방인 음악, 총체극, 희랍 비극의 부활도 마찬가지다. 바그너가 음악 예술에 이렇게 높은 비중을 부여한 것은 일찍이 쇼펜하우어에게 배운 것으로 특히 이때 바그너는 베토벤의 음악을 염두에 두고 있었다.

우리는 쇼펜하우어의 직접적인 영향도 고려해야 하는바 『비극의 탄생』은 『의지와 표상으로서의 세계』로부터 많은 부분을 직접 인용하고 있으며, 특히 니체가 아폴론적인 것을 설명하는 주요 개념으로 채택한 〈개별화의 원리 *principium individuationis*〉는 쇼펜하우어의 것이다. 또한 니체는 아폴론적인 것과 디오뉘소스적인 것이라는 두 예술 원리를 〈삶의 의지〉라는 동일한 근원에서 상이한 전략 ― 하나는 가상 내지 꿈을 통해, 하나는 혼연일체 내지 도취를 통해 ― 에 따라 갈라진 것이라고 설명하고 있는데 여기서 〈삶의 의지〉 역시 쇼펜하우어의 것이다.

니체의 『비극의 탄생』은 1872년 출판되었다. 이 책이 출간된 1800년대는 혁명의 시대였으며 또한 반혁명의 시대였다. 나폴레옹의 집권과 몰락으로 시작한 19세기의 유럽은 수많은 시민 혁명을 보았고 마침내 1870년 피의 일주일로 마감된 파리 코뮌을 목격했다. 1807년 헤겔의 『정신 현상학』과 1819년 쇼펜하우어의 『의지와 표상으로서의 세계』, 1831년과 1840년 토크빌의 『미국의 민주주의』, 1841년 포이어바흐의 『기독교의 본질』, 1848년 마르크스와 엥겔스의 『공산당 선언』, 1857년 보들레르의 『악의 꽃』, 1867년 마르크스의 『자본론』이 출간되었다.

3. 서양 고전 문헌학적 논제

니체는 희랍 비극의 탄생이라는 고전 문헌학의 주제를 다루면서 아직 논의가 필요한 고전 문헌학적 전제들이 마치 벌써 모두 입증된 것처럼 제시하고 있다. 이 점은 당대의 고전학자 빌라모비츠에 의해 신랄하게 지적되었고, 우리는 새로운 번역에서 빌라모비츠의 의견을 각주에 인용하였다.

철학자로 전향하기 이전 고전 문헌학자였던 니체에게는 너무나 분명한 문제였을지 모르겠으나 좀 더 충분한 논의가 필요한 쟁점들을 우리는 특히 제1장~제10장 비극의 탄생과, 제11장~제15장 비극의 소멸을 다루는 부분에서 발견할 수 있다.

제1장~제4장에서 니체는 〈디오뉘소스〉와 〈아폴론〉으로 대표되는 의지와 표상, 도취와 꿈 등의 개념쌍, 그리고 호메로스와 희랍 서사시를 아폴론적 관점에서 독창적으로 해석하고 있다. 여기서 디오뉘소스 축제와 관련하여 디오뉘소스 숭배가 아시아로부터 희랍으로 전해진 것으로 보는 니체의 견해가 과연 정당한 것인지에 강한 의문이 생겨난다. 제5장과 제6장은 비극의 전단계로 서정시 혹은 민요를 논의하되 언어가 음악 세계를 표현하려는 노력을 서정시 혹은 민요로 설명한다. 여기서 니체는 희랍 최초의 서정시인 아르킬로코스를 비롯하여 현재 우리에게 단편만으로 전해지는 많은 희랍 서정시를 음악으로 단순화시키고 있다.

제7장과 제8장은 『비극의 탄생』의 핵심 부분으로 비극의 탄생을 다룬다. 여기서 니체는 희랍 비극의 연원이 디튀람보스 주신 찬가 내지 비극 합창대임을 주장하는데, 과연 극적 구성의 디튀람보스가 존재했는지 여전히 불분명하다. 제9장과 제10장에서 니체는 이제까지 정립한 비극 이론, 디오뉘소스적인 것과 아폴론적인 것의 대립을 실제의 작품에, 예를 들어 우선 소포클레스의 비극 『오이디푸스 왕』과 『콜로노스의 오이디푸스』, 이어 아이스퀼로스의 비극 『결박된 프

로메테우스』에 적용한다. 여기서 니체의 해석이 작품을 보다 정확하게 이해하는 데 어떤 도움을 줄 수 있을지는 좀 더 따져 보아야 한다.

제11장 이하에서 니체는 에우리피데스 이후 발생한 비극의 소멸을 다룬다. 그는 에우리피데스에서 분명히 확인되는 합리주의적 경향을 비극 소멸의 원인으로 지목하며, 에우리피데스의 잘못은 예술 적대적인 소크라테스주의를 극에 끌어들인 것이라고 지적한다. 소크라테스가 보여 준 앎의 추구, 비극과 예술 일반의 폄하가 에우리피데스를 통해 비극에 점차 확대되고 합창대라는 음악적 영역이 축소되면서 비극에서 음악이 추방되었다는 진단을 내놓는다. 하지만 소크라테스와 에우리피데스의 관계를 전하는 전승의 신빙성 자체가 문제시될 수 있으며, 아리스토파네스의 저 유명한 평가가 이런 전승을 만들어 내는 데 기여한 것은 아닌지 물어야 할 것이다.

4. 글을 마치며

참고 문헌을 통해 밝혀 놓긴 했지만 강조하는 의미에서 다시 한 번 언급해야 할 책이 있다. 2012년 독일에서 발간된 『비극의 탄생』 주석서는 고전 문헌학적 주석을 완성하는 데 커다란 도움을 주었다. 독일 하이델베르크 학술원에서 주관하는 니체 주석 작업을 이끄는 독문학자 요헨 슈미트 교수는 니체가 참고한 다수의 문헌들을 기록하는 가운데 희랍 로마 문헌들도 밝혀 놓았다. 원문을 확인하고 원문을 우리말로 번역하는 데 주석서에서 적시한 문헌 위치는 절대적인 도움을 주었다.

애초 편집 방향은 빌라모비츠의 첫 번째 서평 기사를 번역하여 첨부하는 것이었지만 나중에는 서평 기사를 발췌하여 『비극의 탄생』 관련 부분에 각주로 넣는 것으로 방향을 고쳐 잡았다. 왜냐하면 빌라모비츠의 서평이 니체의 원문을 길게 인용하고 있기 때문이고 무엇보다 비평을 위한 인용이 공정하지 못하다는 인상을 받았기 때문이다. 다만 유의미한 지적으로 보이는 경우에 각주에 넣었다.[1]

---

1 빌라모비츠는 그의 서평을 다음과 같이 끝맺고 있다. 그는 니체의 생각을 과학적인 주장이 아니라 종교적인 광신이라고 여기고 있다. 〈이로써 나는 믿거니와 무지와 무식에 대한 상당히 준엄한 나의 비판의 증거들을 제시하였다. 그럼에도 두려운 것은 니체 선생에게 내가 못할 짓을 했다는 것이다. 그가 나의 주장을 반박하면서 역사주의와 소위 세계사에 대한 비판을 전혀 알려 하지 않고, 다만 디오뉘소스적 아폴론적 예술, 형이상학적 위안을 만들려고만 한다면, 그의 주장은 아마도 저열한 일상이라기보다 숭고한 망상일지도 모르겠다. 나는 최선의 형식으로 설명하고 해석하였다. 나는 기꺼이 그의 복음을 평가하려 하였다. 나의 무기가 적중하지 않을지도 모른다. 물론 나는 신비주의자도 아니며 비극적 인간도 아니다. 나에게 이것은 다만 흥미로운 부업이며, 진지한 삶에서 정당하게 추구할 수 있는 종소리이다. 물론 이처럼 진지한 학문에서도 뭉툭한 꿈이거나 몽상가의 도취가 있을 수 있겠다. 하지만 나는 이것 한 가지를 분명히 요구한다. 니체 선생은 입을 닫고, 튀르소스를 잡고 인도로부터 희랍으로 행진하라. 그리고 학문을 가르친다고 주장하는 교수좌에서 내려와, 고전 문헌학을 공부하는 독일 청년들이 아니라 호랑이와 표범을 슬하에 불러 모으라. 독일 고전 문헌 학도들은 욕망을 부정하는 극기의 학업 가운데 오로지 진리를 추구하고 자의적인 선입견을 떨쳐버리려 하며, 그리하여 그들은 고전 문학을 영원히 사멸하지 않는 것으로 지켜 내고자 한다. 이를 무사이 여신들이 축복하시며 그러한 순수와 충만 가운데서만 고전 문헌학은 《가슴에는 내용을, 머리에는 형식을》을 지킬 수 있는 것이리라〉(*Der Streit um Nietzsches Geburt der Tragödie*, 55면).

9년 묵힌 번역을 마치는 순간이다. 고마움을 전하는 뜻으로 기록해야 할 분들이 있다. 지금은 곁에 없는 도서 평론가 최성일은 번역어투를 고쳐 주었다. 서울대학교 서양 고전 협동 과정의 이선주 선생은 각주의 잘못된 번역과 인용을 확인해 주었다. 서울대학교 철학과의 김상환 선생께서는 보잘것없는 원고를 읽고 바쁜 연구 시간을 쪼개 추천사를 써 주셨다.

김남우

프리드리히 니체 연보

1844년 출생 10월 15일 목사였던 칼 루트비히 니체의 맏아들로 라이프치히 근처 뢰켄Röcken에서 태어남.

1849년 5세 7월 30일 부친 사망.

1850년 6세 4월 초 니체의 가족은 나움부르크로 이주함.

1858~1864년 14~20세 나움부르크의 김나지움 슐포르타를 다님. 이 시절 니체는 상당히 높은 수준의 희랍어와 라티움어 교육을 받음. 바그너의 음악을 접함.

1864~1865년 20~21세 본Bonn 대학에서 두 학기 동안 신학과 고전 문헌학을 공부함.

1865~1867년 21세~23세 라이프치히 대학으로 옮겨 알브레히트 리츨Albrecht Ritschl 교수에게서 배움. 고전 문헌학과 희랍 철학을 공부함. 평생의 친구 에르빈 로데Erwin Rhode를 만남. 쇼펜하우어의 『의지와 표상으로서의 세계』를 접함.

1867년 23세 9월 나움부르크에서 군 복무.

1868년 24세 5월 초 사고 때문에 더 이상 군 복무를 지속하지 못하고 6월에 전역함. 10월 18일부터 라이프치히에서 사강사(司講士)로 활동함. 11월 8일 리하르트 바그너를 라이프치히에서 처음 만남.

1869년 ^{25세} 2월 12일 바젤 대학의 고전 문헌학과 교수로 임용됨. 이 시기 그는 프로이센 국적을 포기함. 5월 17일 바그너의 집을 방문함. 5월 28일 〈호메로스와 고전 문헌학〉이라는 제목의 교수 취임 연설을 행함. 바젤 대학의 역사학자 야콥 부르크하르트와 가깝게 사귐. 1869년 여름 학기 아이스퀼로스의 『제주를 바치는 여인들』과 희랍 서정시 강의를 시작으로, 소크라테스 이전 희랍 철학, 희랍과 로마의 수사학, 희랍 종교, 소포클레스의 『오이디푸스 왕』, 헤시오도스의 『일들과 날들』, 플라톤의 『변명』, 『파이돈』, 『파이드로스』, 『향연』, 『국가』, 『프로타고라스』, 호메로스의 『일리아스』, 아이스퀼로스의 『결박된 프로메테우스』, 소포클레스의 『엘렉트라』 등을 가르침.

1870년 ^{26세} 8월 바젤 교육청의 허락을 받고 프랑스와 독일 전쟁에 의무병으로 종군함. 9월 이질과 디프테리아에 걸려 후송되었으며 완치되지 않은 상태로 겨울 학기의 강의를 위해 바젤 대학으로 복귀함.

1872년 ^{28세} 1월 2일 『비극의 탄생』 초판 발행. 바그너의 주선으로 에른스트 프리츠의 출판사를 통해 출판함. 5월 빌라모비츠의 비판, 로데와 바그너의 지지, 그리고 1873년 2월 빌라모비츠의 재반박으로 이어지는 긴 논쟁이 신문에 연재됨.

1873년 ^{29세} 『희랍 비극 시대의 철학』 출판.

1873~1876년 ^{29~32세} 『반시대적 고찰』 집필, 출판. 1874년 8월 브람스의 곡을 듣고 바이로이트의 바그너를 방문하였고 브람스를 싫어하던 바그너가 이에 크게 노함. 1874년 7월 10일 『반시대적 고찰』 제4부 「바이로이트의 리하르트 바그너」를 출판함. 1876년 7월 23일 첫 바이로이트 축제 개막식에 참가하였으나 바그너에 대한 환멸만을 확인하고 이후 다시는 바그너를 보지 않음.

1878년 ^{34세} 5월 7일 『인간적인, 너무나 인간적인』 출판. 이 책을 통해 공개적으로 니체는 바그너를 비난하였으며, 9월 바그너도 니체를 비난함.

1879년 35세　5월 2일 건강상의 이유로 공식적으로 바젤 대학 교수직을 사임함. 건강을 돌보며 철학적 저술에 매진함.

1881년 37세　7월 8일 『아침놀』 출판.

1882년 38세　8월 26일 『즐거운 학문』 출판.

1883~1885년 39~41세　『차라투스트라는 이렇게 말했다』 출판.

1886년 42세　8월 『선악의 피안』 출판. 8월경 『비극의 탄생』 개정판에 붙일 〈자기비판을 시도함〉을 작성함. 10월 31일 『비극의 탄생』 개정판 출판.

1887년 43세　6월 24일 『아침놀』 개정판과 『즐거운 학문』 개정판이 출판됨. 11월 16일 『도덕의 계보학』 출판.

1888년 44세　9월 22일 『바그너의 경우』 출판. 12월 정신병 발작.

1889년 45세　1월부터 바젤과 예나의 정신 병원에 입원함.

1890년 46세　5월 나움부르크로 돌아와 어머니 곁에서 머묾.

1894년 50세　11월 『반기독교도』 출판.

1895년 51세　2월부터 니체의 여동생 엘리자베트가 니체의 출판물을 혼자 관리함. 1896년 엘리자베트는 니체 육필 원고들을 바이마르의 니체 도서관으로 옮김.

1897년 53세　4월 20일 니체의 어머니 사망. 7월 20일 바이마르로 거처를 옮김.

1889년 55세　1월 24일 『우상의 황혼』, 2월 『니체 대 바그너』 출판.

1900년 56세　8월 25일 바이마르에서 사망함.

찾아보기

고전 문헌 참조 색인

열린책들 세계문학 220 비극의 탄생

옮긴이 김남우 연세대학교 철학과를 졸업했다. 서울대학교 서양고전학 협동과정에서 희랍 서정시를 공부하였고, 독일 마인츠 대학에서 서양 고전학을 공부하였다. 정암학당 연구원이며 서울대학교에서 라티움어와 로마 문학을 강의하고 있다. 마틴 호제의 『희랍문학사』, 오비디우스의 『변신 이야기』, 에라스무스의 『격언집』, 토머스 모어의 『유토피아』, 베르길리우스의 『아이네이스』, 『몸젠의 로마사』(공역) 등을 번역하였다.

지은이 프리드리히 니체 **옮긴이** 김남우 **발행인** 홍예빈·홍유진
발행처 주식회사 열린책들 **주소** 경기도 파주시 문발로 253 파주출판도시
전화 031-955-4000 **팩스** 031-955-4004 **홈페이지** www.openbooks.co.kr
Copyright (C) 주식회사 열린책들, 2014, *Printed in Korea.*
ISBN 978-89-329-1220-2 94850 ISBN 978-89-329-1499-2 (세트)
발행일 2014년 3월 20일 세계문학판 1쇄 2023년 2월 25일 세계문학판 10쇄

이 도서의 국립중앙도서관 출판예정도서목록(CIP)은 서지정보유통지원시스템 홈페이지(http://seoji.nl.go.kr)와 국가자료공동목록시스템(http://www.nl.go.kr/kolisnet)에서 이용하실 수 있습니다.(CIP제어번호:CIP2014008125)

열린책들 세계문학
Open Books World Literature